古典詩歌研究彙刊

第八輯

龔鵬程 主編

第 3 冊

魏晉賦之新風貌探討

蕭湘鳳 著

《文選》之山水詩體類研究

孫淑芳 著

國家圖書館出版品預行編目資料

魏晉賦之新風貌探討　蕭湘鳳　著／《文選》之山水詩體類研
究／孫淑芳　著 — 初版 — 台北縣永和市：花木蘭文化出版社，
2010〔民99〕
目 2+98 面／目 2+98 面；17×24 公分
（古典詩歌研究彙刊　第八輯；第 3 冊）
ISBN　978-986-254-311-5（精裝）
1. 文選　2. 賦　3. 文學評論　4. 六朝文學　5. 山水詩
6. 研究考訂
820.9203　　　　　　　　　　　　　　　　99016392

ISBN - 978-986-2543-11-5

9 789862 543115

古典詩歌研究彙刊
第八輯　第三冊　　　　　　　ISBN：978-986-254-311-5

魏晉賦之新風貌探討
《文選》之山水詩體類研究

作　　者	蕭湘鳳／孫淑芳
主　　編	龔鵬程
總 編 輯	杜潔祥
出　　版	花木蘭文化出版社
發 行 所	花木蘭文化出版社
發 行 人	高小娟
聯絡地址	台北縣永和市中正路五九五號七樓之三
	電話：02-2923-1455／傳眞：02-2923-1452
網　　址	http://www.huamulan.tw 信箱 sut81518@ms59.hinet.net
印　　刷	普羅文化出版廣告事業
初　　版	2010 年 9 月
定　　價	第八輯 20 冊（精裝）新台幣 28,000 元

魏晉賦之新風貌探討

蕭湘鳳 著

作者簡介

蕭湘鳳，高雄縣鳳山市出生，輔仁大學中文所畢業。現居民雄，執教於吳鳳科技大學，目前於中正大學進修博士學位。近年來努力從事新詩創作與詩評，著有詩集《會笑的蓮》。碩士畢業論文《魏晉賦研究》為葉慶炳教授指導，學術論文有〈漢賦與漢武帝性情研究〉、〈析論陶淵明閑情賦〉、〈論秋瑾生命美學及實踐〉、〈阿里山詩題材述評〉等，九七與九八學年度，兩度獲得教育部績優之優質通識教育計畫主持人獎。

提　要

　　歷來論賦者，側重於漢代，對於漢代以後的賦，有「漢賦之餘氣遊魂」之說，本書作者認為此說不適切，主張賦體發展到魏晉，無論形式、內容、情調，已從漢賦開拓出另一嶄新的風貌，在賦史上具有承先啟後的地位。本書共分七章，第一章「賦的定義」，主張賦有敷陳諷諭或敷陳情志的功能。第二章「魏以前賦的演變」。第三章「魏晉賦的發展背景」，從社會、文學、地域三個層面敘述。第四章「魏晉賦的分類」，將魏晉賦分為楚辭體賦、散文體賦、駢體賦、雜體賦四類，認為雜體賦是魏晉特有的賦體形式。第五章「魏晉賦的特色」，從題材、形式、表現手法三方面論述，在表現手法上，魏晉賦盛行著巧構形式的表現手法。第六章「魏晉賦家舉要」。第七章「餘論」，從詩文兩樓的角度談論魏晉賦對當時文學的影響。

　　作者注意到魏晉時期辭賦發展的特有情況及其中所含有的一些規律，並列舉出魏晉賦的代表作家，如曹植、王粲、潘岳、陸機、左思、傅玄、郭璞、陶淵明共八位作家，並論及作品在賦史上的地位與評介。值得注意的是，本書對魏晉賦所做的價值判斷——魏晉賦家所開闢的駢儷現象，對於後代的唯美文學興盛，具有不可磨滅之影響。

目
次

引 言

　　「賦」是中國極爲特殊的一種文體，此種文體自詩三百發源，歷經先秦文人的創作，至漢代終於蔚成大國。由於兩漢是賦的極盛時代，因而歷來論賦者，皆著重於漢代，對於漢代以後的賦，則有「漢賦之餘氣遊魂」〔註1〕的觀念。事實上，此種觀念極爲不當；比如說賦體發展到魏晉，無論是形式、內容、情調，已與漢賦有所差異，而開拓出另一嶄新的風貌。蓋此種賦體的新開拓，在整部中國賦史上是具有承先啓後的特殊意義的，豈能以「漢賦之餘氣遊魂」來評價它？

　　爲何說魏晉賦具有承先啓後的特殊意義呢？因爲魏晉以後，賦體仍流行於南北朝及唐、宋各代，但不論是南北朝的唯美主義的宮體賦，或是唐、宋的律賦與文賦〔註2〕，在內容及形式上，與魏晉賦皆甚相近，是屬於魏晉賦的脈絡。但離漢賦卻甚遠；最明顯的是，再也找不到漢代體制弘偉、宮殿畋獵式的賦作了。然此類漢賦於魏晉賦中尚遺留有少許。可見魏晉賦一面承繼了漢賦的餘緒，一面則開創了新風貌。若此，吾人由魏晉賦承繼漢賦處，可窺見漢賦的本來面目；由

〔註 1〕　清焦循《易餘籥錄》語：「漢之賦爲周秦所無，故司馬相如、揚雄、班固、時衡山四百年作者，……其魏晉以後之賦，別漢賦之餘氣遊魂」。文海出版，1967 年。

〔註 2〕　見劉大杰，《中國文學發達史》，中華書局，頁 158。

其開創處，則可掌握住魏晉以後賦體的變遷趨勢。所以說魏晉賦在賦史上是具有承先啓後的特殊意義的。

魏晉賦在賦史上雖有其特殊的意義，但歷年來並無專文討論它。文學史論及「魏晉賦」，不是採取「略而不談」的態度〔註3〕，就是如劉大杰的《中國文學發達史》，將魏晉賦置於漢賦章節中，淺論一番。如是，皆未能窺得魏晉賦的全面風貌。所以，筆者乃以「魏晉賦研究」爲論文題目，希冀能補歷來學者論「賦」之不足。

本文共分七章：

第一章「賦的意義」。闡明賦體所涵蓋的意義。

第二章「魏以前賦的演變」，將魏以前賦體的演變情形作一概略性的敘述。

第三章「魏晉賦的發展背景」。大凡文學的發展，與當代的社會動向、文學思想、地域轉移必息息相關。因此將魏晉賦的發展背景分社會、文學、地域三方面略作說明。

第四章「魏晉賦的分類」。將所有的魏晉賦從形式上加以分類。共分爲楚辭體賦、散文體賦、駢體賦、雜體賦四類。楚辭體與散文體乃承漢賦而來，是屬於上有所承的賦體形式；駢體則爲南北賦的代表形式，是屬於下有所啓的賦體形式。所以由魏晉賦的形式分類中，可發現魏晉賦的承先啓後地位。至於雜體賦可說是魏晉所獨特具有的賦體形式。

第五章「魏晉賦的特色」，從題材、形式、表現手法三方面來論述魏晉賦的整體特徵。大體而言，在題材上，魏晉賦已侵入詩境，因此多仙隱、遊覽、哀弔、詠物、哲理、情志等題材。在形式上，分辭句、篇章、韻律三者討論，而魏晉賦於此三者均趨於嚴密工整。在表現手法上，魏晉賦盛行著「巧構形似」的表現手法。

第六章「魏晉賦家舉要」，將魏晉時代重要的賦家舉出八位，除

〔註3〕見胡雲翼，《中國文學史》，三民書局，頁73。

簡略的介紹生平，並分析各家賦作的風格特徵，以與前章「魏晉賦的特色」互相配合。

　　第七章「餘論」，從「詩」、「文」兩方面談魏晉賦對當時文學的影響。

　　本文之大綱已如上述。猶記得劉若愚先生云：「我認爲正如文學和藝術都是試著表達那不可表達的。同理，文學和藝術的理論也是一種嘗試，試圖解釋那不可解釋的。」〔註4〕筆者寫此篇論文，也試圖將「魏晉賦」作較深切的解釋，以作爲文學研究的一種嘗試。筆者才疏學淺，疏略之處，在所難免，尚祈學界先進不吝指正是幸。

　　此篇論文承葉師慶炳的悉心指導，王師靜芝的賜題封面，得以順利完成，於此謹表謝意。

　　　　　　　　邵陽　蕭湘鳳　誌於輔大中文研究室

〔註 4〕見劉若愚，《中國人的文學觀念》，成文出版社，頁5。

第一章　賦的意義

　　「賦」，在文學中是一種極爲特殊的文類。以形式觀察，部分作品句多排偶，隔句常用韻，和詩有些相似；又有部分作品句無定字，韻亦不押，此又近於散文。故論形式，是介於詩文之間的混合體。然則，在每一文類後都有其根源。欲尋「賦」此種文類的根源意向，則須先掌握住「賦」本來的內涵意義。

　　《毛詩・蒸民篇》上有「明命使賦」句。傳云：「賦，布也。」又小旻篇有「敷於下土」句。傳亦云：「敷，布也。」古無輕重脣之別，故「賦」與「敷」同聲，而由毛傳亦如「賦」「敷」意義相通，於古籍中可互用。如尙書舜典之「敷奏以典」，左傳僖公二十七年引夏書之「賦納以言」，「賦納」即「敷奏」，而皆有「布」意。說文上云：「賦，歛也。」段玉裁則注云：「經傳中凡言以物班布與人曰賦。」因此章太炎先生於《國學概論》中云：

　　　古代凡兵事所需，由民間供給的謂之賦，在收納民賦的時
　　候，必須按件點過。賦體也和按件點過一樣，因此得名了。

由上所述，賦字的本義是歛租或點兵，而可引申有敷布或敷陳的意義。往後詮釋賦體均離不開「敷陳」，即因「敷陳」爲賦體之所以名之爲「賦」的根源意向。所以把賦字應用到文體範圍內，雖經有語義的演變，但與賦的本來涵義仍有間接關係可探尋。

　　《周禮》曾謂：「太師教六詩：曰風、曰賦、曰比、曰興、曰雅、

曰頌。」(《春官太師職》)詩大序也明舉六義,與周禮所謂六詩相同,然兩者均未言明六詩或六義的涵義,大體只是概略性地陳列詩經中的幾個文字特質。其後,孔穎達〈毛詩序疏〉云:「賦比興是詩之所用,風雅頌是詩之成形。」將賦比興定為詩的用法,風雅頌定為古詩的體裁。而朱熹注古詩時,曾對「賦」此種古詩用法下甚明確的定義云:「賦者,敷陳其事而直言者也。」(《詩集傳注萬覃》)由此可知,「賦」在詩經中,所代表的是一種「敷陳直言」的文學技巧。

論及賦之為體,則可說是從詩經的文學技巧轉衍成一種文學類型的現象。班固云:「賦者,古詩之流亞也。」〔註1〕及顏氏家訓文章篇云:「歌、詠、賦、頌生於詩者也。」皆明言詩經中,有賦體的胚胎。然而賦體在未離開詩體時,僅是一種「敷陳直言」的文學用法。因此種文學用法所能涵蓋的範圍甚廣,即如章學誠所言:「六藝流別,賦為最廣,比興之義,皆冒賦名。」(《校讎通義》卷三)所以使「賦」此種文學技巧的體裁結構,漸趨嚴密,且有了既定的寫作方式可以依循。沿之成習,遂成一種特殊的文學類型。劉勰詮釋賦體時云:「六義附庸,蔚成大國。」(《文心詮賦》)乃言賦體的成形,是由詩經六義中的「賦」發展而成的。

詩所以必流於賦者,由於人類對自然的觀察,漸由粗要以至於精微;對於文字的駕馭,漸由歛肅以至於放肆。有如劉熙載於《藝概》中所云:

> 賦起於情事雜沓,詩不能馭,故為賦以鋪陳之,斯於千態萬狀層見迭出者吐無不暢,暢無或竭。

由是可知賦體之產生亦是自然的趨勢,而為描繪「千態萬狀層見迭出」的物貌,賦體乃以「體物」〔註2〕為主要的內容。然而一種文體確立後,必有其特殊的功能,而賦體具備有何種特殊的功能呢?此可以班

〔註1〕班固,〈兩都賦序〉中所云。
〔註2〕陸機〈文賦〉云:「詩緣情而綺靡,賦體物而瀏亮。」即言賦體是以「體物」為其內容精神。

固之說爲覆按，班固於《漢書藝文志》云：

> 大儒孫卿及楚臣屈原離讒憂國，皆作賦以風，咸有惻隱古
> 詩之義。

由「作賦以風」，即知賦體具有諷諭的功能。而賦可寓有諷諭，在鄭玄注周官時已見端倪。鄭玄云：「賦之言鋪，直鋪陳今之政教善惡。」將六義中的「賦」，以爲是鋪陳善惡，意味著可有諷諭的功能〔註3〕。班固詮釋賦體時云：「不歌而誦謂之賦」，一方面言明賦體不必披之管絃歌詠，僅須讀之音節諧適；一方面隱含著賦體藉朗誦可達諷諭的效果。也因此賦體能在「歌詠不行，王道浸壞」〔註4〕的戰國之際，爲文人們所重視。由是，賦體的諷諭功能，在先秦文人的製作期間（如屈、荀）已然確立。往後的漢賦，體制雖變爲弘偉，筆調雖趨於誇張，但仍不忘賦體的諷諭功能。如揚雄傳云：「雄以爲賦者將以諷也。」〔註5〕在獨尊儒術的時代裡，賦即藉著諷諭的主題，浩蕩的發展成文學主流。至於漢賦是否眞能收諷諭的功效呢。或有可疑處，因漢賦諷諭的主旨往往置於一連串鋪綺橫錦之後，所以易使人惑於所鋪陳的形相，忽略了諷諭的目的。如武帝讀大人賦，飄飄陵雲之志〔註6〕。因而揚雄〈吾子篇〉曾嘆云：「或曰賦可以諷乎？曰：諷乎，諷則已；不已，吾恐不免於勸也。」可看出賦有未能達諷諭功效者。但不論如何，賦體的諷諭功能確乎是賦家所關注的，尤其在漢代。如是，賦體除具有「鋪陳」的根源意義外，已衍生有「敷陳諷諭」的功能意義。

六朝以前的文學思想，雖也重視「情動於中，而形於言」（詩大序）的言志功能，但對於賦體，因時代環境的關係，偏重於諷諭的功能。然則，漢賦所敷陳的諷諭，與其說是對社會功用而言，毋寧說是根據作者意識而言。因漢代賦家在儒家傳統載道文學觀的需求下，賦家的創作意識，必須將賦體合乎「尙用」的原則，因此諷諭成爲賦家

〔註3〕見朱自清，《詩言志辨》中〈賦比興通釋〉一節。
〔註4〕班固，《漢書藝文志詩賦略語》。
〔註5〕《漢書》，卷八十七〈揚雄傳〉。
〔註6〕《漢書》，卷五十七〈司馬相如傳〉。

的主要任務。至六朝，在唯美文學觀的需求下，賦家在創作意識上，不須受諷諭功能的羈絆，對於賦體轉而重視「言志」的功能。且顯著的在文采上著力，此由六朝賦在形式上的雕琢刻鏤，鍊字錘句，即可窺見一斑，如庾信的「桐間露落，柳下風來；琴號珠根，書名玉杯。有棠梨而無館，足酸棗而非合。」（〈小園賦〉）顯而易見的是於文采上敷陳。因而賦體因時代的轉移，可有「敷陳情志」的功能，且於形式上可衍生有「敷陳文采」的意義。

中國文字的意義本有多重引申的現象。由上文所述，「賦」的基本涵義是「敷陳其事」，但「賦」成為文體後，意義上已有所引申。於功能上，可引申為「敷陳諷諭」或「敷陳情志」；形式風格上，可引申為「敷陳文采」。因此若詮釋賦體，須涵蓋有賦體的功能與風格意義，方算完備。摯虞言「賦者敷陳之稱」（文章流別論）僅把握住賦體的根源意義。如是詮釋賦體，實有不足。能將賦體意義言之甚詳的，可推之劉勰。其言：「賦者鋪也，鋪采摛文，體物寫志也。」（《文心詮賦》）以「鋪」言明賦體的基本表現技巧；以「鋪采摛文」言明賦體的形式風格；以「體物寫志」言明賦體的內容及功能。若此，賦體的意義方明確，因此紀昀評云：「鋪采摛文，盡賦之體，體物寫志，盡賦之旨。」〔註7〕實為確評。

〔註7〕張立齋，《文心雕龍註訂引紀昀語》，正中書局，頁68。

第二章　魏以前賦的演變

　　一代文學的興衰，不是一個單純的原因。其中都有它的遠因近果，由於各種相互的影響，種種不同的環境，加以漫長時間的醞釀，方漸漸形成某種形態。因而論及魏晉賦，則需對魏以前賦的演變狀況加以說明。

　　先秦時代最受矚目的文學，一是北方的詩經，一是南方的楚辭。楚辭和詩經雖然地殊形異，但考楚辭的所由興起，實出自「三百篇」，昔人咸謂楚辭爲詩之變體〔註1〕，而賦體的正式出現，雖始於屈原及荀子，但賦的萌芽實早在詩經之時〔註2〕。劉勰〈辨騷篇〉言：「楚辭者體漫於三代而風雅於戰國，乃雅頌之博徒而辭賦之英傑也。」即言騷體直接詩經而爲辭賦的開山祖。屈原的作品——《離騷》、《九章》等，起初並無「辭」或「賦」的名目。其後，劉向將屈原及其跟從者的作品都爲一集，方名之爲《楚辭》。《楚辭》的作者，基本上是採反覆鋪陳的形式，以表現他們對於理想的執著，挫折的憤懣及希望的幻滅等。但無論是用華美或質樸的文辭，幻想或事實的陳述，楚辭和賦體的內在承續關係是不斷的。因屈原用詩人寫詩的方法寫離騷、九章等作品，而這些作品恰是辭人用以作賦的典範，所以漢人將楚辭隸於

〔註1〕見姚鼐，《古文辭類纂》序目辭賦類，華正書局，頁26。
〔註2〕見本文第一章。

賦體的範疇。司馬遷與班固，亦以爲楚辭與賦全然無別，將楚辭之作多以賦名篇〔註3〕。故劉勰將屈原的地位定爲「軒翥詩人之後，奮飛辭家之前。」又把賦的來歷說成「受命於詩人，拓宇於楚辭。」（《文心詮賦》）

　　在屈原創造了離騷、九章之後，南方文學已呈異彩。而當時又有老莊富有玄妙情趣的哲學著述出現，所以，荀卿以北方的學者遊於楚，即被屈原與老莊的作品所吸引，而沈浸其中。但是荀子卻有自己的另一作風，創造了幾首似楚辭又不似楚辭，似老莊又不似老莊的新文體，而名之曰賦篇。此是以賦名篇之始〔註4〕。屈原的作品雖可名之爲「賦」，但詩的成份多於文的成份。荀卿的賦篇則已接近散文，所以賦體應以荀卿爲轉變之迹的關鍵。觀荀卿禮、智、雲、蠶、箴等賦作，有二個特點：一是以短篇的散文形式寫成，而內容極爲簡樸平實。此因荀子寫賦的目的，有如戰國的諸子，是爲發表其學術思想，欲以辭賦成一子之學〔註5〕。二是採問答手法，與楚辭中採取問答而不標示人名的手法相同，若不細心分辨，則易含混不清。由此二特點，可見漢代賦家所普遍使用的散文問答形式，實由荀賦奠下根基。再者，荀賦在內容上可分說理和詠物，如體、知、箴、賦是說理賦，雲、蠶賦則是詠物賦。兩者於運用手法上，雖稍嫌簡陋，但已爲漢代的說理及詠物賦，開啓了雛形。

　　賦體在春秋戰國時期，經屈原及荀卿的努力，雖已嶄露頭角，但

〔註3〕 司馬遷，《史記・屈原列傳》云：「屈原既死之後，楚有宋玉、唐勒、景差之徒者，皆好辭，而以賦見稱。」班固，《漢書・藝文志》亦稱「屈原賦二十五篇」。二人皆將楚辭與賦互稱。

〔註4〕 荀卿書有賦篇，收禮、知、雲、蠶、箴五篇。馮承基於《六朝文述論略》一文言：「或見荀卿書有賦篇，遂謂賦之名，始於荀卿，則未爲正確。」但荀卿既以賦篇爲篇名，則荀卿以爲所收之禮、知、雲、蠶、箴五篇爲賦作，應無疑矣！

〔註5〕 章學誠，《校讎通義》云：「假設問對，莊列寓言之遺也；恢廓聲勢，蘇張縱橫之體也，排比諧隱，韓非儲說之屬也；徵才聚事，呂覽類輯之義；其文逐聲韻，旨存比興，而深探本源，實能自成一子之學，與夫專門之書初無差別。」此即言明諸子有賦家之風，荀子亦然。

因其時天下紛亂，政治不上軌道，文學也沒有一定的趨向。秦朝雖統一天下，然因秦始皇燔百家言，坑殺儒士，從此士氣消沈，文學不興。此時，可說是文學的低潮時期，辭賦也因此不顯。然則，賦體經此長期的培育醞釀，至漢朝終於成為文學的主流。

賦從詩三百發源，經歷楚辭和荀賦的交相影響，終於造成漢賦的興盛。此自文體的發展而言，亦屬必然。誠如顧炎武《日知錄》中所言：「由三百篇而不得不變為楚辭，由楚辭而不得不變為漢賦者勢也。」

戰國時期的賦作，雖是屈原的楚辭體和荀卿的散文體並行發展，然呈楚辭賦多而散文賦少的現象。至漢代則以散文賦為盛，楚辭賦漸衰。而漢代楚辭賦大多為模擬作之，較無開創性，所以真正能代表漢賦的是長篇的散文賦。大體而言，漢賦作家專取詩中「賦」之一義為賦，又取楚辭中贍麗之辭以為辭，因而易流於鋪排而乏情理。以下就三方面略述漢賦的特色：

一、形式方面

喜採問答體與虛撰的人名。在離騷或荀卿中即有不甚明顯的問答形式，漢賦則大量採用明顯的「你問我答」形式，亦即《漢書藝文志》所稱的「主客」形式。如司馬相如之〈子虛賦〉中：

……烏有先生問曰：「今日田樂乎？」子虛曰：「樂」……
僕下車對曰：「臣楚國之鄙人也。……又烏足以言外澤乎？」
齊王曰：「雖然，略以子之所聞見言之。」僕對曰：「唯唯，臣楚有七澤……」

此實以問答來推展賦體的進行，其中子虛、烏有先生的命名皆為杜撰。在離騷中，屈原及女嬃的問答為實際人物，而宓妃、巫咸等雖非實際人物，亦本於神話而非杜撰。姚鼐曾云：「設辭無事實，皆辭賦類耳」〔註6〕漢賦即善於在「設辭無事實」上大作文章，將人名皆成

〔註 6〕同註1。

虛撰。如揚雄長揚賦的「翰林主人」、「子墨客卿」，班固兩都賦的「西都賓」、「東都主人」，張衡西都賦的「馮虛子」、「安虛先生」等，姓名只成一種代號而已，他們可以隨意的生活在賦家的筆下。而運用此種杜撰人物的問答形式，是為利於長篇散文賦的局勢開展，以增其宏偉的氣象。

二、用辭方面

文字聲韻與賦的交相運用。漢賦作家有許多是文字學家，如司馬相如、揚雄等。他們識字既多，基於慣性與逞才的心理，自然就會將文字聲韻之學運用於賦作中，而能自鑄偉詞，狀人狀物，另有一番韻味。如：

　　駕應龍象輿之蠖略委麗
　　驂赤螭青虬之蚴蟉宛蜒 （《司馬相如大人賦》）
　　哮呷呟嗀，躋躓連絕淈殄沌
　　攪搜澩捎，逍遙踊躍若壞頹 （《王褒洞簫賦》）

可見雙聲疊韵及奇怪的形音字甚多，故有用字艱深的現象。然其時乏字形字音的總集，文字學的賦家們或有意以賦作來代替類書。但此風氣一啟，漢賦的作品中，即時可見難認難讀的字與音，此乃有人言漢賦為偏搜奇字，窮稽典實的代名辭的原因所在了。

三、內容方面

偏重客觀的描寫。由荀卿開詠物賦的端倪後，漢代詠京都地理的賦作甚多，然皆僅能作客觀的描寫，毫無個人的情感可言。如相如的子虛、上林賦、揚雄的蜀都賦、班固的兩都賦等皆是。他們描繪一個地方，首言山、次言土、又次言石、又次言東南物產及地理，以條分縷析的方法盡情舖張的寫，而毫不寓含個人的情感。於此種「客觀狀物」的描寫下，抒情賦幾於消聲匿跡。

以上所言漢賦的特色，簡而言之，是以典雅的古文，寫貴族層面生活的文學，故漢賦的普遍作風為典重。而以漢賦的整個發展而言，

是散文韻文調和的成功，是先秦南北文學接觸的新果，亦是賦體文學
體裁的確立。然西漢賦家多追蹤古雅，文較趨於散，故賦作多渾樸而
疏簡。東漢之文則趨於整，因而賦作家由疏簡趨於繁密。東漢末年，
因賦的發展背景有所變動，賦作則另有一番風格。

第三章　魏晉賦的發展背景

　　在魏晉文學史上，賦體雖不及五言詩來得耀眼奪目。然筆者據嚴可均《全魏晉文》作一統計，魏晉二百年間（有一百五十八位賦家，賦作則有七百二十餘篇之多）。於數量上，與漢賦之一千餘篇相較〔註1〕，毫不遜色。可見賦體發展至魏晉，雖已失其主流地位，但仍保持著一股潮流。而任何一種文體，必有其發展的背景，以下即自社會、文學、地域三者，探求魏晉賦的發展背景。

一、社會背景

　　朝代的遞移，最易產生動亂。中國歷史上，漢末魏初之際，即顯著的表現出亂世的色彩。所謂「是時四海既困中平之政，兼惡卓之凶逆，家家思亂，人人自危」（曹丕《典論自序》）正道出漢末董卓蕩覆王室的混亂情形，而「出門無所見，白骨蔽平原」（王粲《七哀詩》）則是漢末戰火連年的社會寫實記載。漢末雖政治紛亂，但在文學方面，卻極為燦爛，此固與時代環境的刺激有關，而執政者的倡導，亦是重要因素。於漢室衰微，群雄並起之際，曹操終於取得了政治地位，且漸安定了混亂的局面。曹操對政治雖極有野心，但用人唯才，酷愛文學。《魏書武帝紀注》云：「御軍二十餘年，手不捨書。書則講武策，

〔註 1〕《漢書·藝文志》詩賦略列有一千零四篇賦。

夜則思經傳。登高必賦，及造新詩，披之管絃，皆成樂章。」即指曹操雖常年生活於軍旅，卻無須臾離開書籍筆墨，一直過著晝治軍，夜治文的生活。由於曹操的愛好文學，便有意的延攬了天下文士，當時最有名望的建安七子，即投於曹操幕府，而曹氏父子常與這些幕僚橫槊賦詩，開創了著名的建安文壇。因此隨著國家政權的轉移，執政者亦開拓了一個輝煌的文學集團，而這個以曹氏一門及其僚屬為主的文學集團，使社會充滿了文學氣息。

延至曹丕篡漢建魏，形成三國鼎立之局面，其中以魏國勢最強，地廣兵多，而曹丕亦不忘提倡文學。曹丕言：「蓋文章經國之大業，不朽之盛事。」（典論論文）乃言文學之要。而丕本身亦論撰詩賦，魏志文帝紀注云：「集諸儒于肅城門內，講論大義，侃侃無倦。」即可見曹丕重視文學之一斑。至於曹丕之子明帝，亦曾置崇文觀，徵善屬文者充之。劉勰云：「至於魏之三祖，氣爽才麗，宰割辭調，音靡節平。」（《文心時序》）即指魏之太祖武帝操，高祖文帝丕及烈祖明帝叡三人，皆屬愛好文學之士。而「上有好者，下必甚焉」，魏帝的酷愛文學，對於當代的社會文風有極大的影響。鍾嶸《詩品》云：

> 曹公父子，篤好斯文。平原兄弟，鬱為文棟。劉楨王粲，
> 為其羽翼。次有攀龍托鳳，以致於屬車者，蓋將百計，彬
> 彬之盛，大備於時矣！

可見魏國文才即在曹氏一門的領導下，闢開了文學的新領域，造成魏國一朝文學的興盛。當時提倡文學的親王們皆好辭賦，如文帝以副君之重，善為辭賦，陳思王曹植寫賦更是下筆琳瑯，建安七子中之王粲及徐幹，亦以賦見長〔註2〕。因而賦體能緊承漢賦的餘緒，繼續蓬勃的生長著，《隋書經籍志》云：「建安之後，辭賦轉繁，眾家之集，日以滋廣。」即可見於親王們所提倡的文學時代裏，無異已替賦體創造

〔註2〕劉勰，《文心雕龍時序篇》云：「魏武以相王之尊，雅愛詩章；文帝以副君之重，妙善辭賦；陳思以公子之豪，下筆琳瑯。」又曹丕云：「王粲長於辭賦，徐幹時有齊氣，然粲之匹也。」

了繼續發展的環境。

　　自魏明帝曹叡去世後，魏的政治實權落於司馬氏之手。又因魏無宗室夾輔，王室孤立，未幾，司馬氏即篡魏建晉。三國紛爭之局面亦因此結束，天下入於短期的統一。而西晉執政者司馬氏，雖有意於政治，卻無意於文學，不若早一代曹氏之提倡文學。但西晉人才甚盛，劉勰曾云：「晉雖不文，人才實盛」（《文心時序》）可知西晉亦不乏文才學士。而一般文才學士，鑒於國家身處小康，對於提倡文學亦能不遺餘力，盡其所能，於是文風亦鼎盛一時。鍾嶸《詩品》云：

　　太康中，三張二陸兩潘一左，勃爾復興，踵武前王，風流
　　未沫，亦文章之中興也。

即稱述西晉太康時，重現了曹魏之文風。其中「三張二陸兩潘一左」乃指「太康八子」——張華、張載、張協、陸機、陸雲、潘岳、潘尼、左思。西晉文家，固不止此八人，但特秀者，此八人殆已網羅，西晉文風即群文學名家的提倡而顯現朝氣。值得注意的是，這群文學名家均有不少賦作〔註3〕，且有數人是因辭賦方享譽當世的，如張華因〈鷦鷯賦〉而聲名日著，張載因〈濛汜池賦〉而成知名之士，左思因書〈三都賦〉而洛陽為之紙貴，文名因之益顯。因此晉賦得以緊承魏賦的發展時機。

　　晉室南渡以後，東晉一朝之君臣晏安江左，士氣頹廢，不理國事。但好玄理，無文弄墨之風並衰，如元帝及明帝對文學皆有所好。《晉書》明帝紀言「性至孝，有文武才略，欽賢愛客，雅好文辭」。劉勰亦云「元皇中興，披文建學」、「明帝秉哲、雜好文會，升儲御極，孳孳講藝，練情於誥策，振采於詞賦」（《文心時序》）可見東晉執政者較西晉執政者更重視文學。而豪貴士人，亦以文學為生活享受。於是談玄與文學便成了表現當時文人的思想方式。文士如郭璞、孫綽等，

〔註3〕據《全晉文》計，張華有五篇賦作；張載有七篇賦作；張協有六篇賦作；陸機有二十九篇賦作；陸雲有九篇賦作；潘岳有二十二篇賦作；潘尼有十四篇賦作；左思有五篇賦作。

縱尚玄理，亦不忘以辭賦書玄理，為東晉賦留下特殊的一頁。

　　綜觀賦之特盛於漢，除上承屈荀的影響外，帝王的努力提倡，是個重要的資素。延至魏晉，賦雖未得到帝王特殊的禮遇，但文風的鼎盛，已然給予魏晉賦有利的發展環境。

二、文學背景

　　改朝換代之時，並不一定就意味著是一個新的文學時代的開始。但文學本乎意境，意境又隨乎時事，文人於生活思想上，發生極大改變時，文學必呈現另一番風貌。

　　東漢末年，宦官外戚相繼為患，使得社會凋蔽，民生困苦。於此世運衰微之際，文人非但仕進無途，甚且往往是首當其衝的受害者；講究「學以致用」的儒學思想，已不再適用於紛亂的現實。一般文士先是懷疑儒學思想，進而否定它，於是道家思想乘勢崛起，造成用世之情歇退，而適己之志願擴展，重視個人主義的浪漫文學便因此而產生。故漢末文學作品所呈現的精神及文學家創作的態度，均已大大的改變。此種改變影響於賦體的是，由厚重堆砌之風轉向清峻簡練。即內容上是清麗平易的；形式上是短小精悍的。如張平子的〈歸田〉，〈髑髏〉諸賦，即屬此類賦作。而賦體的此種轉變，卻為魏晉賦指導了另一發展的路線。

　　魏晉仍是個政權腐化、法治精神無法建立的時代。一般文人亦棲心於老莊的玄理以求解脫，使漢末漸萌的老莊思想日益蔓延。而隨著老莊思想的蔓延，張平子為賦體所啟開的新轉變亦已發展成熟。若推究其原因，固是東漢末的文人思想風格和魏晉相近，即劉勰云：「魏之篇製，顧慕漢風，晉之詞章瞻望魏采。」（《文心通變》）但當時純文學觀念的確立，亦是此種重建新貌的短賦，得以開出燦爛花朵的重要養分。

　　兩漢是經術獨尊的時代，載道當用的色彩極為濃厚，此時賦體是被支配於帝王的力量下；辭賦所為者，是為朝政作揄揚鼓吹，是為人

主供怡悅消遣，造成僅務藻飾，不見內心。而在創作的動機上，亦要蒙上諷諫的功能，以配合政治的需求﹝註4﹞。然而，魏晉文學的發展，隨著儒學的衰微，純文學的觀念已漸萌長。沈約《宋書謝靈運傳》論上云：「至于建安，曹氏基命，三祖陳王，咸蓄盛藻。甫乃以情緯文，以文被質。」由「以情緯文，以文被質」，可知在文學上，已意識到形式與內容要並重，亦即已有文學價值的新覺醒。此種覺醒，促使賦體的諷諫作用式微，而賦家的創作動機轉為直抒性靈，因此反對模擬堆砌的詞藻，重視個人性靈的抒發。如是，漢末張平子所寫「抒一己之情」的短賦，恰符合了魏晉文學觀的需求。所以賦體在漢末出現了轉變的曙光後，即光芒四射了魏晉的賦壇。

三、地域背景

　　三國時，魏、蜀、吳雖是鼎立著，但文學以曹魏最為發達，人才也集中於魏都。其時，魏建都中原，導致三國文學以中原地區為發展中心。又辭賦本屬貴族文士的文學，而愛好辭賦的貴族親王們，如三祖陳王，均身在中原，所以三國賦亦以中原為發展地域。而蜀、吳的辭賦幾乎成真空狀。據全三國文統計，魏有二十七位賦家，一百三十三篇賦作；吳有八位賦家，僅十七篇賦作；蜀則全無賦作﹝註5﹞。可見三國賦幾乎全為魏國所攬括。

　　司馬氏繼魏擁有天下後，由陸機、陸雲於孫吳滅亡後十年入洛一事觀之﹝註6﹞，可知當時中原亦是文士的集中地。而在辭賦的作風上與魏並無多大變更，賦體仍以中原地域為發展主流。西晉懷帝時，八王之亂造成永嘉亂世，中原地區為胡騎所縱橫，世家大族均紛紛由中原逃到江南，晉室乃重新建都於江南。此刻，北方成為五胡十六國的

﹝註4﹞錢穆，《中國文學講演集》之〈中國文化與中國文學〉一文云：「漢賦似當屬於純文學，然仍非由純文學動機來。漢賦之使用場合，仍在政治圈中，而實乏可貴之效能。」

﹝註5﹞見清‧嚴可均所輯，《全三國文》，世界書局。

﹝註6﹞見《晉書》，卷五十四〈陸機、陸雲本傳〉。

天下；北方人民在異族的統治下，生活甚受壓迫，文士亦不能不強自壓抑自己的情感。於此情況下，賦作自然減，因而東晉賦中，北方作家僅李嵩一位，賦作亦僅三篇〔註7〕。而東晉賦的發展地域已隨貴族文士的南遷，轉以江南一帶為發展中心。

在晉室南渡的初期，內憂外患甚為頻仍，辭賦作家因此暫時消歇。但不久晉室即大力開發南方，社會仍呈偏安的繁榮狀態。而無疑地，也替賦體重新開闢了生長之所，造成賦家們相繼興起，如郭璞、孫綽、木華、陶潛等。然則，地域背景的轉移往往影響了文人創作的題材，所以魏晉賦家亦讓賦作蒙上了江南的色彩。如郭璞江賦所盡力描繪的江南景象，其云：「爰有包山洞庭，巴陵地道，潛逵旁通，幽岫窈窕」，此又豈為中原賦家所能涉及的景色？

另者，東晉人士思想與西晉又不盡相同。西晉一代所云玄理，不過老莊，東晉文人則兼及佛理。即檀道鸞《續晉陽秋》所謂：

> 過江佛理尤盛，故郭璞五言，始會合道家之言而韻。詢及太原孫綽，轉相祖尚，又加以三世之辭，而詩騷之體盡矣！
>
> 詢、綽並為一時文宗，自此學者悉體之。

一時文人承佛理的風氣，仿效者日益繁多。而賦家以佛理入賦，遂形成賦體的特殊現象。大體言之，理智益深，才藻益奇是東晉賦的特點。造成東晉賦體此種特殊現象者，除時代衰亂的因素外，江左的地理背景亦是重要因素，所謂「南人學問精通簡要」（《世說新語・文學篇》），加上江左是個崇尚玄虛思想的地域，因此賦家轉移到江左後，使賦作呈現出一種簡要及玄虛的精神。由是可見，因魏晉賦發展地域的轉移，賦體的風格亦有所轉變。

〔註7〕據《全晉文》，西涼之李嵩有三篇賦作，即〈述志賦〉、〈槐樹賦〉、〈大酒容賦〉。後兩篇已佚，僅留〈述志賦〉。

第四章　魏晉賦的分類

　　賦的分類，殆始於揚雄之言：「詩人之賦麗以則，辭人之賦麗以淫」(《法言吾子篇》)。繼而《漢書藝文志》以屈原等二十家為一類，陸賈等二十一家為一類，孫卿等二十五家為一類，雜賦十二家為一類，共分四類，既無名稱，亦未說明分類標準。而昭明選文時，特重辭賦，將賦分為十五類，即京都、郊祀、耕籍、畋獵、紀行、遊覽、京殿、江海、物色、鳥獸、志、哀傷、論文、音樂、情等，此蓋依題材而分類。《文苑英華》為昭明文選之續集，其於賦體，分成四十二類：天象、歲時、地理、水、帝德、京都、邑居、宮室、花園、朝會、禋祀、行幸、諷諭、儒學、軍旅、治道、耕籍、樂、鐘鼓、雜伎、飲食、符瑞、人事、志、博奕、射、工藝、器用、服章、畫圖、寶、絲帛、舟車、薪火、畋漁、道釋、紀行、遊覽、哀傷、鳥獸、蟲魚、草木。每類之下，更有子目，較之《昭明文選》十五類，更為繁瑣。此由於按題材分類，最易混淆，且易造成分類不當，因此後人對於文選選賦之分類頗多指責〔註1〕。故本文對魏晉賦之分類，係以形式為基準。

〔註 1〕俞陰甫，《第一樓叢書》云：「文選一書，辭章家奉為準繩，乃其體例，實多可議。如賦、詩宜以時代為次，多為標目，反或拘牽，且特立耕籍之名，而所錄止潘安仁〈籍田賦〉一首，特立論文之目，而所錄止陸士衡〈文賦〉一首，則耕籍即潘賦之正名，論文乃陸賦之本意，題前立題，猶屋上架屋矣。又如風、月、雪賦之物色，義

-21-

　　徐師曾《文體明辨》將歷代賦分爲四體，一曰古賦（即楚辭體賦），二曰俳賦（即駢體賦），三曰文賦（即散體賦），四曰律賦。此種分類，係就形式著眼。律賦至唐宋方盛行，在此可不論。漢賦上承楚辭與荀賦，於形式上有楚辭賦與散文賦。而魏晉賦上承漢賦，仍保有漢賦的兩種形式。又因詩賦駢儷之習日益普遍，於是有駢賦的產生。故除律賦外，徐氏所分的另三類，於魏晉賦皆可適用，而魏晉作家更嘗試將各類形式雜相運用，此筆者謂之雜體賦。因此魏晉賦的形式共可分爲四類，一是楚辭體賦，二是散文賦，三是駢賦，四是雜體賦。前二者是上有所承，後二者是下有所啓。於形式上，魏晉賦實有承先啓後之功。由此亦可見賦作的形式，有變者，有不變者；有因襲者，有不因襲者，在於賦家斟酌用之。據清嚴可均所輯之《全魏晉文》作一統計﹝註2﹞，得楚辭體賦六十九篇，散文賦三百八十九篇，駢體賦一百五十六篇，雜體賦七十五篇，由此可略見各類形式的比重。

一、楚辭體賦

　　楚辭體賦創始於屈原，亦有稱騷體賦者。因屈原在離騷中大量的使用「兮」字，使「兮」字的運用，成爲一種獨特的體式。然離騷僅爲楚辭的一篇，綜觀楚辭作品的主要特色，即爲語助詞「兮」的運用。故在此以楚辭體稱之，而不以騷體爲名。

　　在賦體盛行時，楚辭體的形式，便被賦家們所取用，即班固〈離騷序〉中所云：「其文弘博麗稚，爲辭賦宗，後世莫斟酌其英華，則象其從容。」漢賦興盛時，楚辭體賦的勢力的確很龐大，許多賦作皆採楚辭體。魏晉時，楚辭賦的勢力雖已稍弱，於魏晉賦的四類形式中，

既不通，而秋興一賦，又非其倫，斯亦義例之未安者乎？」即從賦體方面來言文選分類的不當。近人駱鴻凱之《文選學》義例中對俞氏所言亦有所闡明。

﹝註2﹞除《全魏晉文》之外，筆者將《全漢文》中之「建安七子」——王粲、應瑒、阮瑀、徐幹、劉楨、陳琳此六人之賦作亦包括在內。因六人皆屬魏之文壇人物。孔融則因生於漢，亡於漢，故此不包括其賦作。

所佔比例甚少，但仍略留餘響。而魏晉楚辭形式上繼承了楚辭的優良傳統，卻注入了新的血液，故仍有不少清新佳作。如王粲的登樓、向秀的〈思舊〉，皆乃魏晉楚辭賦的千古名作。

「兮」字是楚辭賦的重要特徵。通過「兮」字的運用，可加強音韻與氣氛的特殊效果，且可使句子長短自由變化，篇幅的拓展及修辭技巧，皆更自如，故為賦家所喜。至於「兮」字的使用方法，可分整篇章法與每句句法言。觀魏晉楚辭賦的「兮」字整篇章法，大體有三種：(1)句句皆用；(2)隔句用；(3)整齊的配合著前半段用，後半段不用〔註3〕。而三種不同的放置法，所表現出來的效果亦有所差異。句句皆用者，如魏文帝〈感離賦〉：(《全三國文》卷四)

> 秋風動兮天氣涼，居常不快兮中心傷。
> 出北園兮彷徨，望眾墓兮成行。
> 柯條潛兮無色，綠草變兮萎黃。
> 脫微霜兮零落，隨風雨兮飛揚。
> 日薄暮兮無悰，思不衰兮愈多。
> 招延佇兮良久，忽踟躕兮忘家。

「兮」字有停頓的作用，若如上篇句句皆用，則於韻律上顯舒緩，故適於表現較傷感非戚的意境。

隔句用「兮」者，如夏侯湛〈鞞舞賦〉：(《全晉文》卷六十八)

> 專奇巧于樂府兮，苞殊妙乎伶人。
> 匪繁手之末流兮，乃皇世之所珍。
> 在廟則格祖考兮，在郊則降天神。
> 納和氣于兩儀兮，通克諧乎君臣。
> 協至美于九成兮，等太上乎睿文。

一句用「兮」，一句不用，則「兮」字僅於使用之句襯出暫歇氣氛。整篇觀之，韻律上有緩急的變化，不似句句皆用「兮」者舒緩。

前半段用，後半段不用，如曹植〈感婚賦〉：(《全三國文》卷十

〔註3〕筆者謂「整齊的配合著前半段用，後半段不用」，是指前段用「兮」字的句數，與後段不用「兮」字的句數相等。

三）

> 陽氣動兮淑清，百卉鬱兮含英。春風起兮蕭條，
> 蟄蟲出兮悲鳴，顧有懷兮妖嬈。用騷首兮屏營。 ⎤六句

> 登清臺以蕩志，伏高軒而游情。悲良媒之不顧，
> 懼歡媾之不成，慨仰首而太息。風飄飄以動纓。 ⎤六句

前六句用「兮」字的虛字來緩和語氣，後六句不用「兮」字，而改用「以」、「而」、「之」等虛字來代替「兮」字。因此在排列上，形成前半段用「兮」，後半段不用「兮」的現象。然則，前後六句所用的虛字雖有不同，但「以」、「而」、「之」與「兮」一樣有緩和語氣的作用，所以在全篇賦的韻律上仍顯得舒緩。此種運用手法與第一種句句用「兮」法的效果相同，皆適於表現舒緩悲戚的情境。若此，為何作者不以句句用「兮」法來表現舒緩的韻律及情境呢？大體是因全篇句句用「兮」過於單調無變化，而以「以」、「而」、「之」三個不同的虛字交替運用，則顯得較為靈活富於變化。

以上三種用「兮」字的方式，以第二類的比重最大，約佔魏晉楚辭賦之半。第三類的比重最小，僅曹植、應瑒數篇賦屬之。論其原因，蓋隔句用兮法，一來較為通俗，於楚辭作品中已常見；二來一緩一急的句法，較能使韻律有適切的表現，因此魏晉楚辭賦家常用。至於第三類的句法，於楚辭作品中並未見，而漢賦作家亦未有之，實為魏晉賦家有意的組合。此種新句法，雖甚富於變化，但畢竟要賦家特意的組合，較不能任賦家隨心所欲，故魏晉楚辭賦家仍少用。

再者，以每句句法言，「兮」字可置句中，亦可置於句末。置於句中者，如「隨風雨兮飛揚」（魏文帝〈感離賦〉）；置於句末者，如「納和氣于兩儀兮」（夏侯湛〈鞞舞賦〉）。兩者相較，句中兮比句末兮更能襯托緩慢的韻律。因置兮於句中，乃於中途停頓；置兮於句末，則一鼓作氣於句尾方停頓，而句尾本即有停頓的作用，因而兮字置於句末，所產生的停頓作用不大。觀魏晉楚辭賦中，隔句用兮法往往置「兮」於句末，如王粲〈登樓賦〉，向秀〈思舊賦〉；句句用兮法

往往置「兮」於句中，如前文所引魏文帝〈感離賦〉。此蓋因隔句用兮，置兮於句末，方能有韻律的間奏感；句句皆用兮，將兮置於句中，方能發揮其停頓的作用。

　　除「兮」字的運用外，楚辭賦尚有另的特色，即留有楚辭的總結轉折語——亂曰、重曰、倡曰等〔註4〕。在魏晉楚辭賦中有重曰、倡曰之辭者少見，但以亂曰為結語者甚多。茲舉曹植〈蟬賦〉為例：

　　……亂曰：詩歎鳴蜩，聲嘒嘒兮，盛陽則來，太陰逝兮，
　　皓皓貞素，侔夷節兮，帝臣是戴，尚其潔兮。（《全三國文》
　　卷十四）

整篇的大意實由「亂曰」的敘述來點明。而楚辭賦不論是用「亂曰」、「重曰」、「倡曰」的那一類結語轉折詞，所為者皆是點明篇意，與史記的「太史公曰」有異曲同工之妙。

　　當初屈原以楚辭來述己之悲愁情懷，因而樹立楚辭賦為抒情的典型。然一種形式並非只能描寫一種內容，就如一個人可同時具有多方面的才能。所謂的「舊瓶盛新酒」，聰慧的賦家已能運用舊體式來賦予新內涵。今觀魏晉楚辭賦大家——曹丕、曹植、王粲、向秀等，皆已給予楚辭賦新的面貌。如曹丕〈臨渦賦〉：（《全三國文》卷四）

　　蔭高樹兮臨曲渦，微風起兮水增波。
　　魚頡頏兮鳥逶迤，雌雄鳴兮聲相和。
　　萍藻生兮散莖柯，春水繁兮發丹華。

全篇才六句，有如一首小詩，純是一幅美景。由是一方面顯示出魏晉短賦的特質，另方面可看出楚辭體賦亦可用之於述景。

二、散文賦

　　說文云：「散，分離也。」散文賦乃取離散之意。其特色是無須對偶，疏落有致，但散而不亂，於自由表現中，寓有適度的規律。

　　散文賦的發展，是從名為屈原作品的卜居、漁父開端的。明徐師

〔註4〕楚辭作品中有「亂曰」敘述者，如〈懷沙〉、〈哀郢〉、〈離騷篇〉；有「倡曰」敘述者，如〈抽思篇〉；有「重曰」敘述者，如〈遠遊篇〉。

曾《文體明辨》於文賦（散文賦）類云：

> 按楚辭卜居、漁父二篇，已肇其端，而子虛、上林、兩都
> 等作，則首尾是文，後人傚之。純用此體，蓋議論有韻之
> 文也。

乃言〈卜居〉、〈漁父〉下啓了漢代〈子虛〉、〈上林〉等散文賦。〈卜
居〉、〈漁父〉雖名爲屈原所作，但後代學者有非屈原所作一說〔註5〕。
然而即使是後人委託屈原所作，爲時應不晚於漢〔註6〕。因此卜居、
漁父可說是漢代散文賦之祖。除〈卜居〉、〈漁父〉外，尚有名爲宋玉
作品的〈高唐〉、〈神女賦〉〔註7〕及荀卿的〈禮、智、雲、蠶、箴諸
賦〉爲散文賦奠下根基，所謂「卜居、漁父、高唐、神女與荀卿諸賦，
其爲文賦之傑構者。」〔註8〕若此絕佳散文賦的陸續出現，乃孕育了
漢代散文賦的大盛。散文賦發展到魏晉，仍保持著一股勢力，於四類
形式中，散文賦爲數最多。究其原委，一因其形式較自由，賦家易於
發揮。二因後代文學往往遺留前代文學的影子。

　　散文賦發展的初期，皆採問答形式，如〈卜居〉、〈漁父〉、〈高
唐〉、〈神女〉與荀卿諸賦等皆屬問答體散文賦。也因此漢代所盛行的
長篇散文賦，幾乎全採問答體式。而魏晉的散文賦，一方面保有問答
體式，一方面則已不採問答體式，大致可分爲四類：其一爲長篇問答
體散文賦，此完全是漢代子虛上林的遺響。這類作品不多，而以左思

〔註5〕葉師慶炳於《中國文學史》云：「至於卜居、漁父，篇首均有『屈原
　　　既放』之句，全係第三者口吻；故當非屈原所作。」華仲麐先生《中
　　　國文學史論》，輔大出版社，頁65亦主此說。

〔註6〕見華仲麐先生《中國文學史論》云：「卜居與漁父兩篇……出於秦漢
　　　人的模擬之作，應亦可信。」輔大出版社，頁65。

〔註7〕宋玉的高唐神女諸賦的真僞問題，歷來學者眾說紛紜。葉師慶炳於
　　　《中國文學史》云：「俱爲楚王與宋玉問答之辭，以第三者口吻寫成，
　　　當屬後人託名之作。」此說可信。然僞託的年代至今尚未有確切的
　　　解決，即Burton Watson所著，《古代中國文學史》（羅錦堂先生譯）
　　　所云：「不幸我們無從斷定宋玉作品，是否確爲公元前三世紀的作
　　　品。」此處暫將高唐神女賦的僞託年代置於秦漢之際，因此高唐神
　　　女賦亦爲開啓漢代散文賦的傑構。

〔註8〕詳見陳去病先生所著《辭賦學綱要》，文海出版社，頁2。

的〈三都賦〉最爲重要。此賦於〈蜀都賦〉中首言：「有西蜀公子者，言于東吳王孫曰……」，於〈吳都賦〉中首言：「東吳王孫輾然而咍曰……」，於〈魏都賦〉中首言：「魏國先生有睟其容，乃盰衡而詰曰……」。此種以問答構成的長篇散文賦，實與兩都二京賦同一例，而不出子虛上林的範圍。其二爲長篇非問答體散文賦，漢賦中曾有這類作品，但爲數甚少。如杜篤的〈論都賦〉（《全後漢文》卷二十八）、張衡的〈南都賦〉（《全後漢文》卷五十三）乃以非問答體的敘述法來完成長篇的散文賦作。魏晉這類作品也不多，可以潘岳〈西征賦〉爲代表，此賦發端曰：「歲次玄枵，月旅難賓，丙丁統日，乙未御辰，潘子憑軾西征，自京徂秦，乃喟然而嘆曰……」，完全以自己當主角，以自己的遊歷來描繪地理景象及事蹟，而不採問答形式，實與〈論都〉、〈南都賦〉同一例。其三爲短篇問答體散文賦，這類作品可謂是新舊之融合，即用舊有的問答體式放置在新開的短篇散文賦中，如曹植〈洛神賦〉：「余從京城言歸東藩……迺援御者而告之曰……御者對曰……余告之曰……」；又如張敏〈神女賦〉：「于是主人憮然而問之曰……于是神女乃斂袂正襟而對曰……」，雖是短篇散文賦，但仍以一問一答的方式來推展賦文。其四爲短篇非問答體散文賦，這類作品是魏晉新開局面的散文體式，於魏晉散文賦中佔大多數。例如：

> 大凡人之爲圃，各植其所好焉，好甘者植乎薺，好苦者植乎荼，好香者植乎蘭，好辛者植乎蓼。至于寡人之圃，無不植也。（曹植〈藉田賦〉）

> 我嘉茲櫛，惡亂好理，一髮不順，實以爲恥，雖日用而匪懈，不告勞而自己，苟以理而委任，期竭力而沒齒。（傅咸〈櫛賦〉）

> 有生之薄是曰蜉蝣。育微微之陋質，羌采采而自修。不識晦朔，無意春秋，取足一日，尚又何求？戲停淹而委餘，何必江湖而是游。（傅咸〈蜉蝣賦〉）

完全是短小精悍的非問答型散文賦。而此類作品方足以代表魏晉的散文賦，其中以魏之曹植、晉之傅咸堪稱爲大家。

　　「虛構人名」本是漢代問答體散文賦的特色之一，而魏晉不論是那一類的散文賦，皆延用了漢賦虛構人名的方式。所不同的是魏晉散文賦所虛構的人名，並非毫無含意，實寓有作者的「特意」虛構，如束皙的〈讀書賦〉云：「耽道先生，澹泊閒居，藻練精神……」成公綏的〈嘯賦〉云：「逸群公子，體奇好異，傲世忘榮。……」其中所虛構的「耽道先生」與「讀書」（賦名），「逸群公子」與「嘯」（賦名）皆有密切的關聯，隱指著耽道先生讀書而悟道，逸群公子狂嘯而飄逸，使虛構的人名有深一層的含意。

三、駢體賦

　　說文云：「駢，駕二馬也，從馬，并聲。」駢賦即取多用偶句之意。自然之理為奇偶相生，數不能有奇而無偶，文亦不能有散而無駢，故散文與駢文總並行發展，賦體亦然。

　　錢本庵於《唐音審體》上云：「晉，排偶之始也；齊、梁排偶之盛也。」按魏晉時，駢儷已為賦壇帶來新潮流。早在屈原時，其楚辭作品已有對偶句法。如〈離騷〉之「朝飲木蘭之墜露兮，夕餐秋菊之落英。」〈東皇太一〉之「蕙肴蒸兮蘭藉，奠桂酒兮淑漿。」〈河伯〉之「波滔滔兮來迎，魚隣隣兮媵予。」皆是楚辭形式的對偶法。至東漢末，部分散文賦體亦已趨向工整的對偶句法，但為數仍少，僅可謂為「駢體賦的醞釀期」。魏晉時，賦體則明顯的呈現著整齊妍華，以駢偶句法為主體之賦已甚多。在魏晉四類賦的形式中，比例僅居於散文賦下。此時可謂為「駢體賦的開發期」。近人胡適之於《白話文學史》即云：

> 辭賦化與駢儷化的傾向到了魏晉以下更明顯了，更急進了。

故賦用駢儷句法開始雖早，然至魏晉方有完備的形式。

　　魏晉的文章辭賦皆求形式的美化，而駢賦字句的駢偶對稱及聲韻的協調和諧，皆較其他類型的賦體，易于達到感官與視覺的美感，於

是魏晉的駢體賦乃大量產生。而賦體本有聲調之美，兼採駢偶，則有如美人上船黛，倍增光采，使魏晉賦壇呈現「麗」的色彩。至於一般駢偶之法，即《文心雕龍・麗辭篇》所云：「麗辭之體，凡有四對，言對為易，事對為難，反對為優，正對為劣。」簡言之，言對不用典故，事對則用典，反對即反義詞或意義不同之詞相對，正對即同義詞或意義相近之詞相對。舉凡事對與反對的寓意較深遠，言對與正對則較淺顯，故劉勰以難易優劣來分此四對。而駢賦在講求修辭技巧的原則下，必甚重視對仗的法則。因此魏晉駢賦的對仗法，四種對法皆有，正對如：

　　戴緣碧之黍毛，擢翠尾之修莖。（左九嬪〈孔雀賦〉）

　　苞玄黃之烈輝，綠煒曄而焜煌。（傅玄〈安石榴賦〉）

反對如：

　　鍾儀幽而楚奏，莊舄顯而越吟。（王粲〈登樓賦〉）

　　寧作清水之沉泥，不為濁路之飛塵。（曹植〈九愁賦〉）

言對如：

　　慕浮雲以抗操，耽簞食之自娛。（曹攄〈述志賦〉）

　　飲芳桂之凝露，食秋菊之落英。（左九嬪〈孔雀賦〉）

事對如：

　　鍾期棄琴而改聽，孔父忘味而不食。（成公綏〈嘯賦〉）

　　哀夫差之湎惑，詠楚懷之失圖。（曹攄〈述志賦〉）

在四種對仗法中，魏晉駢賦所呈現的以正對及言對者居多。大體因事對及反對作來較不易。

　　駢賦作家本以章句為基石，鎔裁為意匠，不能任氣以使筆，故不善為者，易溺於形式之美，僅擁有外貌的淫麗而乏識度。因而魏晉的駢賦作家雖多，卻僅陸機與潘岳堪稱為大家，此二人不但巧於用典，且溶入個人的情感，使駢賦以表裏如一的姿態出現。一般言，駢賦受駢偶辭句的拘限，抒情及說理總有不盡人意之感，因此駢賦並不適於用來說理或抒情。故魏晉駢賦亦以記景及詠物者居多；如陸機〈文賦〉以駢體巧妙的敘述文學理論者，不但為魏晉之獨篇，後來亦未有所

見。至於魏晉的駢賦皆以短篇的外貌出現，此因魏晉的賦風偏向短章，且駢賦本不易爲長篇。茲舉兩篇短駢賦，以見魏晉駢賦的形式：

> 尋之莫見其終，迎之莫如其來。
>
> 四方爲之易位，八維爲之輪迴。
>
> 游聚則天地爲一，消聚則六合洞開。（李充〈風賦〉）
>
> 收輔車之雙彎，舍良馬之長鞭。
>
> 擒迅羽之輕焱，截逸足之狡弄。
>
> 盈得獲于後乘，充庖廚之所貢。（成公綏〈射兔賦〉）

四、雜體賦

一切文學形式皆由語言所構成，以上所言賦的三類形式，即因語言的配合方式不同，故有不同的形式產生。而不論賦家採用那種形式，皆可呈現出那類形式的基本風貌。但魏晉賦作又有將三種風貌融爲一體的現象出現，即顯著的將三類形式交相運用，而彼此不分主賓，有相等的地位。此類賦作，筆者謂之雜體賦。

魏晉的雜體賦可細分爲四類：（一）散體與駢體合用；（二）散體與楚辭體合用；（三）駢體與楚辭體合用；（四）散體、駢體、楚辭體三者合用，以下即按此四類分別舉例說明：

1. 散體與駢體合用者，如孫放〈廬山賦〉：

> 尋陽郡南有廬山，九江之鎮也。（散體）
>
> 臨彭蠡之澤，接平敞之原。（駢體）

2. 散體與楚辭體合用者，如阮籍〈獼猴賦〉：

> 飃畏逼以潛身兮，穴神立之重深。終或餌以求食兮，焉鑿之而能禁。誠有利而可欲兮，雖希覿而爲禽。（楚辭體）
>
> 故近者不稱歲，遠者不歷年，大則有稱于萬年，細者笑于目前，夫獼猴直其微者也。（散體）

3. 駢體與楚辭體合用者，如張華〈感婚賦〉：

> 彼婚姻之俗忌兮，惡當梁之在斯。逼來年之將至兮，迫星紀之未移。（楚辭體）

窈窕初茂，玉質始盛。容華外豐，心神內正。接軫連騎，隱隱習習，充街塞里，暉暉城邑。（駢體）

相麗姿之綽約兮，遙髣髴以感心。怨佳人之幽翳兮，恨檢防之高深。（楚辭體）

4. 散體、駢體、楚辭體三者合用者，如夏侯湛夜聽笳賦：

越鳥戀乎南枝，胡馬懷夫朔風。（駢體）

惟人情之有思，乃否滯而發中。（散體）

南闔兮拊掌，北闓兮鳴笳，鳴笳兮協節，分唱兮相和，相和兮諧慘，激暢兮清哀。（楚辭體）

奏迎燧之初驚，展從由之歎乖。（駢體）

伸棄兮更纏，遷調兮故顏。（楚辭體）

披涼州之妙操，擬飛龍之奇引。垂幽蘭之游響，采楚妃之絕歎。放鵾雞之弄音，散白雪之清變。（駢體）

以上四類中，散體與楚辭體的合用，於漢初賈誼〈鵩鳥賦〉中，即已現出端倪。但賈氏是因文氣須轉換，故以楚辭體敘述心懷，而以散體來作議論結語，實非純然的混雜。漢初雖有賈氏為賦體形式啟開混雜的現象，但在當時並未蔚成風氣。至魏晉，許多賦作方呈現混雜的現象，而混雜的形式亦見繁複，如上所言的四類雜體形式，其排列的方法又可變化無窮。至於魏晉賦家之所以運用雜體形式的原因，可言無意為之，因賦家若熟悉了某一種形式，在使用另一種形式時，極易滲雜本來所熟悉的形式；亦可言有意為之，因一種形式僅能呈現出一種風貌，或適於表現某些內容，而當賦家有複雜的情感及內容需表達時，用雜體形式則顯突出。

一般言，以駢體來述景及用典，有一唱三歎之致；以散體來敘事說理，有清晰淋漓之效；以楚辭體來表達內心情感，有敦厚婉約之美。可見三種形式，各有其特殊的功能。而將三種形式夾雜運用，則即使讀者警覺賦家所要表現的蘊意。由上所舉四類雜體賦的例子中，吾人即可發現，賦家往往於述景及用典時採用駢體，如「臨彭蠡之澤，接

平敞之原」、「奏烽燧之初驚,展從由之歡乖」;於敘事轉折時用散體,如「尋陽郡南有廬山,九江之鎮也」、「惟人情之有思,乃否滯而發中」;於表達情感時用楚辭體,如「怨佳人之幽翳兮,恨檢防之高深」、「彼婚姻之俗忌兮,惡當梁之在斯」即以形式的轉變來表現賦作的內容。而魏晉徐以上所舉數人的雜體賦外,嵇康、阮籍、傅玄均有不少雜體賦作,堪稱為魏晉雜體賦大家。可見雜體賦於魏晉已陸續的出現,而此與當時文學理論的確立,促使賦家意識到形式與內容可以互相配合,應是相關聯的。

綜觀魏晉四類雜體賦中,以第四類散體、駢體、楚辭體合用者為數最多。由此可知,魏晉賦家對雜體賦實下了一番心血,因而努力的將三種形式加以調配。然而,雜體賦雖適於表達賦家複雜的情感,但於音韻及用辭上觀之,卻有格格不入之感。所謂「一篇之中,數體駁見,武其冠,儒其服,非全人也。」(梅曾亮述管同語)此或可引述為雜體賦於音韻及用辭上的不和諧。在魏晉之後的南北朝,是個講求音韻及用辭的時代,所以對於魏晉賦家所努力拓展的雜體賦,並未加以重視。使雜體賦僅能於魏晉賦壇掀起一陣浪潮,而後即浪止潮退了。

第五章　魏晉賦的特色

　　文章風格代有不同，兩漢的文章異於周秦，魏晉的文章又異於兩漢，故劉舍人論文曾有「與世推移」（《文心時序》）之語。此因文學乃現實的返照，與時代背力，有如影之隨形，必互為表裡。由第三章所述，魏晉因政治社會的變動及文學觀念的確立，已使賦體有特殊風貌的呈現。而昔人對此新的賦風皆有所推崇，如姚鼐云：「辭賦則晉，宋人猶有古人韻格存焉。」（《古文辭類纂》序目）及劉熙載云：「建安名家之賦，氣格遒上，意緒綿邈，騷人清深。」（《藝概》）可見魏晉賦已再度攬取了昔日的詩騷情趣。

　　換言之，因時代的轉移，魏晉賦已不僅於字句間盡文章之能事，於字裡行間外，亦別饒意趣。劉師培曾言魏晉詩賦的特色是「益事華靡，多慷慨之音」（《中古文學史》），實一語道出魏晉賦的形式及內容特色。現為更具體的明瞭其特徵，擬從題材，形式及表現手法三方面來探述魏晉賦的特色。

一、題材分析

　　賦作的風貌往往隨題材擇取的差異，而產生變化。建安以下，賦作的題材已侵入詩境，舉凡可以入詩的題材，亦足以入賦，不再拘限於兩漢宮殿畋獵式的題材。因此魏晉賦以詩騷的風貌出現。然而賦的題材本不易細細分類，但為言明魏晉賦家擇取題材的趨向，此節歸出

仙隱、遊覽、哀弔、詠物、哲理、情志等六項，較足以代表魏晉賦風的題材來分別說明。不過，此六項題材並非絕對獨立。賦家在賦作中或雜用了兩三項的題材，則筆者以賦作中所呈現的大部份題材為歸類的基準。

（一）仙　隱（遊仙隱逸）

凡言遊歷仙境或描繪隱逸生活者，皆屬此類題材。分言之，即遊仙與歸逸。此類題材所以一再出現於魏晉，乃因魏晉之際，兵亂頻仍，政局動盪，士人遵循儒家理想在立德、立功方面所作的努力與期待，此時皆落于虛無；因而士人於現實的外在根本無法實現自己的理想。而賦家意識到遊歷仙境的神秘，及沈醉隱逸生活的超然，皆可暫時忘卻外在的一切現實。因此魏晉賦中增加了許多遊仙及隱逸的題材。於此將遊仙及隱逸合言，即因不論是產生原因或表現方式，兩者均有相似處。蓋以此類題材入賦，賦家不但可寄託自己苦悶的靈魂，亦可將內心渴望的理想寄寓於賦作中。其中遊歷仙境的題材，有以神仙之境；有以神女之境來表達著。以下乃將魏晉賦的仙隱題材分神仙、神女、隱逸三小類敘述：

1. 神、仙類

在楚辭的「招魂」、「遠遊」中，已顯示出豐富的神仙色彩。而「招魂」、「遠遊」的作者或非特意的以遊歷神仙之境為題材，但卻發展了後代的神仙賦材。如漢代司馬相如的〈大人賦〉，受楚辭神仙題材的啟示，特意的以遊歷神仙之境為題材，來藉以諷諭愛好神仙的武帝，但卻讓武帝閱後有「飄飄凌雲之氣，似遊天地之間意。」（《史記・司馬相如傳》）至魏晉，困窘的亂世，使神仙賦材有了發揮的機會，如摯虞〈思游賦〉，李顒〈凌仙賦〉、陸機〈列仙、凌霄〉等賦，皆屬以神仙為題材者。而魏晉賦家以此類題材入賦，大體是為個人得消極抒靈的功效，與漢代〈大人賦〉為諷諭皇帝而遊歷仙境有所不同，如摯虞〈思游賦〉云：

……譏淪陰于危山兮，問王母于椒丘。觀玄鳥之參趾兮，
會根壹之神籌。擾黿兔于月窟兮，詰姮娥于蓐收。爰攬轡
而旋驅兮，訪北叟之倚伏。……（《全晉文》卷七十六）

其中「王母」、「姮娥」皆是神話中常提及的人物，而賦家卻通過主觀
的意識來構設這些神話人物。如摯虞以「問」、「詰」等動詞冠於神仙
人物之上，乃表示出人間世已無人可問詰，只得將心中的疑問訴之於
神仙。結果雖必與楚辭的〈天問〉一樣，是不得其答的，但賦家卻因
此可得抒懷的效果。至於魏晉神仙賦材的基型結構，與遠遊、大人賦
一般，經過一番遊歷的過程後，仍須復歸﹝註1﹞。所以摯虞〈思游賦〉
於描繪遊歷神仙之境後，又賦云：「斐陳辭以造退兮，主悖惘而永歎。
惟升降之不仍兮，詠別易而會難」，由「斐陳辭以告退」，即表示出必
須回歸到現實的人世。這是魏晉神仙賦所反映出的特色──藉神仙之
境來抒懷，但最後仍不離人間。

2. 神女類

楚辭〈九歌〉中詠湘君、湘夫人、伴隨著靈巫歌舞的祭祀儀式，
而其中的神祇翩然蒞臨，倏然遠逝，幻設出優美動人的境界，此實以
神女爲題材的先祖。而後有傳爲宋玉作品的〈高唐〉、〈神女賦〉，以
巫山神女爲題材，也因此啓示了曹植以宓妃的神話，完成了〈洛神賦〉
的佳作﹝註2﹞。魏晉賦中，除曹植〈洛神賦〉以神女爲題材下，張敏、
王粲、陳琳、應瑒等人均有〈神女賦〉以神女爲題材。可見〈神女賦〉
的名稱在當時已成一種沿襲，而魏晉賦家以神女爲賦材，往往是敘述
人與神女間的愛戀心理，與九歌中的女性神祇爲男覡配婚的對象已

﹝註1﹞ 李豐楙於《六朝仙境傳說與道教之關係》一文中言：「仙境遊歷傳說，
繼續遠遊系統的另一主要精神，即爲懷歸、復歸。離騷中屈原臨睨
舊鄉的情懷……」又云：「從楚辭的離騷、遠遊的巫系文學系列，及
由此發展形成的遊仙文學，均以遊歷爲其主題。」（李豐楙先生第四
屆全國比較文學會議之演講稿）

﹝註2﹞ 參看許世瑛先生〈我對洛神賦的看法〉一文，收於羅聯添所編《中
國文學史論文選集》（二），學生書局，頁494。

有所差異。如陳琳〈神女賦〉云：

> ……申握椒以貽予，請同宴乎奧房。苟好樂之嘉合，永絕
> 世而獨昌。既歎爾以豔采，又說我之長期。……（《全後漢文》
> 卷九十二）

描繪大體是因作者皆將「神女」比喻為美好理想的追求。所以賦家描
繪神女時，亦往往投下個人理想的影子，如張敏〈神女賦〉云：

> 于是神女乃斂袂正襟而對曰：「我實貞淑，子何猜焉？且辯
> 言知禮，恭為令則，美姿天挺，盛飾表德，以此承歡，君
> 有何惑？」（《全晉文》卷八十）

其中的「我」，表面上是神女自稱，事實上，神女口中的願望，也就
是作者心中的願望。因此魏晉以神女為題材的賦作，有所隱喻亦在所
難免。此類題材可言是「交替題材」〔註3〕，作者將「神女」與「自
我」的交替運用，來舖陳心中的理想境界。

3. 隱逸類

魏晉文人居於亂世之際，懷才不遇，循名不著是常有之事，而文
人不得伸張其志之時，往往產生「卷而懷之」的隱逸思想。於魏晉賦
中，明顯的反映此種思想的是，以隱逸為題材的賦作陸續的出現。如
張華〈歸田賦〉、束晳〈近遊賦〉、潘尼〈懷退賦〉、陸機〈幽人賦〉、
陶潛〈歸去來辭〉等，皆屬此類賦作。至於魏晉以隱逸為賦材者，大
體於敘述隱居景色之際，寓有一份隱逸的超然精神。如張華〈歸田賦〉
云：

> 存神忽微，遊精域外，藉纖草以為茵，援垂陰以為蓋，瞻
> 高鳥之陵風，臨儵魚於清瀨，眇萬物而遠觀，脩自然之通
> 會，以退足於墼，故處否而忘泰。（《全晉文》卷五十八）

將纖草、垂陰、高鳥、儵魚等自然景物加以描述，來形容歸隱後的「域

〔註3〕錢穆於《中國學術思想史論叢》（三），〈讀文選〉一文中云：「主要
在以作者自我入文中，並以自我作中心，而尤必以作者自我當境之
心情作中心。於外面舖陳之中，而兼內心之抒寫……此種題材，可
謂之交替題材。」於此借「交替題材」之名言神女題材，但意義實
是相貫的，即兼內心之抒寫。

外」美景。而以「退足於壑，故處否而忘泰」，來寓含作者所期望的是，脫離現世的塵俗，進入另一個理想的境界；所肯定的價值是，流連山林，從形跡的消遙，進而達到精神的超越，故能處否而忘泰，得失不縈於心。此乃魏晉以描述歸隱生活或景色為題材的賦作，所表現的超然精神。

（二）遊　覽

凡是描寫遊歷所見的山川或名勝地理景象者，皆屬此類題材。在漢賦中雖有少數賦作是以鋪敘山川景象為題材者，如班固〈終南山賦〉，劉向〈請雨華山賦〉，然而此類賦作並不是遊覽賦，是賦家專為遊覽欣賞而作賦，因此觀夫題名必有「登」、「遊」等動詞，而漢賦中並未有此類賦作。但此類賦材卻出現於魏晉。論其原委，大體是因賦家在塵寰中找不到安慰，仙隱題材雖可有所寄託，卻顯玄虛不切實際。於是有些賦家尋出遊覽山川或名勝地理的實際情況，來淨化情志。陸雲〈登台賦〉云：「今何求而有質，于是聊樂近遊，薄言儷伴，朝登金虎，夕步文昌。」（《全晉文》卷一○○）可引述為遊覽賦之所以產生的主要原因。

魏晉的遊覽賦有記遊名勝地蹟者，如王粲〈登樓賦〉、郭璞〈登百尺樓賦〉、陸雲〈登台賦〉等；有記遊山川之景者，如王粲〈遊海賦〉、潘岳〈登虎牢山賦〉、孫綽〈遊天台山賦〉等。其中記遊山川的遊覽賦，對自然景象均能作深刻的描繪，如王粲〈遊海賦〉云：

> 覽滄海之體勢，吐星出日，天與水際。其深不測，其廣無
> 臬，尋之冥地，不見涯淺。章亥所不極，盧敖所不屆，洪
> 洪洋洋，誠不可度也。（《全後漢文》卷九十）

將滄海的體勢，細膩的描繪出。又如孫綽的〈遊天台山賦〉，「赤城霞起而建標，瀑布飛流而界道」兩語將天台山的峰勢與瀑布，描摹盡致；其下又以「跨穹隆之懸磴，臨萬丈之絕冥，踐莓苔之滑石，搏壁立之翠屏，攬樛木之長蘿，援葛藟之飛莖。」來寫渡天台山石橋之險。諸如以上，因遊歷而將自然景象加以寫實的遊覽賦，實可稱之為「寫生

賦」。而此種遊覽寫生賦，又豈是漢賦中憑著橫逸的才思「氣貌山海，體勢宮殿」（《文心誇飾》）所想像出來的景緻可比；且與前項隱逸賦的「屏氣以斂迹，遊豫以娛心」（潘尼〈懷退賦〉），將自然景緻以寫意的手法來表現，亦有所不同。故此類題材在魏晉賦材中，是極為特殊的一類。魏晉人對自然山水的嚮往與注目，由此類題材的出現，即可窺見一斑，而對於後代山水文學的興起，亦有極大的影響〔註4〕。劉勰曾云：「宋初詠，體有因革，莊老告退，而山水方滋。」（《文心明詩》）乃言山水文學興盛於宋初之際，但若溯其源，魏晉的遊覽賦當是一重要的淵源。

（三）哀 弔

凡憑弔古人或哀憐今人者，皆屬此類題材。人對於現實世界所發生的悲哀，總會有顧惜與眷念的感受，所以漢賦家賈誼渡湘水時，為憑弔屈原，而完成了〈弔屈原賦〉。因此基於文人善感的心理，以哀弔為題材的賦作，當是每代皆有。然而，魏晉是個亂世，面對著一切無常，一切無持的現象，更易使賦家發幽古之深情；又面對著夫離子散的亂世悲劇，賦家更易產生同情悼亡的心理。於是乃使魏晉的哀弔賦較以往為多。如傅咸〈弔秦始皇賦〉，王粲〈寡婦賦〉，曹丕〈寡婦、悼夭賦〉，潘岳〈寡婦、悼夭賦〉、徐廣〈悼亡賦〉，孫瓊〈悼艱賦〉等皆是。

世間可哀悼的對象極廣，以漢代的哀弔賦而言，總拘限於以古人為哀弔的對象。如賈誼的〈弔屈原賦〉、司馬相如的〈哀二世賦〉，皆未涉及現實社會的狀況。但魏晉的哀弔賦，已有許多是以戰爭所造成的亡夫、寡婦為題材的。如王粲、曹丕、潘岳等人均有〈寡婦賦〉，而由諸人的〈寡婦賦〉中所描述的寡婦怨思，可知當時羈宦的久曠，亦顯現了當時亂世的色彩。因而，魏晉哀弔類的賦材，已可屬於歌詠

〔註4〕林文月於《山水與古典》一書中云：「就文學本身觀之，則辭賦，招隱詩，行旅之詩等文學的內容形式，也不能不說與山水詩各有其遠近的淵源關係。」純文學出版社，頁1。

人間疾苦的現實題材。往後南北朝的江淹雖曾以「賦有凌雲之稱，辯有雕龍之聲，詎能摹暫離之狀，寫永訣之情者乎？」（別賦）道出宮庭作賦之人，初不知敘及尋常民間的幽怨疾苦。但由魏晉哀弔賦視之，賦家並非不知敘及民間的疾苦；只是治世有治世的題材，亂世有亂世的題材，賦家處於亂世，對於民間的疾苦又豈能視若無睹？所以描繪現狀的題材，必然應世而生。潘岳寫〈寡婦賦〉於序前云：「亦生民之至艱，而荼毒之極哀也。」（《全晉文》卷九十一）可知魏晉賦家不但以哀弔戰亂情況的題材入賦，而於敘述之際，更寄以深厚的同情，此乃魏晉哀弔賦的特點。而魏晉此類寫實賦材的出現，已為虛構文學的賦體〔註5〕，開拓了另一嶄新的題材境界。

（四）詠　物

《貞一齋詩話》云：「詠物一體，就題言之，則賦也。」〔註6〕可知詠物的題材極適於賦作使用，也因此詠物遠在荀卿時代即已出現。荀卿〈雲〉、〈蠶〉等賦首開敷陳一物的詠物題材後，漢有賈誼的〈旱雲〉、王褒的〈洞簫〉，以長篇文字鋪寫一物而技巧臻於成熟的賦篇出現。而後，漢賦中以一物為描寫對象的題材乃陸續的產生，如曹大家〈蟬賦〉、班固〈竹扇賦〉、劉歆〈燈賦〉等皆是。至魏晉，此種以吟詠一物為題材的賦作，終於發展成一股巨流；觀魏晉七百餘篇的賦作中，即有三百五十餘篇是以詠一物為題材者，可見詠物賦已攬括了魏晉賦之半〔註7〕。究其原因，一則固因詠物題材本適於入賦；二則因魏晉的文學中，普遍的出現著「巧構形似」的文風〔註8〕。就題

〔註5〕　吉川幸次郎於《歷代賦彙影印本解說》中云：「中國虛構之學之正式成立，雖云等待後代之宋元小說戲曲，若論其前史，漢代之賦及其樂府，不無考慮之必要。」中文出版社，頁5。

〔註6〕　見《百種詩話類編》所收錄之〈貞一齋詩話〉。

〔註7〕　據嚴可均於《全上古三代秦漢三國六朝文》所作之統計。

〔註8〕　劉勰，《文心雕龍・物色篇》云：「自近代以來，文貴形似……」，其中「近代以來」即指魏晉以來。而廖蔚卿於《談六朝「巧構形式之言」的詩》一文中云：「巧構形式的題材對象是日月、風雲、草木等物色為主。」

材言，「巧構形似」的對象不外日月、風雲、草木等眾物。而「詠物賦」所取材的對象亦不離天象地理，器具建築，奇卉異木等眾物，恰是最佳的「巧構形似」題材，因此造成魏晉賦對此類題材的重視。

以漢賦言，詠物的題材尚拘限於鳥獸器物方面。魏晉的詠物賦則更為推廣，舉凡天地間眼簾所能見到之物，無一不為吟詠的對象。如曹丕的〈迷迭、瑪瑙勒等賦〉詠奇花珍玉；曹植的〈橘〉、〈槐樹〉、〈寶刀〉等賦詠果木寶劍；傅咸的〈筆〉、〈硯〉、〈櫛〉、〈鏡〉等賦詠日常器用；桓玄的〈鳳〉、〈鶴〉、〈鸚鵡〉等賦詠鳥獸飛禽。範圍甚廣，實不勝枚舉，無怪乎蕭統謂詠物賦「推而廣之，不可勝載」（文選序）。

魏晉詠物賦取材的範圍雖甚廣，但賦家詠物的方法可歸納為二類：一者是敘述者置身物外，即純詠物；二者是將自身投入物象，即詠物寄意〔註9〕。後者之詠物寄意是言作者因描述物體而引發了個人的心境，是將物貌提昇了更深一層的境界，此與賈誼〈鵬鳥賦〉之名為詠物，而內容完全不敘及物貌的偽詠物賦〔註10〕不同。以下將魏晉的兩種詠物賦分別舉例說明：

1. 純詠物者

僅對物體展開描述的過程。如鍾會〈蒲萄賦〉云：

> 綠葉翁鬱，曖若重陰翳羲和。秀房陸離，混若紫英乘素波。
> 仰承甘液之靈露，下歠豐潤于醴泉。總眾和之淑美，體至
> 清于自然。珍味允備，與物無儔。清濁外暘，甘旨內道。
> 滋澤膏潤，入口散流。（《全三國文》卷二十五）

此賦描繪出葡萄綠葉成蔭，串串紫英的外貌，且將被採擷食用的味美狀況，以「滋澤膏潤，入口散流」來生動的描繪。但作者僅是以不同的角度刻劃物體，並不寓有個人的心境層面。此類純詠物的作品，於漢賦中已多見。如枚乘以「枝逶遲而含紫，葉萎薾而吐絲」（柳

〔註 9〕同註6。本是言詠物詩，此處筆者運用於詠物賦上。

〔註10〕偽詠物賦是指題名為詠物，但內容與詠物全然無關，因此不列於詠物賦中討論。

賦）來刻劃柳樹，羊勝以「重葩累繡，沓璧連璋，飾以文錦，映以流黃，畫以古烈」（屏風賦）來形容屏風，作者皆以旁觀者的立場描寫物貌。

2.詠物寄意者

一面描寫物貌，一面寄託作者個人的心境；自創作過程言，是物境與心境的互相配合。如曹攄〈圍棋賦〉云：

> 夫保角依邊，處山營也。隔道相望，夾水兵也。二闘共生，皆目并也。持棋合口，連理形也。覽斯戲以廣思，儀群方之妙理。訏奇變之可嘉，思孫吳與白起。世既平而功絕，局告成而巧止。當無爲之餘日，差見玩于君子。（《全晉文》卷一七○）

此賦作者先描繪圍棋之狀，而後敘述因圍棋所興起的群方妙理關係，即「覽斯戲以廣思」——當年孫吳與白起的豪傑戰跡，而今安在？就如圍棋的局成而巧止，孫吳與白起的功績亦因世平而絕。若此，作者一面描繪物貌，一面也寄託了個人的心境。因而在含意上，詠物寄意賦較純詠物賦更深入一層。至於此類賦作，於漢代詠物賦中並不多見。

大體觀之，魏晉有「求神理，忘迹象」的玄學風氣下〔註11〕，已替詠物賦家指示了一個新方向——訴諸於人類感官經驗的具體物迹外，應尚有一份神理存在。所以魏晉詠物賦家往往在詠物之際，賦予了物迹一份神理，此乃魏晉詠物賦的特點。

（五）哲 理

凡是探討天地間的事物之理者，屬於此類題材。兩漢之際，以哲理爲題材的賦作甚少，僅漢初與漢末偶然有之。漢初有賈誼鵬鳥賦——名雖是詠物，內容卻以道家的人生哲理爲主，是哲理賦的先聲；漢末有張衡思玄賦，大談道家哲理，延續了一線哲理賦的生命。

〔註11〕見黃永武，〈魏晉玄學對詩的影響〉一文，刊《幼獅月刊》四十八卷三期。

　　魏晉是個玄學思潮彌漫的時代，談玄說理在文人來說已是常事。賦家受此影響，乃喜直抒理性，而惟有以哲理爲賦材，方能盡其所欲說之理，因此哲理賦於魏晉能形成一股流派。晉成公綏曾云：「賦者，貴能分賦物理，敷陳無方。」（天地賦序）此語乃是魏晉賦家對哲理賦的共同體認。如曹植以〈玄暢賦〉來闡明道家「全真保素」之理，楊泉以〈贊善、養性賦〉來論述修身行善之理，仲長敖以〈覈性賦〉來探討人性善惡之理，束晳以〈讀書賦〉論爲學之理等。諸如以上，對於天地間的事物之理，皆能有所闡釋，由此的確可看出賦體「貴能分賦物理」。而魏晉哲理賦乃以寓有一份理趣爲其特點。

（六）情　志

　　若以邵雍所云之「懷其時則謂之志，感其物則謂之情。」（《詩論》自序）來言情志題材的特色，則「感懷」二字可謂甚爲明確。此處所謂情志賦，乃指作者直接舖敘心中的感懷。

　　漢賦大多爲「客觀賦」[註12]，因而以情志爲題材的賦作甚少，僅劉歆，葛龔的遂初賦，馮衍的顯志賦等少數賦作多之。至魏晉，情志賦則較漢代爲盛，此因魏晉的純文學思充已臻於成熟自覺的階段，不少賦家意識到賦體應以情志爲本。因而可直接反映自我內心的性靈及情調的情志賦材，乃陸續的產生。再者，魏晉有個文人與現實無法配合的環境，賦家若能直接舖敘感懷，則可引導出一個自我和諧的境地。也因此魏晉的情志賦，「自我」觀念特別的強烈。

　　若將魏晉情志賦細分，可別爲言志與抒情兩者，前者如劉楨〈敘志〉，棗據〈表志〉、曹攄〈述志〉、陸機〈遂志〉、傅咸〈明意〉等屬之，觀夫題名大多言「志」；後者如傅咸〈申懷〉、潘岳〈懷舊〉、張華〈永懷〉、王劭之〈寫懷〉等屬之，觀夫題名大多言「懷」。但是不論是有言志或抒情，大體均以「自我」爲中心來開展賦篇，如張華〈永

〔註12〕見劉師培，《漢魏六朝專家文研究》，香港中文大學新亞書院中文系
　　　　出版，頁44。

懷賦〉云：「既惠余以至懽，又結我以同心，交恩好之款固，接情愛之分深。」以「自我」爲主體來敘述內心的情感。又如傅咸〈明意賦〉云：「我沒世而是尤，敷腎腸以爲效兮，豈文飾之足脩，感恩輸命，心口自滅。加我數年，竭力效節。」（《全晉文》卷五十一）乃以「自我」爲主體來敘述內心的志向。諸如以上，可發現魏晉的情志，亦即劉師培先生所謂「幽思深遠，以遂己之中情者」的感懷賦。（《論文雜記語》）而此種完全以表達自己生命的意向爲鵠的題材，無疑地已跳出了漢賦「無個人之懷可寫」〔註13〕的範疇。

　　由上所分析的六項題材，可以發現魏晉賦的題材，有些是爲離開現實的社會人生而產生，如仙隱、遊覽；有些則是爲歌詠現實社會的疾苦而產生，如哀弔。因而現實的題材與非現實的題材，乃相互交織於魏晉賦作中，造成魏晉賦的特殊現象。魏晉賦的題材之所以有此特點，實與亂世的背景相關，因爲只有在亂世，賦家才想脫離現實的痛苦，而以非現實的題材入賦；也只有在亂世，賦家才能將社會的疾苦訴之於筆下，以屬於社會疾苦的現實題材入賦。若此，又豈是居於一統社會下的漢代賦家，所能擁有的題材環境。因而在不同的時代環境下，已使魏晉賦家擇取題材的方向與漢賦家有所差異。而由筆者所舉的六項題材中，可知魏晉賦的題材或上有所承，但較漢賦的題材更爲擴延創新，卻是可以確認的。

　　另者，值得注意的是，魏晉賦中有少數以描寫對女性之情慾爲題材者，影響了南北朝「宮體賦」與「宮體詩」〔註14〕的興起。此類香豔的賦材，若溯其源，應始自司馬相如的〈美人賦〉，但漢代在嚴守禮教的社會下，僅此篇賦作以描繪情慾爲題材。魏晉時，禮教已趨

〔註13〕華仲麐，《中國文學史論》，輔大出版社，頁102。
〔註14〕宮體之名，見於《梁書簡文帝本紀》。本紀謂簡文帝「雅好題詩，其序曰：『余七歲有詩癖，長而不倦。』然傷於輕艷。當時號曰：『宮體』。」南北朝時期，不論詩賦均偏重於描寫艷情，而以描述對女性之情慾者，皆可謂之「宮體詩」、「宮體賦」，此類題材之盛於南北朝，於魏晉已稍見端倪。

於崩解，若此香豔的賦材，縱不盛行，卻也延續著，如應瑒的〈正情賦〉，陳琳的〈止欲賦〉，陶潛的〈閑情賦〉即是。而由題名「正」、「止」、「閑」等動詞的運用，可知魏晉賦家雖以此類題材入賦，但大體能「發乎情，止乎禮」，尚未流於萎靡一途。只是此類題材發展到南北朝的「宮體詩」、「宮體賦」中，已流於萎靡。然而，此類香豔的題材之所以一再的出現在南北朝的詩賦中，魏晉賦的「情慾」題材，當有所開啟。

二、形式結構

賦的形式結構要素不外辭句、篇章、韻律三者。而賦於辭句上，皆講求鍛鍊；篇章上，重敘列之法；韻律上，得押韻的節奏美感。故賦體於形式結構上有其共通性。然因時空的遷移，在賦史的流變裡，各時代皆有其特殊的表現，即於共通性外產生差異性。以魏晉論，劉勰曾云：「至魏晉群材，析句彌密，聯字合趣，剖毫析釐。」（《文心麗辭》）換言之，即於辭句上更講求對偶工整。再者以篇章言，劉熙載於《藝概》上云：「賦兼敘列二法，列者一左一右，橫義也。敘者一先一後，豎義也。」漢賦即以敘列的篇章手法，得以寫成體製弘偉的賦篇。而魏晉因賦皆偏向輕快玲瓏的短章小賦，故篇章的敘列之法，亦有異於往昔。至於韻律，黃侃曾云：「為文須講聲律，其說始於魏晉之際。」（《文心札記》聲律第三十三）可知魏晉賦家對韻律亦較往日重視。魏晉賦於辭句、篇章、韻律上，既皆有其特色，以下即以三部份分述之：

（一）辭　句

辭句包括修辭鍊句。劉勰言賦為「麗辭雅義，符采相勝，如組織之品朱紫，畫繪之著玄黃。」（《文心詮賦》）可知既是賦體，則極著重修辭鍊句，而有綺靡麗飾的特點。劉勰之前，曹丕即已有「詩賦欲麗」（典論論文）之語。然真正能讓賦文呈現綺麗及清麗特點的，自魏晉賦始。因漢賦大體皆是「大賦」，於辭藻的擷取上，喜如類書般，

用許多冷艱僻之字。袁枚《隨園詩話》卷二上云：

> 古無類書，無志書，又無字彙。三都兩京賦，言木則若干，
> 言鳥則若干，必待搜輯群書，廣採風土，然後成文。

袁枚此說乃據漢代大賦而言。至魏晉，不論是承繼漢賦而有的大賦；
或新開局面的小賦，皆已絕少堆砌艱僻的辭句。此因魏晉賦大體呈短
庫，賦體一縮短則近於詩，亦趨於精緻的藝術品，辭句必由堆砌轉為
精鍊與勻悄。又魏晉以來，詩文的形式日益講求駢儷偶句，因此排偶
的句法成為魏晉賦的理想句式。劉勰曾云：「古來文章，以雕縟成體。」
（《文心序志》）魏晉賦鍛句鍊字之趨於駢儷排偶偶，即是賦家的雕縟
之心，而雕縟乃為完成文學上的藝術價值。今於魏賦重視文學藝術的
思潮下，觀賦之辭句有三點特色：

1. 意象鮮明

魏晉賦中，喜大量採用一些刻劃形容的辭藻，來清晰的描繪事
物，使事物有逼真的意象浮動。賦家大多用直接表述對比擬的方法，
造成意象感。如：

> 紫紅根以磐峙，擢修幹而扶疏。（范堅安〈石榴賦〉）
>
> 綠葉覆水，玄陰珍岸。（張載濛〈汜池賦〉）
>
> 翠蒂紫飾，紅敷黃螺，圓出垂蕊。（夏侯湛〈芙蓉賦〉）
>
> 列列飆揚，啾啾響作。（成公綏〈嘯賦〉）
>
> 輕風喟喟，羅袂紛紛。（袁崧〈圓扇賦〉）
>
> 天泱泱以垂雲，泉涓涓而吐溜。（潘岳〈射雉賦〉）
>
> 襲春服之萋萋兮，接游車之轔轔。（潘岳〈藉田賦〉）

以上乃採直接表述來呈現意象，所用的辭藻，如紅、黃、紫、列列、
啾啾等，皆可直接呈現出鮮明的意象。而此種描寫語的使用，可增強
意象的特定性和具體性。如「綠葉覆水」，葉本有紅葉、綠葉、枯葉
等，而用了「綠葉」就有了特定的規限，比單獨「葉」字的使用，來
得更為特定和具體。另如：

念余年之冉冉，忽一過其如馳。(韋誕〈敘志賦〉)

發翰攄藻，如春華之楊枝。(楊泉〈草書賦〉)

提墨縱體，如美女之長眉。(同上)

若君子之順時，又似乎真人之抗貞。(左九嬪〈松柏賦〉)

炳如翠虯之仰首，盤似靈龜之齜嘴。(成公綏〈琵琶賦〉)

礮如地裂，豁若天開。(郭璞〈江賦〉)

則屬比擬的示現手法。此種方法在使形象由抽象而具體化，且使意象突出鮮明。以上所舉之例，可見魏晉賦家所常用的比擬措詞為「如」、「若」，而這些比擬措詞的使用，可將兩個不同類的事物相比，使不易刻劃的意象，藉此充分的表達出。如楊泉〈草書賦〉中，即將草書之「提筆縱體」比擬為「如美女之長眉」，乃以一個人於人心中容易想像的形象，來比擬抽象的意態，使之有明顯而突出的意象產生。

2. 排偶整齊

魏晉賦家善於將辭句連綴成若干型相等，而句意相同或不同的文句，以強調所要表現的事物。而此種將辭句構成整齊排偶的特點，不但可使文氣強化，且辭句可顯得華美動人。如楊泉〈織機賦〉云：

濁者含宮，清者應商。

和聲成柔，慷慨成剛。

屈中舒縮，沈浮抑揚。

開以厭間，闔以高梁。

進以懸魚，退以俠強。

此種整齊的句法，予人雄姿颯爽，軒然而來的感覺。而以「清、濁」、「剛、柔」、「縮、揚」、「開、闔」、「進、退」等對比來排偶，更有雄快之感。另如夏侯湛〈浮萍賦〉云：

仰熙陽曜，俯憑綠水。

淳不安處，行无定軌。

流息則寧，濤擾則動。

浮輕善移，勢危易盪。

以孤臣之介立，隨排擠之所在。

內一志以奉朝兮，外結心以絕黨。

萍出水而立枯兮，士失據而身枉。

睹斯草而慷慨兮，固知直道難夾。

若去「兮」字則成四字與六字的對偶，且亦採對比辭句的排偶。如「仰、俯」、「淳、行」、「息、擾」等。而「萍」與「士」的相對，可見出作者「人物雙寫」的用心。因此若善於運用排偶，亦不失為高度文學技巧的表現。如上所舉整齊排偶的句式，於魏晉賦中俯拾可得。且由上可見魏晉賦於造句上，雖日趨駢儷排比，但修辭上，並無堆積艱深字句的惡習，而是用平淺適用的字句，加以琢練的技巧，以達清麗細密的意境。另如陸機的「播芳蕤之馥馥，發青條之森森。粲風飛而颷豎，鬱雲起乎翰林」（〈文賦〉）傅玄的「葉萋萋兮翠青，英蘊蘊而金黃。樹奄藹以成陰，氣芳馥而含芳」（〈鬱金賦〉），則於整齊的排偶中，辭句偏向綺麗。因此魏晉賦的辭句大體具有清麗及綺麗的雙重特色。

3. 運用典故

凡綜採經史舊籍中的前言往行，皆可言「用典」。而「用典」之據事類義，可使文章寓有典雅的風貌。一般言「大量運用典故」乃南北朝賦的特點之一，但魏晉賦家用典之富，實已隨處可見。如：

桀不能變龍逢之心，紂不能易三仁之意。（卞蘭贊〈述太子賦〉）

嘉栗屏而不存兮，故甘死而採薇。（阮籍首〈陽山賦〉）

壯公瑾之明達，吐不世之奇策。（袁宏〈東征賦〉）

鍾儀幽而楚奏兮，莊舄顯而越吟。（王粲〈登樓賦〉）

整衣冠而偉服兮，懷項王之思歸。（阮籍〈獼猴賦〉）

伯牙揮手，鍾期聽聲。（嵇康〈琴賦〉）

以上所舉之例，有以龍逢以比干忠諫桀紂不得而被殺的典故；有以伯夷叔齊甘死採薇，求仁得仁的典故；有以項羽嘆得功名不歸鄉，則如錦衣夜行的典故；亦有以伯牙鍾子期以琴聲成知己的典故。而不論以何種典故入賦，由於取材上的引古喻今，大體能使辭句之義蘊更爲深婉。至於魏晉賦家往往以騈偶句法來安排典故，且喜將歷史人物的形象直接呼喚到來，以增加意境的生動。加上之「伯牙揮手，鍾期聽聲」即以「伯牙」對「鍾期」，「揮手」對「聽聲」，以騈偶的句法，將兩個相關的歷史人物及事件聯繫起來，而給予一番實況的描繪。由此可見，魏晉賦不但有整齊的排偶來完成意境的對稱美，更有典故的運用來加深辭句間的意旨及情趣。

（二）篇　章

劉勰云：「夫人之立言，因字而生句。積句而成章，積章而成篇。」（文心章句）此乃古今作文之不變法則。於此即依此法則分析賦體，上段所言「辭句」屬「因字而生句」，此段則論及連章以成篇的篇章。

劉勰於詮賦中云：「序以建言，首引情本；亂以理篇，迭致文契。」已提及賦有序與亂，而序以情始來建基，亂以理終來結束。故賦體的整體結構可區分爲三部份——首有序，中有賦文，尾有亂、系、重、歌等結語詞。序文乃述寫賦的動機與主旨；亂、系、重、歌等結語詞則簡言全篇大意。然一篇賦並不須三者兼備，大體有三種情形：

1. 序、賦、結語詞兼有者，如陸雲〈逸民賦〉：

富與貴，人之所欲也。而古之逸民，或輕天下，細萬物……乃爲賦云： 〕序文

世有逸民兮，栖遲於一丘，委天形之外心兮，淡浩然其何求。……同明哲於大雅。 〕賦文

辭曰：乘白駒兮皎皎，遊穹谷兮藹藹。
　　……詠歡友兮清唱，和爾音兮此世。 〕結語詞

而於魏晉賦中，三者兼備者僅有兩篇，一是上所舉的陸雲〈逸民賦〉。二是潘岳〈寡婦賦〉。

　2.賦并序者，如曹植〈鶯賦〉：

　　堂前有籠鶯，晨夜哀鳴，悽若有懷，憐而賦之曰：（序文）

　　怨羅人之我困，痛密網而在身。……
　　託幽籠以栖息，厲清風而哀鳴。　｝賦文

此種賦文兼序者，於魏晉賦中有一百八十餘篇之多。此乃受漢賦所影響，因漢賦爲要合乎「尚用」的賦體功能，往往在賦文之前，以賦序來言作者的寫作動機。所以漢賦各篇之前，大多有序文。延至魏晉，賦序在賦體的篇章上，仍留有極重的份量。

　3.賦兼結語詞者，如左九嬪〈離思賦〉：

　　生蓬戶之側陋兮，不閑習於文符。……
　　長含哀而抱戚兮，仰蒼天而泣血。　｝賦文

　　亂曰：骨肉至親，化爲他人。……
　　援筆舒情，涕淚增零，訴斯詩兮。　｝結語詞

一般言，楚辭賦方有亂曰、歌曰等結語詞，而魏晉之楚辭賦僅留餘響，故第一、三類的篇章結構於魏晉中少見。然賦之所以爲賦，是因其賦文，至於有無序、亂，實不重要。因而以下論賦之篇章結構，乃僅針對賦文而言。

　　大小賦之稱，實導源於《文心雕龍》〔註15〕。然觀魏晉除左思，潘岳等少數人有大賦的作品外，從王粲到晉末的陶潛，賦作篇幅大多短小，因而短小精緻乃成爲魏晉賦篇章的外貌特色。故論及篇章結構，魏晉除承襲大賦的傳統外，亦因篇幅之縮短而稍有變更。茲歸納爲二特點，分別敘述：

〔註15〕劉勰，《詮賦》云：「夫京殿苑獵……義尚光大……至於草區禽旅，庶品雜類……斯又小制之區畛。」將小制指禽獸器械草木諸賦而言，雖未明言大制，然實指兩都兩京等京殿苑獵之作言。因而張立齋文心按語言：「大賦小賦之稱，自舍人始。」

1. 問答體式的沿用

賦採問答體式，可推之於楚辭的卜居漁父，而後「假設問答」乃成為賦體舖敍篇章的重要特點。漢代大賦，更擴展了假設問答的體式。而此體式，一則利於開展——對話形式本是古往今來文學作品中最親切的表達方式，況且體物圖貌之作已繁複不近人情，問答正是調劑疏解的最佳方法；二則於問答之際，設為客主，彼此辯難，更易于表現自己的博學多識。延至魏晉，「假設問答」仍是某些小賦的重要特點（大賦採問答體式者見本文第四章第二節）。而魏晉小賦所用之問答體式，有兩種情況，一是明顯的問答形式，即作者直接以問答的形式表現，而問句與答句之間，又呈現一主賓的關係，即問句為主，答句為賓，即作者不直接以主賓關係來表達問答形式，而以「甲得乙言，乙得甲言」的形式來表達彼此之間的對答。

明顯的問答形式，有一問一答或一問眾答的現象。曹植〈洛神賦〉，張敏〈神女賦〉即以「問曰」、「對曰」的手法敍述一問一對的主賓關係（見第四章第二節）。此外，魏晉小賦中尚有僅以「曰」字敍述一問眾答的關係者。如傅咸〈小語賦〉：（《全文》卷五十一）

> 楚襄王登陽雲之臺，景差、唐勒、宋玉侍。王曰：「能為小語者處上位。」景差曰：「么蔑之子……」唐勒曰：「攀蚊髻……」宋玉曰：「折薛足以為橋……」

通篇實為楚王與侍臣間的問答之辭，雖未言「問」、「對」，但於行文間可知，景差、唐勒、宋玉之所以「曰」，乃為答楚襄王之「曰」。楚襄王之語實為主，宋玉諸人之語則為賓，而傅咸不分「問曰」或「答曰」，皆以「曰」字敍述一問眾答之關係，但仍可讓讀者明顯的感受其主賓的關係。此種寫法乃因襲宋玉諸賦而成﹝註16﹞。姑不論宋玉諸

﹝註16﹞班固，《漢書·藝文志》詩賦略言宋玉有賦十六篇，今仍存於世的有：〈九辯〉、〈招魂〉、〈風賦〉、〈高唐賦〉、〈神女賦〉、〈登徒子好色賦〉、〈對楚王問〉、〈笛賦〉、〈大言賦〉、〈小言賦〉、〈諷賦〉、〈釣賦〉、〈舞賦〉等十三篇作品，但此十三篇作品的真偽問題，眾說紛紜，沒有定論。

賦的作者為何人，其賦作的發端幾每篇盡同，言地則陽雲、蘭台等，言人則為楚襄王、宋玉、唐勒、景差諸人，而以「假設問答」為篇章結構的重點。如〈高唐〉〈神女賦〉、〈諷賦〉、〈風賦〉、〈大小言賦〉等皆是。茲舉〈大言賦〉為例：

> 楚襄王與唐勒、景差、宋玉遊於陽雲之臺。王曰：「能為寡人大言者上座。」王因晞曰：「操是太阿剝……」至唐勒曰：「壯士憤兮絕天維……」至景差曰：「校士猛毅……」至宋玉曰：「方地為車……」王曰：「未也。」玉曰：「并吞四夷……」

通篇亦為楚王與侍臣間的對答之辭。將此篇與傅咸〈小語賦〉相較，即可明顯的看出摹仿的痕跡，一則皆以楚王與侍臣為假設事件的人物，而所假設之事件「大言」、「小語」實有相似之處。二則皆以明顯的問答形式來架構篇章，即侍臣皆針對楚王之言作發揮，而於對答之際，有明顯的主賓問答關係。足見傅咸〈小語賦〉所用之明顯問答法實是上有所承的。〔註17〕

不明顯的問答形式，可舉曹植〈鷂雀賦〉為例：

> 鷂欲取雀，雀自言微賤……鷂得雀言……
> 雀得鷂言……鷂得雀言……雀得鷂言……

整篇賦不過數百字，但卻了四次「某得某言」，而有對話方能某得某言。如是雖無明顯的問答形式，但仍屬於「假設問答」的範疇。只是作者並不直接以甲問乙答或甲曰乙曰的形式來表現，而以「甲得乙言，乙得甲言」的間接方法敘述，且所敘述的對話並無主賓或問答的明顯關係。如「鷂得雀言，雀得鷂言」實分不清雀與鷂何是主，何是賓；何是問，何是答；故雖不脫「假設問答」的範疇，但卻無明顯的問答形式。而此種不明顯的問答形式對後代「變文賦」〔註18〕的篇章

〔註17〕《宋玉諸賦》即使為後人偽作，其年代當不至於晚於魏，所以本文以傅咸摹仿宋玉諸賦立論。

〔註18〕本文將敦煌石室所存的四篇名「賦」的作品──〈晏子賦〉、〈鷰子賦〉（一）、〈鷰子賦〉（二）、〈韓朋賦〉。名之為「變文賦」：是屬於唐末、五代以迄宋初的民間講唱文學作品。

結構不無影響。「變文賦」是屬於唐末五代以迄宋初的民間講唱文學作品。賦文所呈現的表達方式與「文士賦」〔註19〕頗有差異〔註20〕，而今所存的四篇「變文賦」——〈晏子賦〉、〈鷰子賦〉（一）、〈鷰子賦〉（二）、〈韓朋賦〉，皆保留著問答形式的篇章結構，且大多採不明顯的問答體式，如〈鷰子賦〉（一）：

> 鷰子語雀兒……雀兒語鷰子……鷰子語雀兒……
> 鷰子語雀兒……鷰聞拍手笑……雀兒語鷰子……
> 雀兒語鷰子……鷰子自咨嗟……鳳凰嗔雀兒……
> 鷰子啓大王……雀兒啓鳳凰……鳳凰語雀兒……
> 雀兒共鷰子……鷰子語雀兒……

整篇賦以「某語某」或「某啓某」的方式來敘述雀佔鷰巢，興起訟獄，而鳳凰斷案的假設事件。作者於架構篇章時，將雀、鷰子鳳凰三主角輪流交替爲對話的主詞及受詞。而於敘述對話之際，主詞和受詞並用，故形成「某語某」「某啓某」的形式。即鷰子語雀兒，雀兒再語鷰子，或鷰子雀兒連續語對方，如此循環運用，只是明顯的敘述甲向乙所說之言，並無明顯的一問一答或一問眾答的主賓關係，卻仍不離「假設問答」的範疇。將此賦與曹植鷂雀賦相較，即可發現其內在的承續關係。一者皆以鳥獸爲假設事件的主角；二者假設事件皆以對話方式來進行，但對話之間並不明顯的表達出何者是「問語」，何者是「答語」，而是以間接的口氣敘述對話關係。由此可知，魏晉賦家雖沿用問答體式來架構篇章，但在運用手法上已有開新處，如曹植〈鷂雀賦〉所用之不明顯問答體式，開啓了「變文賦」嶄新的篇章形式〔註21〕。此種不明顯的問答體式，一來仍以問答體式表

〔註19〕此乃針對民間的「變文賦」立論，將一般貴族文人所作之賦，名之爲「文士賦」。

〔註20〕「文士賦」如漢賦、魏晉賦，作賦的目的或爲諷諭朗誦，或爲抒懷，是屬於古典文學的範疇；「變文賦」是民間講唱文學，而講唱文學作品的創作，必須建立在講與唱的基礎上。所以兩者的表達方式是頗有差異的。

〔註21〕邵紅於敦煌石室的歷史故事《二十一種俗文學作品初探》中云：「民

現，較富戲劇氣氛的效果，容易引人入勝〔註22〕。二來經作者間接的手段，將一大段話語，劃分成幾段簡短的語句敘述出來，也較適合小賦的使用。

2. 逐層分敘的法則

通常大賦比較講究將許多本質上相同的事物做一舖陳的敘述，但為了防止毫無層次的堆砌，「逐層分敘」就成了大賦篇章的定式。如張衡南都賦云：「其地勢……其寶利珍怪……其山……其木……其竹……其川瀆……其水蟲……其陂澤……」敘述山川城郭草木，都是分層舖敘，盡態極妍。此種「逐層分敘」的方法，於漢賦中俯拾皆是，而魏晉仍留的幾篇大賦亦延用之。如左思〈三都賦〉，庾闡〈揚都賦〉即是。然「逐層分敘」的法竟又可分為兩種方式：一者以方位來排敘，一者以列舉來排敘。一、方位排敘，當源自招魂，〈招魂賦〉云：「魂兮歸來，東方不可以託些……魂兮歸來，南方不可以止些……魂兮歸來，西方之害流沙千里些……魂兮歸來……北方不可止些……」，首開上下四方舖陳描繪的風格，在〈招魂賦〉中所作的方位排敘原寓有豐富的象徵意義的，及至漢、魏晉時期的大賦，雖將分敘之法加以擴張，卻已無象徵意義可言。如左思〈蜀都賦〉云：「于東則左緜巴中……其中則有巴菽……于西則右挾岷山……其中則有……」或為分明層次，或為舖陳辭彙，皆已不寓深意。二、列舉排敘，即臚舉各類鳥獸異物之名，此種方法仍延襲楚辭的作風，但是楚辭作品中所記載的地名及各類花草鳥獸，皆不採取排比方式，而是零散地分佈於篇文之中，至於漢賦與魏晉賦則多以排列的方式來表現。如庾闡〈揚都賦〉云：「竹則聆風……獸則騊駼……魚則鮫鱣……果則黃甘……」，即以排列眾物的形式表現之。

間作家便推陳出新，仿照賦體寫作，在當時必一新了人們的耳目。事實上……我們可以說出類似『賦』的形式寫小說正是一種成功的出色的借用，使講唱文學又多了一種嶄新的形式。」

〔註22〕胡秋原，〈古代中國文化與中國知識份子〉一文中，以為賦設為問答，可稱之為劇本。

綜言之，在逐層分敘的法則中，不論是採方位的方法或列舉的方法，皆可使篇章中的敘述層次分明。儘管所論的事物再多，用分敘法就可將眾多事物緊密地扣連起來，而有條理可尋。依此可推斷，對於由「敷陳」發展出來的賦體，若採用分敘法則，無疑是撰寫賦體篇章的最佳法則。是故，即使是小賦所言的事物並不多，亦可依此法則來敘述篇章。以下則列舉魏晉小賦，以闡明「逐層分敘」的特色。如：

> 既乃北通醴泉，東入紫宮。
> 左面九市，右帶閶風。　　　（張載濛〈氾池賦〉）
> 周墉建乎其表，洋波迴乎其中。
>
> 南拂陰擔，北扇陽阿，其旁則有大廈。（應貞安〈石榴賦〉）
>
> 遠而望之，若丹霞照青天，
> 近而觀之，若芙蓉鑒綠泉。　　（夏侯湛〈宜男花賦〉）
>
> 春腸左開，秋膄右窖。
> 仰視雲根，俯臨天末。　　　（張協玄〈賦館賦〉）
> 木則楸樺夾路，翁蔚如林……
>
> 樂則齊州之丹桂，桂則梁山之象樑。（成公綏〈琵琶賦〉）
> 上比烈于南箕，下等美于箕甫。（傅咸〈羽扇賦〉）

以上所列舉之例，有據東西南北，前後左右，俯仰上下等方位者；亦有列舉其木則云云，其樂則云云，其柱則云云以敘述著。然而不論是採方位或列舉的分敘法，皆已脫離大賦堆砌之陋，代之以簡潔之語法敘述，此蓋魏晉小賦的特色。

（三）韻　律

韻律是賦體表現氣勢及神韻的重要因素。昔司馬相如論賦，即謂「合纂組以成文，列錦繡而為質，一經一緯」之外尚須講求，「一宮一商」，然後「賦之迹」才算完成（《吳均西京雜記》卷三）。但賦的韻律特質，魏晉以前的人只是有所感，並未有分析的觀念。所以楚辭

兩漢時代，賦體的押韻，只求近似，並不昔求和諧。換言之，並非有意識的用人工來調配韻律，而是因爲出語自然，音韻天成〔註23〕。直到魏晉，韻書才一再的出現〔註24〕，所以魏晉賦家注意到賦體的押韻問題，自屬必然。劉勰曾云：「昔魏武論賦，嫌於積韻，善於資代。陸雲亦稱四言轉句，以四句爲佳。」（《文心章句篇》）姑不論魏武及陸雲所言是否適切，但已可看出魏晉賦家極重視韻律的和諧，也因此魏晉賦的音韻較漢賦爲勝〔註25〕。而魏晉賦的辭句會走向駢儷對偶的路徑，與賦家的重視韻律和諧亦是相關的，因爲對偶的辭句可使韻律顯得更爲和諧順暢。〔註26〕

袁枚曾謂「性靈不在格律之外」〔註27〕以此用之於魏晉賦的韻律特色亦甚當。因爲魏晉賦家在有成法可考的韻書下，已然意識到如何使賦體的韻律與情境互相配合。因而此節筆者不擬從聲韻學方面來歸納賦的聲或韻，而是以魏晉賦中韻律與情境的關係爲討論對象。

以賦體言，押韻雖無詩之嚴格限制，但大體以隔句押韻者爲多。所謂隔句押韻，是奇句不押韻，偶句押韻。至於換韻則隨賦家心意。因此賦體比詩更自由，比散文更能表現出韻律美。然而文學作品押韻的功用，決不止便於歌詠、和諧娛耳而已，押韻更可以輔助情境，使其畢現出來。由於漢賦多屬「客觀賦」〔註28〕，押韻的目的僅重於吟

〔註23〕詳見謝雲飛《文學與音律》中從文鏡秘府論中看平仄律的形成一文。其言：「……提到中國中國文學的音律，凡有典籍可稽，有成法可考者，總在兩漢之後。」東大圖書公司，頁70。

〔註24〕詳見林尹先生《中國聲韻學通論》中論韻書的起源，其云：「韻書之作，始於魏李登之作……晉呂靜繼之，而作韻集。自茲以後，厥流益廣……」。

〔註25〕劉麟生先生所著《中國文學概論》中云：「漢賦以典重勝，六朝賦以雅麗勝。對於音韻方面，後者又較前者爲勝。」

〔註26〕詳見謝雲飛先生《文學與音律》一書中〈韻文音律的教學問題〉一節，東大圖書公司，頁57。

〔註27〕袁枚，《隨園詩話》卷二上云：「須知有性靈，便有格律，格律不在性靈外。」

〔註28〕劉師培，《漢魏六朝專家文研究》一書中〈論文章有主觀客觀之別〉

詠，無須重視情境與韻律的配合；在前節曾提及魏晉賦家已有不少以賦體來宣洩情感及思緒者，則對於韻律與情境的表達必甚重視。許世瑛先生曾分析過向秀的〈思舊賦〉〔註29〕，陶潛的〈閑情賦〉〔註30〕，由許先生所分析的過程中，已可看出魏晉賦家是以韻律的轉變來表達內心的情境。於此筆者再舉潘岳〈悼亡賦〉為例：

　　伊良嬪之初降，幾二紀以造茲。子之切

　　遭兩門之不造，備荼毒而嘗之。子而切

　　嬰生艱之至極，又薄命而早終。職戎切

　　含芬華之芳烈，翩零落而從風。方戎切

　　神飄忽而不反，形安得而久安。烏寒切

　　襲時服於遺質，表鉛華於餘顏。五姦切

　　問筮賓之何期，宵過分而參闌。落干切

　　詎幾時而見之，日暮戀以相屬。之欲切

　　聽輤人之唱等，乘聲叫以連續。似足切

　　聞冬夜之恆長，何此夕之一促。七玉切

　　且伉儷之片合，垂明哲半嘉禮。盧啟切

　　苟此義之不謬，乃全身之半體。他禮切

　　吾聞喪禮之在妻，謂制重而哀輕。去盈切

　　既履冰而知寒，吾今信其緣情。疾盈切

　　夕既昏兮朝既清七情切，延爾族兮臨後庭。特丁切

一節云：「如三都兩京固屬客觀之賦」。

〔註29〕見《中國古典文學研究叢刊・散文與論評之部》，收有許世瑛先生〈談談思舊賦的寫作技巧與用韻〉一文。

〔註30〕《文學雜誌》第五卷三期，許世瑛先生〈談談閑情賦〉一文，論及〈閑情賦〉的用韻問題云：「……至於淵明所用的陽用做韻腳的，有……可以稱得上錯綜變化。例數第二段用『淒、徊、階、哀、摧、懷』為韻腳……不但可以拖得長，並且正表現一種無可奈可的情味。」由此可見淵明以韻律的轉變來表達內心的情境。

入空室兮望靈座，帷飄飄兮燈熒熒。<small>戶扃切</small>

燈熒熒兮如故，帷飄飄兮若存。<small>徂尊切</small>

物未改兮人已化，饋生塵兮酒停樽。<small>祖昆切</small>

春風兮泮水，初陽兮戒溫。<small>烏渾切</small>

逝消遙兮浸遠，嗟煢煢兮孤魂。<small>戶昆切</small>

全篇除一處採連押外，皆採隔句押韻法。一共用了二十一個韻腳字，而可歸納爲七類：「茲、之」屬之韻字。「終、風」屬東韻字。「安、顏、闌」屬寒韻字。「屬、續、促」屬燭韻字。「禮、體」屬薺韻字。「輕、情、清、庭、熒」屬清、青韻字。「存、樽、溫、魂」屬魂韻字。劉師培及近人謝雲飛曾據段玉裁「聲義同源」條例，對韻語的含義作過歸納〔註31〕；筆者依此將〈悼亡賦〉所用的韻腳意義敘之於下：之韻字有平陳之意。東韻字有高明之意。寒韻字有黯然神傷，偷彈雙淚的情愫。燭韻字有隱密斂縮之意。薺韻字有氣餒抑鬱的情思。清、青韻字有種「淡淡的哀愁，似乎又相當理智」的情愫。魂韻字有苦悶怨恨的情調。

　　由上之分析，可知潘岳於此賦所用的七類韻腳中，有五類屬於發舒內心悲戚情感的韻語。而「悼亡」本爲表達悲哀的愁緒，作者以韻語與情境互相配合，更能強調出情感的變動。作者首先以陽平押韻，而後換入聲韻及上聲韻，再轉陰平韻及陽平韻，由轉韻之際皆可襯托出情緒的變動。細觀賦的內觀，是由平直的鋪敘開首，而後進入黯然的心情，既而欲將黯然的情緒加以壓抑，但再度憶起亡人，又轉入抑鬱的心情。此刻觸景傷感，望著靈室的「帷飄」、「燈熒」，捕捉著與亡人生前的快樂，終以「煢煢孤魂」的深怨情調來結束。而因作者所用的韻語能與悲哀的意義相配合，故於吟詠之際，更可感受其哀怨的愁緒。

　　另外，此賦的字數相對極爲工整，但兩句之間的平仄音韻，並不

─────────────────────────────

〔註31〕詳見劉師培《正名隅論》、謝雲飛《文學與音律》中〈韻語的選用和欣賞〉一節。

須相異。換言之，不是平聲對仄聲，仄聲對平聲。如「神飄忽而不及」「形安得而久安」兩句相對，上句是「平平平平仄仄」下句是「平平仄平仄平」，平仄並不相對。又如「燈熒熒兮如故」，「帷飄飄兮若存」兩句相對，上句是「平平平平平仄」，下句是「平平平平仄平」，平仄亦不相對。所以許世瑛先生曾言：「魏晉時代的文人為文還不像齊、梁以後的文人那麼樣的注重聲律。」〔註32〕但由許世瑛先生所分析的〈思舊〉、〈閑情賦〉及上所舉的〈悼亡賦〉，皆可看出魏晉文人至少在作賦時，極注重韻律與情境的配合，這是漢賦少有的現象，也可說是魏晉賦的韻律特色。

　　以上已從辭句、篇章、韻律三方面來探討魏晉賦的形式結構，三者之中，最足以代表魏晉特殊賦風的是——辭句上的講求。篇章及韻律則因辭句的講求對偶工整而煥發出特殊的風貌。

三、表現手法

　　沈約《宋書‧謝靈運傳》曾謂「相如工為形似之言」，此雖單就相如賦的表現手法來立論，然而「形似」可以說是賦體主要的表現手法。因「體物」是賦體的主要內容〔註33〕，而體物之賦在描述外在物象時，大體皆能窮極其形相，乃走上「如鏡取形，燈取影」〔註34〕的「形似」表現手法，所以劉勰以「寫物圖貌，蔚似雕畫」（《文心詮賦》）來詮釋賦體。

　　一般而言，漢代賦家多為小學家，因此在「形似」的表現上，往往能竭盡豐富的字彙，「因夸以成狀，沿飾而得奇」（文心夸飾）的將物象描繪得淋漓盡致，如相如於〈上林賦〉中，以「馳波跳沫，汩

〔註32〕同註29。

〔註33〕陸機曾云：「賦體物而瀏亮，詩緣情而綺靡」，此乃言「體物」為賦體的內容精神。而由本篇論文第一章中亦可知賦是由體物發展而成的文體。

〔註34〕苕溪漁隱叢話曾引《詩眼》云：「形似之意，蓋出於詩人之賦，『蕭蕭馬鳴，悠悠斾旌』是也。古人形似之詩，如鏡取形，燈取影也。」於此，筆者取「如鏡取形，燈取影」言賦體的「形似」表現手法。

隱漂疾；悠遠長懷，寂漻無聲，肆乎永歸。然後灝溔潢漾，安翔徐回」來描繪水的姿態，情勢；以「鴻鵠鷫鴇……群浮其上。汎淫泛濫，隨風澹淡，與波搖蕩，掩薄草渚」來描繪水鳥的悠遊；以「揭車衡蘭，稿本射干……布濩閎澤，延曼太原，離靡廣衍」來描繪雜草的叢生。單就「極聲貌以窮文」而論，已做到「窮文」的地步，而「窮文」之際，又著重於夸飾與繁縟的修辭法，形成漢賦「形似」技巧的一個特色。但是漢賦家即使以夸飾與繁縟的修辭法，將物象描繪得極為生動，亦僅止於客觀的造象技巧，缺乏三百篇訴諸感情聯想作用的宛轉起情，也缺乏楚辭中憑藉情緒的想像與譬喻的象徵性，因此沈約雖評相如「工為形似之言」，司馬遷卻對相如有「虛詞濫說」之譏。〔註35〕

　　建安以降，古詩體構已漸完成〔註36〕，當時體物之賦與緣情之詩是文學的兩大宗，而緣情之風尤勝於體物之風〔註37〕。因而體物之賦在詩人緣情的要求下，盛行著寫物抒情的小賦。由是，體物之賦乃明顯的溶入了詩的緣情境界。然則，人在新的環境下，會重新作安排，以符合社會的基調；賦家在新開的緣情賦風下，「形似」的表現手法乃有了轉變的情勢。此種變轉即如廖蔚卿先生所言：「『巧構形似之言』是一個具有時代性及創建性的文學現象，它普遍的出現在六朝的詩賦及別類文體中。」〔註38〕換言之，「巧構形似之言」亦是魏晉賦所普遍出現的文學現象。廖先生是以整體的基型結構來談「巧構形似之言」〔註39〕，本章筆者參考其所論「巧構形似之言」的「技巧」

〔註35〕《漢書》司馬相如傳贊所引。

〔註36〕胡適於《白話文學史》，第五章〈漢末魏晉的文學〉中云：「五言詩體，起於漢代的無名詩人，經過建安時代許多詩人的提倡，到了阮籍方正式成立。」可知建安以降，古詩體構已漸完成。文光圖書公司印行，頁51。

〔註37〕見《新亞學報》第三卷第二期，錢穆先生〈讀文選〉一文，頁17。

〔註38〕見《中外文學》三卷七期，廖蔚卿先生〈從文學現象與文學思想的關係談六朝「巧構形似之言」的詩〉，頁21。

〔註39〕同註38。廖先生以為「巧構形似之言」，實際上統攝了整體結構上的

來談魏晉賦的「形似」表現特色。所謂「巧構形似」的技巧是指運用宛轉、隱喻等手法來描寫物貌，而在描繪物貌之際，加以吟詠情志，以達到物境與心境的互相配合。若此，魏晉賦的「形似」技巧與漢賦的「形似」技巧已有所差異。為明此種差異，此下舉數例以明之。

漢代路喬如有篇描寫鳥獸的鶴賦云：

> 白鳥朱冠，鼓翼池干，舉脩距而躍躍，奮皓翅之戢戢。宛脩頸而顧步，啄池磧而相謹，豈忘赤霄之上，忽池藪而盤桓，飲清流而不舉，食稻梁而未安。故知野禽野性，未脫籠樊，賴君王之廣愛，雖禽鳥兮抱恩，方騰驤而鳴舞，憑朱檻而爲歡。（《全後漢文》卷二十）

前半山皆在描繪物貌，「白鳥朱冠」、「舉脩距」、「宛脩頸」等表現了「鶴」貌的顯明特徵，亦給予了客觀性的物貌的「眞」，然而並不寓有宛轉與隱喻的「形似」手法，而是採直敘法。到了後半段的「故知野禽野性，未脫籠樊」似乎附託了作者主觀的感情，但是此種感情卻寄託在「君主」的身上，故謂「賴君王之廣愛，雖禽鳥兮抱恩」。由此可見，漢代即使是詠物小賦，也求「象其物宜，則理貴側附」（《文心詮賦》）的，更遑論大賦必須在「體國經野，義尚光大」（《文心詮賦》）的主旨下附託賦家的主觀情感。因而漢賦的「形似」技巧僅可由「體國經野」或「理貴側附」的原則下去「寫志」，而不能情景交融的「詠志」，所以也就缺代訴諸作者個人內心情感的宛轉隱喻起情手法。另如班固有篇描寫山景的〈終南山賦〉云：

> 伊彼終南，巖巗嶙囷，槃青宮觸，紫崟嶔崟。鬱律萃於霞芬。曖曃晻霭，若鬼若神。上梴修林，元泉落落，密蔭沈沈……唯至德之爲美，我皇應福以來臻，埒神壇以告誠，薦珍馨以祈僊，嗟茲介福，永終億年。（《全後漢文》卷二十四）

三個要素：一是題材，二是技巧，三是題旨。而將此三要素綜合爲「體物」、「寫物」及「感物詠志」的整體基型結構。筆者取廖先生所言之「技巧」部份來詳述「巧構形似之言」的表現手法，但仍不離廖先生所言整體基型結構的意義。

前半段亦皆在描繪物景，如「霞芬」、「修林」、「元泉」、「密蔭」皆屬
於物景的「形似」描繪。然班固於寫物圖貌之際，卻運用著繁縟與雕
琢的修辭法，如「嚴巀嶙囷」、「曖嘒晻靄」。若此即陷入「藻重則情
不彰」〔註40〕的泥沼裡，因而錢穆先生曾謂「馬揚繁縟，僅求形似，
本乏內心，班張效果體」〔註41〕。班固縱然已將終南山作一「形似」
的描繪，但卻不見有宛轉起情之處。後段「唯至德之為美，我皇應以
來臻」，所達的仍然是「體國經野」的旁觀情感，並不能藉「形似」
的表現技巧，將外在物景的形貌與個人的形貌作一致的表現，因而物
貌所呈現的只是一種僵化的生命。由上二篇賦觀之，漢賦的「形似」
技巧特點是在於運用客觀的造象技巧，但尚未達到心境與物境互相配
合的境界；即使有主觀興情處，也非宛轉譬喻的起情，而是附記在一
個「體國經野」、「理貴側附」的固定模式裡。然則魏晉賦的「形似」
表現手法，則有所不同，以下亦舉兩篇賦作以明之。魏晉之傅咸有篇
描繪鳥獸的〈燕賦〉云：

> 燕燕于飛，差池其羽。何詩人之是興，信進止之有序。秋
> 背陰以龍潛，春晞陽而鳳舉。隨時宜以行藏，似君子之出
> 處。惡焚巢之凶醜，患林野之多阻。諒鳥獸之難群，非斯
> 人而誰與？惟里仁之為美，託君子之堂寓。逮來春而復旋，
> 意眷眷而懷舊。一委身乃無餘，豈改適而更赴？（《全晉文》
> 卷五十一）

在此篇賦中，集中了物貌的各個特寫鏡頭（如「秋背陰以龍潛」、「春
晞陽而鳳舉」，皆賦予了物貌的特徵性）；然而作者以「形似」的手法
描繪物貌時，更以宛轉喻託的語氣，若明若暗的譬喻來附託作者內心
的情感。如「惡焚巢之凶醜，患林野之多阻」，此可言是作者所惡所
患，但是作者將惡、患的情感引諸於燕子，使燕子與人皆有了惡、患
的情感，這完全是一種隱喻的技巧，而此種隱喻的技巧是在描繪物貌

〔註40〕同註37。錢穆先生以「藻重則情不彰，辭麗而景不切」來評班、張
　　　　兩家賦，見頁8。
〔註41〕同註40。

時所完成的。如是，物我已然達到合一的境界。末了，作者以燕子的
「一委身乃無餘，豈改適而更赴」來道出絕不改變自己本有志向的題
旨，將個人內心的情感完全的融入物境。若此，物已不是一種僵化的
形象，它可以多樣及多數性的變化而表現著自然的生命，因此自然之
「物」與個人之「情」便構成了交互的投射照應：「情以似贈，興來
如答」(《文心物色篇贊》)，於是外在物體的特質與個人的特質作了一
致的表現，而「形似」的表現技巧中乃涵蓋了因形所引之「心」。另
如阮籍有篇描寫山景的〈首陽山賦〉云：

> 在茲年之末歲兮，端旬首而重陰……瞻首陽之岡岑。樹聚
> 茂以傾倚兮，紛蕭爽而揚音。下崎嶇而無薄兮，上洞徹而
> 無依。鳳翔過而不集兮，鳴梟群而竝棲。颼遙逝而遠去兮，
> 二老窮而來歸。實囚軋而處斯兮，焉暇豫而敢誹。嘉粟屏
> 而不存兮，故甘死而採薇。……(《全三國文》卷四十四)

此賦之作者乃於描繪山景的形相時，引發了個人內心的情緒，因而將
山景以有生命的面貌投射於人的耳目，物貌與人亦產生了合一的共
鳴。所謂「情以物遷，辭以情發」(《文心物色》)，作者以「樹聚茂」、
「崎嶇而無薄」、「洞徹而無依」等鏡頭描繪首陽山時，聯想到首陽山
曾有伯夷叔齊採薇甘死的事跡。所以在「形似」的描繪物貌後，涵攝
了觀照自然而產生的對人類自我生命的自覺與反省。故云「焉暇豫而
敢誹，嘉粟屏而不存，故甘死而採薇」。此種由描繪首陽山而產生的
內在感懷，實是種「窺情風景之上」的「情」「物」融合。此兩篇賦
的主要素材與前文所舉路喬如的〈鶴賦〉、班固的〈終南山賦〉相同；
一者描繪鳥獸，一者描繪山景。但是相同的素材在不同時代的賦家筆
下，就有不同的表現手法出現。漢代路喬如與班固的兩篇賦，雖運用
著「形似」的表現手法來描繪物貌，但最多只是如司馬相如「工為形
似」的外貌而已，並未將「形似」的技巧達到「巧構」的境界。這也
是一般漢賦家所運用的「形似」表現法。廖蔚卿先生對「巧構形似」
的文學手法曾有一段詳細的說解：

> 巧構形似之言不僅指多樣性的寫實手法，也不僅指想像性

　　或象徵性的手法，它融合客觀物貌與主觀感情，而以「隨
　　物宛轉」「與心徘徊」去寫氣圖貌屬采附聲，它兼具詩騷漢
　　賦的描寫自然物象的手法而構創一種新的面貌與內涵，在
　　文學史上蔚然出現。〔註42〕

由此可知，筆者所舉的兩篇魏晉賦作——阮籍〈首陽山賦〉、傅咸〈燕
賦〉，皆是運用著「巧構形似」的文學手法，而此兩篇賦的表現手法
正是一般魏晉賦的表現特色。由是，誠如廖先生所言「它兼具詩騷
漢賦的描寫自然物象的手法而構創一種新的面貌與內涵」。所以魏晉
賦家在「形似」的表現上，雖源之於漢賦，但卻已構創了另一種新的
面貌，這是漢賦與魏晉賦在表現手法上的相異處，也正是魏晉賦家
的成就所在。

　　然而文學的創作活動，常是伴隨著文學的思想活動以進行，一個
時代的文學表現手法必然與當時的文學思想有深密的關係，因而魏晉
賦為何曾流行著「巧構形似」的表現手法，也應從文學思想上來探究。
魏晉以前的文學思想，雖也重視「情動於中，而形於言」（詩大序）
的抒情功能，但他們將文學的特質集中在「言志」的目的與「諷諭」
的作用上。於是文學的活動乃被附託於國家社會之中；在文學的表現
上，個人的情性因此被忽略，而無法去認識和肯定情性就是文學的生
命及本質。如漢賦，它的特質就被集中在「體國經野」的目的和諷諭
君王的作用上，所以在賦體的表現上也無法肯定個人情性的價值。建
安以降，產生了文學的自覺活動，緣情的文學觀乃漸萌芽〔註43〕。所
以緣情的文學觀是以「情」為文學的根源，而文學的生命特質就是表
達個人的情性。魏晉賦家受此文學觀的影響，已將體物之賦伸展入緣
情的境界，因而產生大自然的客觀的「物」與人主觀性質的「情」相
配合的「形似」表現手法。當時賦家陸機於〈文賦〉中云：「佇中區
以玄覽，頤情志於典墳；遵四時以歎逝，瞻萬物而思紛；悲落葉於勁

〔註42〕同註38，頁27。
〔註43〕見郭紹虞，《中國文學批評史》，粹文堂書局，頁74。

秋，喜柔條於芳春；心懍懍以懷霜，志眇眇而臨雲」，這正是一種觀照外在形相而產生對自我生命的自覺與反省，因而產生傷時歎逝的感懷，及懷霜之心與臨雲之志。可見賦家亦體認到個人情性是文學的表現的目的。所以魏晉賦家在賦體的「形似」表現上，乃經由外在物相的投射照應而引起自覺反省——感物，而後才能完成賦體的表現特質，也就構創了「巧構形似」的表現手法。換言之，此種不但「寫物圖貌」而且「隱喻窮情」的賦體表現手法，實是魏晉賦家對於當時緣情文學思想的一種實踐。

末了，筆者以爲梁啓超先生在《中國韻文裏頭所表現的情感》一書裏所提出的「半寫實派」的蘊藉表情法，和魏晉賦家所運用的「巧構形似」手法可以相互對照。因此筆者以梁先生之語爲本節之結束。梁先生云：

> 不直寫自己的情感，乃用環境或別人的情感烘託出來。…
> 他所寫的事實，是用來做烘出自己情感的手段，所以不算純寫實。他所寫的事實，全用客觀的態度觀察出來，專從斷片的表出全相，正是寫實派所用技術，所以算得半寫實。〔註44〕

〔註44〕見《中國韻文裏頭所表現的情感》，中華書局，1958 年一版，頁 43、45。

第六章　魏晉賦家舉要

　　所謂「時運交移，質文代變，古今情理，如可言乎？」（《文心雕
龍時序篇》）時代的變遷，魏晉賦的形式及內容均有了特殊的風貌。
然而，同時代各作家之間的賦作，因個人「才有庸儁、氣有剛柔，學
有深淺、習有雅鄭」，是以又有個人特殊的風格。以下舉數位較重要
的賦家，以見各家的風格特徵。於此，共舉出八位，屬於魏的有曹植、
王粲；屬於晉的有潘岳、陸機、左思、傅玄、郭璞、陶潛。而於敘述
之際，兼及作者的生平，以合孟子知人論世的義旨。

一、曹　植

　　曹植字子建，沛國譙人（今安徽亳縣），生於漢獻帝初平三年（西
元 192 年），卒於魏明帝太和六年（西元 232 年）。曹操子，曹丕同母
弟。封陳王，而謚號思，故世稱陳思王。《三國志》卷十九有傳。

　　曹植自幼即誦讀詩、論及辭賦數十萬言，並善為文，《魏志傳》
云：「時銅爵台新成，曹操悉將諸子登台，使各為賦，植援筆立成，可
觀，太祖甚異之。」因而，曹植自幼深受曹操所喜。建安十九年，操
往征孫權，使植留守鄴城，時操勉植云：「吾昔為頓丘令，年二十三，
思此時所行，無悔於今。今汝年二十三矣，可不勉與！」（《魏志·本
傳》）可見曹操有意使植繼承其位。然而，曹植率直不拘禮節的個性，
幾度的醉酒及私出司馬門，激怒了曹操，使曹操決定立丕為太子。

　　黃初元年，文帝即帝位，乃誅殺植之密友丁儀、丁廙等人，使植陷於孤立。二年，監國謁者灌均上奏，指曹植「醉酒悖慢，劫脅使者」，曹植險招殺身之禍；後以卞后之故，僅以身免，被貶爲安鄉侯。一首「本是同根生，相煎何太急？」的七步詩，最足以形容植被迫的處境。同年，植被封爲鄄城侯。三年，立爲鄄城王。四年，又徙封雍丘王。一連串的改封，無怪乎植曾書「雜詩」，將自己喻爲「飄颻隨長風」的轉蓬。

　　黃初七年，曹丕卒，子叡即位，改元太和，此時植已三十五歲。然曹叡對他仍甚猜忌，甫登帝位即將植自雍丘改封浚儀。太和二年，又復還雍丘。《魏志》記此時云：「二年復還雍丘。植常自憤怨，抱利器而無所施，上表求自試。」但仍毫無反應。三年，又徙封東阿。所以曹植有「爲君誠不易，爲臣良獨難」（怨詩行）之嘆，植於遷都賦序云：「號則六易，居實三遷。連偶瘠土，衣食不繼。」可見屢次的遷封，使曹植居於精神與物質的雙面煎熬。五年，復上書「求存問親戚」，仍不爲曹叡所用。六年，改封爲陳王。植終以不得爲用，汲汲無歡，發憤而薨。

　　觀曹植之一生，黃初元年爲其命運的轉捩點。黃初以前，生活自由舒適，放蕩任性。而此時曹植之志趣，亦在政治方面，並無獻身文學之意。黃初以後，失意圍繞四周，註定其未能實現「戮力上國，流惠下民，建永世之業，流金石之功」（與楊德祖書）的理想。於是曹植於飽經憂患之餘，皆發之於詩文，而釀造了其於詩賦國度裡的不朽。

　　曹植〈洛神賦〉之膾炙人口，是眾所皆知的，然曹植賦作之富，實居魏晉賦家之首，今存者有五十五篇之多〔註1〕。曹植雖不願「徒

〔註1〕據嚴可均《全魏文》計，曹植有〈愁霖〉、〈喜霽〉、〈大暑〉、〈愁思〉、〈感時〉、〈洛神〉、〈洛陽〉、〈遷都〉、〈靜思〉、〈懷親〉、〈離思〉、〈釋思〉、〈玄暢〉、〈幽思〉、〈述行〉、〈述征〉、〈節遊〉、〈感節〉、〈出婦〉、〈愍志〉、〈歸思〉、〈慰子〉、〈慰情〉、〈寡婦〉、〈敘愁〉、〈九愁〉、〈悲命〉、〈潛志〉、〈藉田〉、〈感婚〉、〈娛賓〉、〈東征〉、〈登台〉、〈遊觀〉、

以翰墨爲勳績，辭賦爲君子」，但曹植命運的轉變及文學上的天賦，皆使其不得不成爲一位出色的賦家。今論其賦作，大體可因生平之轉變分三期探討。

（一）初　期

黃初元年以前的賦作屬於此期。因爲環境的優越，生活的豪華，曹植絲毫無人間苦痛的感受，故賦作取材多爲「憐風月，狎池苑，述恩榮，敍酣宴」（《文心明詩篇》），如〈寶刀賦〉、〈酒賦〉、〈遊觀賦〉、〈娛賓賦〉等即是。此期作品呈現出爽朗明快的風貌。惟才華雖露，卻嫌風骨未遒。

（二）中　期

黃初元年至太和年初，此時期曹植生活在被猜忌的情況下，一連串的打擊接連產生。「其朝夕縱适，反不若一匹夫徒步」（張傅陳思王集題詞），因此賦作多屬感傷激情者；乃〈幽思賦〉所云：「仰清風以歎息，寄予思于悲絃。信有心而在遠，重登高以臨川。何余心之煩錯，寧翰墨之能傳。」希望將內心的情感，表露於作品中。其〈蟬賦〉、〈鸚鵡賦〉即屬此期引物自喻之作。另如〈九愁賦〉言：

> 寧作清水之沈泥，不爲濁路之飛塵。
> 踐蹊徑之危阻，登岧嵽之高岑。
> 見失群之離獸，覿偏栖之孤禽。
> 懷憤激以切痛，若回刃之在心。

乃於憂讒畏譏的情況下所寫出的心聲。此期的代表作，可舉〈洛神賦〉及〈鷂雀賦〉爲例。〈洛神賦〉是以浪漫主義的手法，通過夢幻的境界，描寫神人之間的眞摯愛情，但終無法結合而含恨分離。然此賦實旨在藉以發抒對曹丕的忌而產生的失望和痛苦心情，和自己忠於君臣兄弟之間的親密關係。何焯《義門讀書記》言此賦「托辭宓

> 〈臨觀〉、〈閑居〉、〈寶刀〉、〈九華扇〉、〈扇〉、〈酒〉、〈車渠椀〉、〈迷迭香〉、〈芙蓉〉、〈橘〉、〈槐樹〉、〈白鶴〉、〈鷂〉、〈鸚鵡〉、〈離繳雁〉、〈射雉〉、〈鷂雀〉等五十五篇賦作。

妃，以寄心文帝，其亦屈子之志也。」（卷四十五）最得〈洛神賦〉的義旨。至於〈鷦雀賦〉，乃藉動物之對話，來寓幽隱的命意，爲魏晉少有的寓言賦〔註2〕。而此篇寓言賦是隱飾眞相在事實之背的護身作品，是巧思覈想之後的技巧表白，故陸萎云：「豆箕同根，急于相煎，鷦雀殊種，幸而獲免，禍福之幾，不測如是，聆二雀共樹相語，令人思闚牆覘侮。」誠得曹植〈鷦雀賦〉的本旨。由此期賦作，可見曹植不但使賦之詞典麗，且富於悠長深遠的意蘊。此類以詞藻和比喻相互烘托運用的賦作，即鍾嶸所云：「情兼雅怨，體被文質」（詩品評植詩）的風格。

（三）後　期

太和元年，明帝即位後，曹植仍得不明帝的諒解，一腔熱血開始冷漠，滿懷的理想，從此付諸東流。此期思想開始漸趨淡泊，賦作表現出一種無可奈何的淡然感。如秋思賦云：「月光照懷兮星依天，居世兮芳景遷。松喬難慕兮誰能仙，長短命也兮獨何怨。」顯示出心情已較澹泊。

由以上三期中，可看出曹植賦作內容的轉變之迹。而因植之身世及遭遇，與屈原相若，因此賦作能重復屈騷的情趣，運用種種「溫柔譎諭」的比興以宛轉托其悲怨之情，故有軒昂雅士之風。而在形式上，曹植賦之用字遣辭，極爲精練綺麗，其自言：「質素也如秋蓬，摛藻也如春葩」（前錄序）及鍾嶸評其「詞采華茂」，皆足以形容其賦作的形式，試觀：

> 體迅飛鳧，飄忽若神。陵波微步，羅襪生塵。（〈洛神賦〉）
> 翩若驚鴻，婉若游龍。榮曜秋菊，華茂春松。（〈洛神賦〉）
> 浸以芷若，拂以江離。搖以五香，濯以蘭池。（〈九華扇賦〉）

〔註2〕蔣伯潛，《文體學纂》要云：「假設具體的故事，舖張形容，寫得像煞有介事地去烘託出不易理解的抽象的意旨。」以此爲寓言的定義。於鷦雀賦中即假設動物的對話來舖張形容，而得「言在此意在彼」的含意，故名之寓言賦。

弘道德以爲宇，築無怨以作藩。(〈玄暢賦〉)

播慈惠以爲圃，耕柔順以爲田。(〈玄暢賦〉)

此類工整華麗的辭藻時時可見。故陳去病先生云:「惟其文規撫東京，而又加以整潔，六朝綺靡之端，實自植而開。此則讀子建賦者所不可不知者也。」(《辭賦學綱要》)可知魏晉賦辭藻之對偶華麗，實自曹植開其端。而論其賦作的成就，除上所言廣泛地運用新的文學辭藻，增加賦作的色澤外，所謂「情深不詭」、「辭麗不淫」，曹植得此正宗，已爲賦體闢開詩騷的情趣。

二、王　粲

王粲字仲宣，山陽高平人（今山東鄒縣西南），生於漢靈帝熹平六年（西元 177 年），卒於建安二十二年（西元 217 年）。曾祖父龔，祖父暢皆爲漢三公；父謙爲大將軍何進長史。《三國志》卷二十一有傳。

粲生於官宦之家，幼年即勤於博覽群書，頗有才學。初平元年，獻帝自洛陽西遷，粲乃隨家徒居長安。蔡邕見而甚奇之，《魏志傳》云:「時邕才學顯著，貴重朝廷，常車騎塡巷，賓客盈座。聞粲在門，倒屣迎之。粲至，年既幼弱，容狀短小，一座盡驚。邕曰:『此王公孫也，有異才，吾不如也。吾家書籍文章，盡當與之』。那時粲年僅十四，即爲名重當時的蔡邕所賞。初平四年，粲年十七，司徒欲辟爲黃門侍郎，爲粲所辭。而於「傕等放兵略長安，老少殺之悉盡，死者狼籍」(《三國志・董卓傳》) 的情況下，長安擾亂不安，粲乃避地荊州（今湖北湖南諸地），依隨劉表。因劉表曾是祖父王暢的學生。劉表雖辟粲爲幕僚，但以貌寢體弱，並不重用。此種流落他鄉而懷才不遇的心境，構成仲宣作品中有悲涼悽愴的一面，後世所傳誦的〈登樓賦〉即寫於此時；賦中云:「雖信美而非吾土兮，曾何足以少留！」及「悲舊鄉之壅隔兮，涕橫墜而弗禁。」可見粲只因天下喪亂，人不能顧其家，爲避難求遇，方棄鄉至荊州，不料仍是不遇。而此種「羈

旅無終極，憂思壯難任」（七哀詩）的十六年荊州生活，至建安十三年終於結束。

建安十三年七月，曹操南征。八月，劉表卒，子琮繼爲荊州牧。時曹兵進逼荊楚，粲勸劉琮降曹。故劉琮之降曹，王粲之功實大，而曹操亦因此辟粲爲丞相掾，並封關內侯。且設宴漢北之濱，時粲奉觴賀曰：

> 士之避亂荊州者，皆海內之儁傑也；表不知所在，故國危而無輔。明公定冀州之日，下車即繕其甲卒，收其豪傑而用之，以橫行天下；及平江漢，引其賢儁而置之列位，使海內回心，望風而願治，文武並用，英雄畢力，此三王之舉也。

由此可知，仲宣之勸劉琮降曹，一則是劉氏「國危而無輔」，降曹乃是依古今成敗之理，而先見事機之舉。二則因曹操善於「引其賢儁而置之列位」，粲對曹操抱有極大的熱望，希望全國動亂的社會能由曹操統一，而己亦能獻平生之力。自此，曹操極爲器重仲宣，遷粲爲軍謀祭酒。建安十四年，粲隨曹氏重回中原故土，定居於曹魏政治根據地的鄴城，而參與曹魏之文學集團，後來成爲「建安七子」之一。此於其一生，是個否極泰來的轉捩點，粲之〈雜詩四首〉之一云：

> 鷙鳥化爲鳩，遠竄江漢邊。遭遇風雲會，託身鸞鳳間。天咨既否戾，受性又不閑。邂逅見逼迫，俛仰不得言。

此詩實爲自敘，「見逼迫」二句若解爲被曹操逼迫出仕，與史傳所載不合，可能是指身處於子桓子建間的微妙關係。明張溥曾云：「子桓子建交怨若仇，仲宣婉變其間，耦居無猜。」（《漢魏六朝百三家集》題解）即可見仲宣之處境。魏國既建，拜仲宣爲侍中，後世遂稱其爲魏侍中王粲。建安二十二年，隨曹操征吳，以四十一歲的盛年病歿於征途之中。

王粲的寫作面極廣，除詩賦外，尚有典章及書檄之文，然卻以賦作見重當時。曹丕言「王粲長於辭賦」（〈典論論文〉）、「仲宣獨自善於辭賦」（與吳質書），可見王粲賦作受推崇之一斑。今觀粲所留傳下

來的二十五篇賦作〔註3〕，於辭藻之處理上，與曹植賦有共同之傾向，即創造性地鍊字琢句。如〈登樓賦〉即是一篇用對偶句法所寫成的楚辭賦，「挾清漳之通浦兮，倚曲阻之長洲」、「憑軒檻以遠望兮，向北風而開襟」、「懼匏瓜之徒懸兮，畏井渫之莫食」等皆經一番錘鍊而成。另如〈思友賦〉：

> 滄浪浩兮迴流波，水石激兮揚素精。夏木兮結莖，春鳥兮愁鳴。平原兮決浙，綠草兮羅生。

雖用對偶句法的楚辭體寫成，但五言七言的交互運用，使字句顯得靈活。又如〈神女賦〉：

> 體纖約而方足，膚柔曼以豐盈。髮侶玄鑒，鬢類削成。質素純皓，粉黛不加。朱顏熙曜，曄若春華。

乃以四言及六言的駢體方式描述物體。可知王粲善於處理對偶句法。曹丕曾謂仲宣之文「至於所善古人無以遠過」，若以賦作而言，大體是指對偶句法的熟練及形式運用的巧妙。

以賦作的內容言，王粲賦大致可分兩類。其一為詩品所謂「文秀而質羸」者。如〈大暑〉、〈迷迭〉、〈瑪瑙勒〉、〈白鶴〉諸賦，雖亦十分重視辭藻之飾美，但並無個人情志的表現，皆傷於平舖直敘，有如「布蔓蔓之茂葉兮，挺苒苒之柔莖。色光潤而采發兮，以孔翠之揚精」（〈迷迭賦〉）實缺溫婉之託意，故乏情致。其二為「慷慨有懷者」。所謂「窮而後工」，於粲寫作歷程言，荊州的一段未困窘生活，使粲之賦作能「發愀愴之詞」（鍾嶸評），謝靈運云：「家本秦州川貴公子孫，遭亂流離，自傷情多。」（擬魏太子鄴中集王粲詩序）乃指流離之身世促使王粲作品有慷慨感傷之氣。謝靈運及詩品語雖是評王粲之詩，但用之於賦也一樣恰當。〈登樓〉、〈思友〉、〈寡婦〉、〈傷夭〉等賦，即屬「慷慨有懷」（徐禎卿《談藝錄評》）者，如〈思友賦〉描述

〔註3〕據嚴可均，《全魏文》計，王粲有〈大暑〉、〈游海〉、〈浮淮〉、〈閑邪〉、〈出婦〉、〈傷夭〉、〈思友〉、〈寡婦〉、〈初征〉、〈登樓〉、〈羽獵〉、〈酒〉、〈神女〉、〈投壺〉、〈圍棋〉、〈彈棋〉、〈迷迭〉、〈瑪瑙勒〉、〈車渠椀〉、〈槐樹〉、〈柳〉、〈白鶴〉、〈鶡〉、〈鸚鵡〉、〈鶯〉等二十五篇賦作。

憶友情感云：

> 超長路兮逶迤實舊人兮所經。身既逝兮幽翳，魂眇眇兮藏形。

〈寡婦賦〉以景物烘托寡婦內心愁緒云：

> 觀草木以敷榮，感傾葉兮落時。人皆懷兮歡豫，我獨感兮不怡。日掩曖兮不昏，明月皎兮揚暉，坐幽室兮無爲，登空牀兮下幃。涕流連兮交頸，心惽結兮增悲。

〈登樓賦〉則以淒清畫面言內心苦痛云：

> 原野闃其無人兮，征夫行而未息。心悽愴以感發兮，意忉怛而憯惻。

抒發感慨處，無不逼眞深切。劉勰言「仲宣靡密，發端必遒」（《文心雕龍詮賦篇》），大體指此類賦作言。

總觀王粲之賦作，形式上的修辭技巧，與曹植不相上下；內容上「慷慨有懷」之賦作，亦善於敘述感懷之情。然粲多採直敘法抒發其情感，而少用宛轉的比興手法，故論及賦之詩騷旨趣，則不若曹植深厚。但以賦予賦作充實之內容，脫離漢賦空洞舖陳之缺點觀之，王粲實不讓於曹植。因而言建安賦家者，每以王粲與曹植並列。

三、潘　岳

潘岳字安仁，生於魏齊王芳正始八年，滎陽中牟人（今屬河南）。爲安平太守潘瑾之孫，琅邪內史潘芘之子。少時，以才穎見稱鄉里，號爲奇童。弱冠，辟爲司空太尉府，舉秀才。而後，曾爲河陽令、長安令、著作郎、黃門侍郎等官職。永康元年，八王之亂興，被孫誘誣爲叛亂，並殺之。享年五十三。《晉書》卷五十五有傳。

史言潘岳之個性輕躁，趨於世利；與石崇、陸機、左思、劉琨等皆傅會於賈謐。而岳與石崇諂媚尤甚，當賈謐一出，兩人軋望塵而拜。潘岳之母曾數誚之曰：「爾當知足，而乾沒不已乎？」然岳終不能改。元好問於〈論詩絕句〉云：

> 心畫心聲總失眞，文章寧復見爲人？

高情千古閑居賦，爭信安仁拜路塵？

即對潘岳趨於世利的個性有所譏評。由此亦可見，潘岳之人格或不如其文。

潘岳賦作有二十二篇〔註4〕，為世所傳誦者有〈西征〉、〈笙〉、〈藉田〉、〈射雉〉、〈秋興〉、〈閒居〉、〈懷舊〉、〈寡婦〉等八篇，皆見收於《文選》。《晉書・本傳》提及的，則有三篇，其一為〈藉田賦〉云：「泰始中，武帝躬耕藉田，岳作賦以美其事。」其二為〈西征賦〉云：「選為長安令，作西征賦，述所經人物山水，文清旨詣。」其三為〈閒居賦〉云：「既仕官不達，乃作閑居賦。」由此可知此三篇賦的寫作背景，皆因仕宦的因素。然三篇所取材的內容則完全相異，藉田賦寫天子先農以供祭祀的典禮，是屬國家典制的賦作，劉勰言潘岳賦作「策動於鴻規」〔註5〕，大體即指此篇賦。〈西征賦〉託體於班彪父女的〈北征〉、〈東征賦〉；岳之〈西征賦〉規模較大，描繪沿途人物山水亦較細膩，是魏晉少有的長篇賦，以記敘旅途見聞及發抒個人的感懷為主要內容。〈閑居賦〉寫瀟灑出塵的志願，張溥評此賦云：「閑居一賦，板輿輕軒，浮杯高歌，天倫樂事，足起愛慕。」如是，三篇賦作在不同的內容下，呈現出不同的心態。而由藉田賦及閑居賦的內容差異，亦可知「窮達異事，文為聲變」之理。〔註6〕

除此而外，潘岳賦作有以悼亡為主題的，如〈寡婦〉、〈悼亡〉、〈懷舊賦〉；有以詠物為主題的，如〈芙蓉〉、〈蓮花〉、〈秋菊〉、〈笙〉等賦；有以自然景色為主題的，如〈登虎牢山〉、〈滄海〉、〈秋興〉等。可知潘岳賦作取材的內容甚廣，而潘岳哀悼的作品素為人所稱，今觀

〔註4〕據嚴可均，《全晉文》計，潘岳有〈秋興〉、〈寒〉、〈登虎牢山〉、〈滄海〉、〈西征〉、〈懷舊〉、〈悼亡〉、〈寡婦〉、〈藉田〉、〈閑居〉、〈狹室〉、〈笙〉、〈相風〉、〈秋菊〉、〈蓮花〉、〈芙蓉〉、〈朝菌〉、〈橘〉、〈河陽庭前安石榴〉、〈果〉、〈射雉〉、〈螢火〉等二十二篇賦。

〔註5〕劉勰，《文心雕龍詮賦篇》云：「太沖、安仁，策動於鴻規。」

〔註6〕陸機，《遂志賦序》曾有「豈亦窮達異事，而聲為情變乎？」以此語用之潘岳賦作的內容差異亦甚當。

其哀悼的賦作，亦頗有「古落葉哀蟬」〔註7〕的悲風。如〈懷舊賦〉云：

> 陳荄被于堂除，舊圃化而爲薪。步庭蕪以徘徊，涕泫流而
> 霑巾。宵展轉而不寐，驟長歎以達晨。

乃藉景物的改變，言心中的哀念之情。又如〈寡婦賦〉云：

> 仰神宇之寥寥兮，寂寞時看天，瞻美依的披披。退幽悲于
> 堂隅兮，進獨拜于牀垂。耳傾想于疇昔兮，目彷彿乎平素。
> 雖冥冥而周覬兮，猶依依以憑附。

按此篇賦乃潘岳爲任子咸夫人所作。任夫人爲岳之姨妹，岳於序中云：「少喪父母，適人而所天又隕。」而岳於賦中，將新喪寡婦思前想後痛澈心脾的心理，抒寫無遺，實是一位善寫悲哀的賦家。此類賦作，即陳祚明所云：「安仁情深之子，每一涉筆，淋漓傾注，宛轉側折，旁寫曲訴，刺刺不能自休。」（評選）的作品。如是，亦可知潘岳爲一深情者，因此即使是以詠物爲主題的賦作，岳亦時露情懷，如〈笙賦〉藉笙歌云：「棗下纂纂，朱實離汙，宛其落矣！化爲枯枝，人生不能以行樂，死何以虛謚耳？」此乃潘岳詠物賦的特色。另者，潘岳描述自然景色的賦作，已能超越漢賦的陳規，如〈滄海賦〉云：

> 徒觀其狀也，則湯湯蕩蕩，瀾漫形沈，流沫千里，懸水萬
> 丈，測之莫量其深，望之不見其廣。無遠不集，靡幽不通，
> 群溪俱息，萬流來同，合三河而納四瀆，朝五湖而夕九江。

對景色的描繪取其寫實生動，甚可代表魏晉遊覽賦的賦風。

由上可知，潘岳賦作的內容層面甚廣。而於辭句的處理上，除藉田、射雉「氣魄雄厚，不減馬班」〔註8〕外，可以發現皆重於輕清爽利，出口如脫，因此劉義慶云：「岳爲文，選言簡章，清綺絕倫。」〔註9〕對於一位辭不求工而自工的賦家而言，「清綺」實爲確評。

〔註7〕明‧張溥潘，《黃門集題辭語》。

〔註8〕陳去病於《辭賦學綱要》中云：「岳著藉田、射雉諸賦，氣魄雄厚不減馬班。」文海出版社，頁78。

〔註9〕劉義慶，《世說新語》註引續文章志語。

四、陸　機

　　陸機字士衡（西元261～303年），吳群華亭人（今江蘇省境內），生於吳景帝永安四年。爲吳丞相陸遜之孫，大司馬陸抗之子。抗卒，領父兵爲牙門將。吳亡，偕弟陸雲入洛，服冕乘軒於晉朝。後因卷入八王之亂的狂流，犧牲在司馬氏骨肉相殘的內鬨中，享年四十三。（《晉書》卷五十四有傳）

　　綜觀陸機的一生，可明顯的以入洛之年劃分爲前後二期。按陸機入洛之年約在太康十年左右，即二十九歲左右〔註10〕。陸機的前期生活是屬於吳的時代，雖生活在「亡不旋踵」〔註11〕的艱難時局下，但畢竟是自己的祖國，心理上並無壓迫之感。直到晉軍攻入之時，陸機家庭遭到浩劫，驟然之間由顯貴變爲異國降虜，致使陸機生活在愁雲慘霧之中。隨後數年，一直到入洛之前，過的是「退居舊里，閉門勤學」（《晉書·陸機傳》）的日子；而此段寧靜的時間裡，陸機心情已然平復，聲譽漸隆，於是興起了入洛的意圖。入洛後，張華對陸機甚爲贊許，「遂爲之延譽，薦之諸公」（吳志陸抗傳註引機、雲別傳），陸機乃開始了後期的仕宦生活。陸機先後曾爲太傅祭酒、太子洗馬、吳王郎中令、著作郎等官職，仕宦生活尚稱順利。然而，吳臣入晉，身如轉蓬，實易生鄉國之思，即〈懷土賦〉序中所云：「余去家漸久，懷土彌篤。」由此可見，陸機的一生乃以名將之後，遭國破家亡之痛，又歷長年羈旅異鄉之悲。此種刻骨銘心的生活體驗，又豈是一般文人所能擁有？無怪乎陸機的作品多感懷身世的色調。

　　陸機賦作共有二十九篇〔註12〕，其中大多爲入洛後的懷鄉思舊

〔註10〕丁嬪娜《陸機研究》（輔大碩士論文），頁8。

〔註11〕《三國志·吳志陸抗傳》中載陸抗疏曰：「……昔齊魯三戰，魯人再克，而亡不旋踵，何者？大小之勢異也。」

〔註12〕據嚴可均《全晉文》計，陸機有〈浮雲〉、〈白雲〉、〈感時〉、〈祖德〉、〈述先〉、〈思親〉、〈述思〉、〈豪士〉、〈遂志〉、〈懷土〉、〈行思〉、〈思歸〉、〈別〉、〈歎逝〉、〈愍思〉、〈大暮〉、〈幽人〉、〈應嘉〉、〈感丘〉、〈文〉、〈鼓吹〉、〈漏刻〉、〈羽扇〉、〈列仙〉、〈陵霄〉、〈織女〉、〈瓜〉、

作品，如〈懷土〉、〈行思〉、〈思歸〉、〈思親〉、〈述思〉、〈歎逝〉、〈愍思〉等賦。而幾篇詠物的作品，乃應晉朝皇太子所作，如〈鱉〉、〈桑〉等賦〔註13〕。另外，論述文學原理的〈文賦〉，據推爲永康元年（陸機四十歲）以後所作〔註14〕。如是可知，陸機的賦作大多完成於入洛之後。此蓋因吳國的文學不盛，因而陸機在吳的一段時期，賦作並不多；據內容推測（陸機大多不言時年），某些內容較豁達開朗而無懷鄉之情者，屬此期賦作，如〈遂志〉、〈浮雲〉、〈白雲〉諸賦。

　　陸機諸賦中，較被傳誦的有〈豪士〉、〈歎逝〉、〈文賦〉三篇，後二篇見收於《文選》。由此三篇觀之，可知陸機善於說理，且說理之處精微朗暢。如〈豪士賦〉之「襲覆車之危軌，笑前乘之去穴。若知險而退止，趨歸蕃而自戢。」數語即將爲政的興亡之理，明白的表達出。另如〈歎逝賦〉，即使是抒情之作，亦不離說理，且將說理與抒情融成一片，如：

> 川閱水以成川，水滔滔而日度。世閱人而爲世，人冉冉而行暮。人何世而弗新，世何人之能故？野每春其必華，草無期而遺露。經終古而常然，率品物其如素。譬日及之在條，恆雖盡而弗寤。

推闡人生一代又一代的相互接替之理，雖爲常談，但於陸機筆下何等精切動人。至於文賦剖析文學理論的精闢獨到，是眾所皆知的，因此若以「論精微而朗暢」來評價陸賦，實不爲過。

　　〈文賦〉是陸機唯一的長篇賦，而由陸雲所言：「兄作大賦，必好意精時，故願兄作大文。」（與兄平原書）可知陸機善於寫長篇賦。文賦雖被劉勰評爲「巧而碎亂」（文心序志），然如黃侃於文心雕龍札記中所云：

〔註13〕　〈桑〉、〈鱉〉等二十九篇賦。
《桑賦序》云：「皇太子便坐，蓋本將軍直廬也。初，世祖武皇帝爲中壘將軍……」《鱉賦序》云：「皇太子幸于釣臺，漁人獻鱉，命侍臣作賦。」由序中所云，即知乃應皇太子之命而作賦。
〔註14〕　見註10，丁嬪娜《陸機研究》，頁60。

碎亂者，蓋謂其不能具條貫，然陸本賦體，勢不能如散文
之敍錄綱，此評或過。

因此「碎亂」實不足以構成貶抑的理由，而巧妙卻可用來形容文賦的
善處。後人單篇討論文賦的文章甚富，故此處從格。今由文賦的形式
及部份內容則可窺見陸賦的二點特色：其一爲〈文賦〉在形式用駢體，
且綺語頗多，即如吳訥云：「晉陸機文賦，已用俳體。」（《文章辨體
辨騷賦》）又陸雲言：「文賦甚有辭，綺語頗多。」（與兄平原書）而
文賦所用之俳體與綺語，事實上即陸賦形式上的特點，因此文賦可爲
陸賦的最佳藍本。其二爲〈文賦〉云「遵四時以歎逝，瞻萬物而思紛，
悲落葉於勁秋，喜柔條於芳春」，即隱約道出文學與自然山水關係之
密切。因此陸賦多有敍及自然山水者，即使是感懷之作，亦以自然
之景起懷。如〈感興賦〉以「泛輕舟于西川，背京室而電飛。遵伊洛
之抵渚，沿黃河之曲湄」來起懷；〈感時賦〉以「悲夫冬之爲氣，亦
何潛懍以蕭索」來起懷。此亦陸賦的一個特點，且此特點對後代山水
文學之興起有關聯。〔註15〕

《晉書》曾謂陸機之文「疊意迴舒，若重巖之積矛。」（陸機傳）
若論及陸賦辭句的處理，則「疊意迴舒」可爲辭句表現上的特點，
如：

寒冽冽而寢興，風謖謖而屢作。鳴枯條之冷冷，飛落葉之
漠漠。（〈感時賦〉）

歲靡靡而薄暮，心悠悠而增楚。風靡靡而入室，響冷冷而
愁子。（〈思歸賦〉）

此種反覆的以重言對偶來描述景象者，於陸機賦中隨處可見。而此種
用法，不但可使聲調諧爽，造語工巧，且可達「疊意迴舒」的功效。
由是亦可見陸賦的雕琢之功。若此，與潘岳賦的辭句處理法，實有極

〔註15〕同上書，頁 57 云：「……由於魏晉人對自然山水的嚮往與注目，影
響到日後郭璞遊仙詩的產生。而由於這種遊仙歸隱的文士生活，竟
使山水美景盡入吟詠，最後終由傷感，遊仙而發展成爲宋初獨羈文
壇的山水文學。」

大區別。因此一般論潘岳之文「選而簡章」、「淺而淨」，陸機之文「文工而縟」、「深而蕪」〔註16〕，此由兩人賦作的辭句處理上，即可見出一斑。

　　大體而言，陸機已將駢體賦造成高峰。魏晉賦雖前有曹植開對偶之風，但並無體盡駢儷的現象。至於陸賦中，不但形式上以駢賦為主，且大多是體盡駢偶，語盡雕刻，有如陳去病所云：「駢賦至此，幾知駢驪之下峻叛，其勢有不可控勒者矣！」〔註17〕因而陸機的駢賦實大開了齊梁的四六之門。但若如沈德潛謂陸機「意欲逞博而胸少慧珠，筆又不足以舉之，遂開出排偶一家。」(《古詩源》)，則或言之不當。陸賦多駢儷，實乃情勢所至，即隨時代推演而成。因散文賦既已於漢朝造成高峰，則賦家「遁作他體，以自解脫。」(王國維《人間詞話》)亦屬必然，又怎可謂「胸少慧珠，筆又不足」呢？而以一位張華所云「才更患其多」〔註18〕的賦家而言，陸賦有時雖不免藻飾過於繁麗，但仍可見陸機「才高詞贍，舉體華美」〔註19〕的賦風。吾人於「咀嚼英華，厭飫膏澤」〔註20〕之際，應可知陸機不失為一位縝密的賦家。

五、左　思

　　左思字太冲，齊國臨淄（今山東益都）人，生卒年不詳，約與潘岳、陸機同時，據推測生於西元250年左右〔註21〕。武帝泰始中，官為秘書郎。惠帝元康初，與潘岳、陸機等人皆傅會於賈謐。永康元年，賈謐被誅，思歸宜春里，專意典籍。後以疾終於家。(《晉書》卷九十

〔註16〕《世說新語》文學篇引孫綽語。

〔註17〕陳去病著，《辭賦學綱要》第十三章魏晉中提及陸機賦之語。

〔註18〕《晉書·陸機傳》載張華謂陸機：「人之為文常恨才少，而子更患其多。」

〔註19〕鍾嶸，《詩品評陸機詩》。

〔註20〕同註19。

〔註21〕見羅聯添，《中國文學史論文選集》(二)中，所收李長之所寫西晉大詩人左思及其妹左芬。

二有傳）

　　左思的出身，據《晉書‧文苑傳》云：「其先，齊之公族，有左右公子，因爲氏焉。家世儒學。父雍，起小吏，以能，擢授殿中侍御史。」可知左思的先祖雖是齊國的貴族，但左思父親——左雍，則僅以小吏出身，後因能幹，才擢升爲殿中侍御史。因此，左思出生時，家族已然沒落，故左思妹左芬有「生蓬戶之側陋兮」（〈離思賦〉）的感嘆。

　　生於沒落家族的左思，晉初雖曾官爲秘書郎，但於「上品無寒門，下品無勢族」（《晉書‧劉毅傳》）的晉朝社會下，出身寒微而欲有隆高的官職，實非易事。因此左思屢有「世胄躡高位，英俊沉下僚」的憤慨（詠史詩之二）。若由左思雜詩、詠史等作品觀之，即知思頗欲立功名，取富貴，只因生不逢時，處於晉朝門閥政治下，仕途上並無所成；又值八王之亂，見名士少有全者，於是乃寄情柔翰以終其身。今觀與左思同時的陸機、潘岳諸人，皆因捲入八王之亂而亡，惟有左思善終於家，可見左思不失爲一位善於自處者。

　　論及左思賦作共有三篇，即〈三都賦〉（魏都、蜀都、吳都三篇合之）〈齊都賦〉、〈白髮賦〉。三都賦被收入《文選》，最爲後世所傳誦。然而在〈三都賦〉之前，左思尚有一篇京都類的賦作，即〈齊都賦〉。只惜此篇賦，現僅保存了四十幾個字，而且大都是不能代表任何意義的〔註22〕。若說此篇賦有意義，則唯一的意義是——鉅製三都賦之前的準備習作。

　　左思三都賦是魏晉少有的長篇大賦。早在班固及張衡時，即有〈兩都〉、〈二京〉等專門描寫京都的大賦。至魏晉，此類京都大賦已然少見。然而卻再度展現於左思筆下。究其原因，是有其時代意義的。此時代意義則與〈三都賦〉的寫作年代相關，據《晉書‧文苑傳》云：

〔註22〕據《全晉文》卷七十四所收〈齊都賦〉，僅有「嵫嶺鎮其左」、「四崖推移」、「其草則有杜若衡菊石蘭芷蕙紫莖丹頴湘蕖縹蒂」、「勝火之木、衝火之草」、「露桃霜李」等零散不連貫之句。

造齊都賦，一年乃成。復欲賦三都，會妹芬入宮，移家京
師，乃詣著作郎張載，訪岷邛之事，遂構思十年。……初
陸機入洛，欲為此賦，聞思作之，撫掌而笑，與弟雲書曰：
「此間有傖父，欲作三都賦，須其成，當以覆酒甕耳。」
及思賦出，機絕歎伏，以為不能加也，遂輟筆焉。

按左芬於晉武帝泰始八年入宮（西元272年），左思於此時「欲賦三
都；又據《晉書・陸機傳》云：「至太康末，與弟雲俱入洛。」則陸
機入洛之年在太康末，此時陸機聽聞左思已作〈三都賦〉。因而以〈三
都賦〉構思十年的時間計算，〈三都賦〉的著手與完成時間，約從泰
始八年（西元272年）到太康二年（西元282年）。在歷史上，泰始
到太康年間，三國鼎立的局面已漸趨一統，前有蜀的投降，後有晉的
篡魏，晉太康元年，連東吳亦消滅了。於此三國鼎立漸趨一統的時局
下，必須有人將三國鼎立的局面的印象作個結束，且宣洩一下統一
的興奮情感。左思的〈三都賦〉即應此時代的轉換而產生，因此是
具有時代意義的。

〈三都賦〉所採的形式，依然是傳統大賦的形式，就是用虛擬人
物的對話，來作為三個國都的代言。而在內容上，以鋪陳三國的地理
風土、人物習俗為主。首先是〈蜀都賦〉，發言人是西蜀公子，從成
都的歷史、地勢、特產、人才說到國防價值，主要目的是言明蜀都的
富有。其次是〈吳都賦〉，發言人是東吳王孫，敘述的內容和〈蜀都
賦〉大致相同，主要目的是言明吳都的巨麗。最後是以魏國先生作為
發言人的〈魏都賦〉，從文化、人才、政治、經濟等方面，自我誇耀
一番，而末了西蜀公子與東吳王孫俯首貼耳的對魏國先生甘拜下風，
主要目的是誇讚魏國政治的施設和文化的遺澤。類此形式與內容的大
賦，顯而易見的是因襲漢賦而成，如班固的〈兩都賦〉、張衡的〈二
京賦〉等皆是。然則，左思〈三都賦〉卻有異於漢賦之處，即於鋪陳
內容之際，左思強調一種實證主義。亦即左思〈三都賦〉序文中所云：
「則綠竹之猗猗，則知衛地淇澳之產；見在其版屋，則知秦野西戎之

宅。」所贊成的是一種徵實的內容；而所反對的是：「假稱珍怪，以爲潤色。……考之果木，則生非其壤；校之神物，則出非其所。於詞則易爲藻飾，於義則虛而無徵。」左思以爲司馬相如、揚雄、班固、張衡都不免「雖實非用」，「雖麗非經」。因此序中標明自己作〈三都賦〉的法則是：「山川城邑則稽之地圖；鳥獸草木則驗之方誌。」此種於內容上要求考驗、要求徵實的精神，深爲當世文人所稱讚。如皇甫謐爲左思〈三都賦〉作序云：「其物土所出，可得披圖而校；體國經制，可得按記而驗。」乃推崇左思的實證主義，且以爲左思〈三都賦〉將漢代大賦「虛張異類，託有於無」（〈三都賦序〉）的風氣作了一次改革。也因此造成〈三都賦〉爲「豪富之家競相傳寫，洛陽爲之紙貴」（《晉書・文苑傳》）的盛況。

　　然而〈三都賦〉是否真達到了信實的境地呢？不然，如〈蜀都賦〉云：「孔雀群翔，犀象競馳，白雉朝雊，猩猩夜啼，金馬騁光而絕景，碧雞儵忽而曜儀。」此種景象又豈是完全考之徵實而寫？又如「娉江斐，與神遊」、「感鱷魚，動陽候」（〈蜀都賦〉）則將幻想與事實的界限混淆著。因而左思〈三都賦〉並未十分貫徹自己所標舉的實證主義。究其原因，應與賦此種敷陳的文體有關。賦體的唯一需要是在事物的鋪敘，而大賦所鋪敘的事物既多，終難免有詞窮之時，則憑作者想像來鋪敘事物，必然會發生。因此即使如左思這位強調實證的賦家，亦無法將大賦完全作到信實的地步。

　　劉勰曾云：「左思奇才，業深覃思盡銳於三都，技萃於詠史，無遺力矣！」（文心才略）可見左思之才力已明顯的表露於〈三都賦〉中。左思詠史詩曾云「作賦擬子虛」、「辭賦擬相如」，大體即指〈三都賦〉而言。然〈三都賦〉爲左思「確守兩漢之遺範者」〔註23〕的賦作，除此篇賦作外，左思尚有一篇足以代表魏晉賦風的〈白髮賦〉。

　　〈白髮賦〉是一篇短賦，就題名觀之是詠物賦，然實是左思藉〈白

──────────────

〔註23〕陳去病所著《辭賦學綱要》第十三章魏晉中提及左思賦作之語，文海出版社，頁78。

髮賦〉以詠懷。〈白髮賦〉云：

> 白髮將拔，慭然自訴，稟命不幸，值盡午暮……咨爾白髮，
> 觀世之途，靡不追榮，貴華賤枯。赫赫閶闔，藹藹紫廬，
> 弱冠來仕，童髫獻謨。……白髮臨欲拔，瞑目號呼，何我
> 之冤？何子之誤？……曩貴者臺，今薄舊齒，皤皤榮期，
> 皓首田里，雖有二毛，河清難俟。……髮膚至昵，尚不克
> 終，聊用擬辭，比之國風。（《全晉文》卷七十四）

此篇賦應爲左思功名幻滅後的抒懷之辭 [註24]。「河清難俟」，乃言功
名不可期待；「髮膚至昵，當不克終」，乃藉白髮以言富貴功名不得終
的道理；末了言「聊用擬辭，比之國風」即可見左思實藉物抒懷。故
於賦中將白髮加以擬人化，如「白髮將拔，慭然自訴」、「咨爾白髮，
觀世之途」、「白髮欲拔，瞑目號呼」等皆是擬辭手法。此賦於內容上，
有敦厚的寄託之意；形式上，則用字極爲清淺，並未有雕琢之痕。若
以黃子雲評左思詩的「修詞造句，全不沿襲一字，落落寫來，自成大
家。」（野鴻詩的）用來評此賦，亦甚怡當。由此可見左思〈三都賦〉
外的另一賦作風貌。

六、傅　玄

傅玄，字休奕，北地泥陽人，生於漢獻帝建安二十二年，卒於晉
武帝威寧四年。祖燮，漢漢陽太守；父幹，魏扶風太守。晉武帝未受
禪時，玄爲常侍。及即帝位，進爵爲子，並爲諫官。後遷侍中，轉司
隸校尉。因事免官，卒於家，諡曰剛，追封清泉侯。享年六十二。（《晉
書》卷四十七有傳）

傅玄性情剛勁亮直，不能容人之短，據《晉書・本傳》云：「每
有奏劾，或值日暮，捧白簡，整簪帶，竦踊不寐，坐而待旦。」可見
其性格之剛直；而「貴游懾服，臺閣生風。」（《晉書・本傳》）最足
以形容傅玄任官情形。玄少時貧賤，但勤奮好學，博覽群書，後雖顯

〔註24〕詳見程會昌，《左太冲詠史詩三論》，收於羅聯添，《中國文學史論文
　　　選集》（二），學生書局，頁538。

貴仍勤學不倦，且著述不廢。曾撰傅子一書，分內外中三篇，並有文集百餘卷行於世。

　　傅玄賦作有五十三篇〔註25〕，於數量上僅次於曹植，位居魏晉賦家之二。只惜有序無賦及殘缺不全的賦作甚多。今觀傅玄賦的內容層面並不廣，除〈元日朝會賦〉、〈辟雍飲酒賦〉兩篇頌德的作品外，幾乎全以吟詠物象為主題，如〈筆〉、〈硯〉、〈桃〉、〈李〉、〈陽春〉、〈大寒〉等賦。於此甚多的物象賦中，傅玄較善於描繪四時物象。如以「麥含露而飛芒」、「草木蔚其條長」（〈述夏賦〉）描述夏天景象，以「嚴霜夜結，悲風晝起，飛雪山積，蕭條萬里。」（〈大寒賦〉）描述冬天景象，皆極傳神。然而，以賦作的內容言，類此歌頌及吟詠物象的賦作，於傅玄之前的王粲、潘岳等賦作中已多見，傅玄並未出此範圍。因此傅玄賦在內容上是較無開創之功的，但從形式上觀之，傅玄對雜體形式的賦作所下的心血，則為一般魏晉賦家所不及，堪稱是魏晉雜體賦的代表作家〔註26〕。據《全晉文》計，傅玄有十六篇雜體賦，下舉兩篇以窺見其貌。如〈陽春賦〉云：

> 虛心定乎昏中，龍星正乎春辰……依依楊柳，翩翩浮萍，桃之夭夭，灼灼其榮。繁華曄而曜野兮，煒芬葩而揚英。鵲營巢于高樹兮，燕銜泥於廣庭。覯睹戴勝之止桑兮，聆布穀之晨鳴。樂仁化之普宴兮，異鷹隼之變形。習習谷風，洋洋綠泉。丹霞橫嶺，文虹竟天。（《全晉文》卷四十五）

以駢體及楚辭體的形式交互運用，來描述陽春景象。又如〈柳賦〉

〔註25〕據嚴可均，《全晉文》計，傅玄有〈風〉、〈喜霽〉、〈陽春〉、〈述夏〉、〈大寒〉、〈元日朝會〉、〈辟雍鄉飲酒〉、〈正都〉、〈潛通〉、〈矯情〉、〈敘行〉、〈大言〉、〈筆〉、〈硯〉、〈團扇〉、〈相風〉、〈琴〉、〈琵琶〉、〈箏〉、〈笳〉、〈節〉、〈敘酒〉、〈投壺〉、〈彈棋〉、〈紫華〉、〈鬱金〉、〈芸香〉、〈蜀葵〉、〈宜男花〉、〈菊〉、〈著〉、〈瓜〉、〈安石榴〉、〈李〉、〈桃〉、〈橘〉、〈棗〉、〈蒲桃〉、〈桑椹〉、〈柳〉、〈朝華〉、〈雉〉、〈山雞〉、〈鷹〉、〈鸚鵡〉、〈鬥雞〉、〈鷹兔〉、〈乘輿馬〉、〈馳射馬〉、〈良馬〉、〈走狗〉、〈猿猴〉、〈蟬〉等五十三篇。

〔註26〕見本論文第四章第四小節。

云：

> 美見靈之鑠氣兮，嘉木德之在春……于是玄雲反岳，素景
> 含暉，泰液渥流，朝露未晞。似精靈之所鍾兮，蔚鬱鬱似
> 依依。居者觀而弭思兮，行者樂而忘歸。夫其結根建本，
> 則固于泰山。……若乃豐葩茂樹，長枝夭夭，阿那四垂，
> 凱風振條，同志來遊，攜手逍遙。

以楚辭體、駢體、散體的形式交互運用，來描述柳樹的不同層面。
類此兩篇賦作的雜體形式，是傅玄對賦體的固定傳統形式所作的求
變技巧。而此運用手法，已然超出漢代楚辭體賦與散文體賦的形式
成規。

綜言傅玄賦的最大成就，莫過於將魏晉賦家對雜體賦所作的努
力，給予明顯的呈現與結束。傅玄之前的魏晉賦家，如阮籍、嵇康等
人曾嘗試寫雜體賦，但大體是淺嚐則止，為數並不多〔註27〕。至傅玄
筆下，則有三分之一的賦作是採雜體形式〔註28〕，已將雜體賦達到了
最高峰。在他以後，個人的賦作中，再也沒有如此豐富的雜體賦出現。
雖則，雜體賦在魏晉以後並不盛行，但由傅玄眾多的雜體賦中，可了
解到魏晉賦家對賦體形式所作的求變歷程。

七、郭 璞

郭璞，字景純，河東聞喜人，生於晉武帝咸寧二年，卒於晉明帝
永寧二年。晉惠帝、懷帝之際，先後入於殷祐、王導幕下；元帝時，
歷仕著作佐郎、尚書郎。永寧二年，王敦謀叛，璞以為其事必敗，敦
怒而殺璞。及王敦之亂平，追贈璞為弘農太守。享年四十九。（《晉書》
卷七十二，《神仙傳》卷九有傳）

郭璞性情放散，不休威儀；據《晉書‧本傳》云：「嗜酒好色，
時或過度。」雖經人勸誡，仍絲毫不改其本性。郭璞好經術，博學

〔註27〕嵇康，〈有琴賦〉一篇採雜體形式，〈阮籍有獼猴〉、〈清思〉、〈元父〉
　　　三篇採雜體形式，為數皆甚少。
〔註28〕五十三篇賦作中，有十六篇採雜體形式佔了三分之一。

而有高才，尤妙於陰陽卜筮之術，曾從河東郭公受業。郭公精於卜筮，以青囊中書九卷與璞，璞遂精通五行、天文、卜筮之術，攘災轉禍，通致無方。後，璞門人趙載竊青囊書，未及讀而爲火所焚，此術乃絕。神仙傳云：「郭河東得兵解之道，今爲水仙伯。」若此記載雖不盡可知郭璞對卜筮神仙之術確有所長。由於璞學識淵博，又好古文奇字，因而著作甚多，曾注《爾雅》、《方言》、《三蒼》、《穆天子傳》、《山海經》及《楚辭》、〈子虛〉、〈上林賦〉等；所著詩賦誄頌亦數萬言，有集十七卷行於世。

郭璞賦作有十篇，即〈南郊〉、〈巫咸山〉、〈江〉、〈井〉、〈鹽池〉、〈流寓〉、〈登百尺樓〉、〈蚍蜉〉、〈龜〉等賦。其中爲世所傳誦的是〈江賦〉及〈南郊賦〉，《晉書·本傳》提及此二賦云：「璞著江賦，其辭甚偉，爲世所稱。後復作南郊賦，帝見而嘉之，以爲著作佐郎。」可見〈江賦〉及〈南郊賦〉爲當世所重視。然而，此兩篇賦作的內容極不相同，〈江賦〉是描述江瀆的景象，如：

> 注五湖以漫漭，灌三江而漰沛，滈汗六洲之域，經營炎景
> 之外，所以作限於華裔，壯天地之嶮介。呼吸萬哩，吐納
> 靈潮，自然往復，或夕或朝。激逸勢以前驅，乃鼓怒而作
> 濤，峨嵋爲泉陽之揭，玉壘作東別之標。

描繪五湖三江的閎深景象，甚爲博贍可觀，因此《晉書·本傳》云此賦「其辭甚偉」。〈南郊賦〉則是描述帝后郊祀典禮的景象。如：

> 于是司烜戒燧，火烈具炳，宗皇祖而郊祀，增孝思之惟永。
> 郊寰之內，區域之外，雕題弁服，被髮左帶，駿奔在壇，
> 不期而會。峨峨群辟，蚩蚩黎無，翹懷聖歆，思我王度。

描繪出郊祀典禮的弘偉肅穆情景，因此劉勰云此賦「穆穆以大觀」（《文心才略篇》）。如是，〈江賦〉及〈南郊賦〉在內容上是有所差異的，一者是表現閎深清逸的南方川瀆；一者是表現偏安江左後的國家郊祀典禮。由此可見，縱然兩篇在內容上不同，但皆是晉朝南渡後的時代產物。

綜言郭璞賦的特點，可用劉勰所言之「景純綺巧，縟理有餘」來

形容（《文心詮賦篇》）。「綺巧」是指形式上的特點，「縟理」是指內容上的特點。東晉時期，由於玄理思想的成熟，無論詩文辭賦均寓有一份理趣，身為東晉賦家的郭璞亦不能免，如〈流寓賦〉之「思此縣之舊名，蓋曩日之魏國」、〈井賦〉之「越百代而猶在，守虛靜以玄澹」均寓有一份變與不變的自然之理。因而形成郭璞賦在內容上有「縟理」的特點。另者，在賦作的辭句形式上，郭璞賦有「綺巧」的風貌，如〈鹽池賦〉之「吁鬒鬒以粲粲，色皜然而雪朝。揚赤波之煥爛，光旰旰之晃晃」、〈江賦〉之「冰夷倚浪以傲睨，江妃含嚬而矊眇。撫淩波而鳧躍，吸翠霞而夭矯」，在辭句的處理上，均甚巧麗。於東晉淡乎寡味的文學風氣中，郭璞賦不但能有綺巧的辭藻，且能寓含著理趣，因而若將鍾嶸評郭璞詩之「始變永嘉平淡之體」，能「用雋上之才，變創其體」（詩品），用之於評郭璞的賦作亦無不可。此乃史書云郭璞「詞賦為中興之冠」（《晉書・本傳》）的原因所在。

八、陶　潛

陶潛，字淵明。或云淵明，字元亮〔註29〕。濤陽柴桑（今江西九江縣）人，生於晉哀帝興寧三年（西元 365 年），卒於宋文帝元嘉四年（西元 427 年）〔註30〕。自號五柳先生，諡曰靖節先生。享年六十三。（《晉書》卷九十四、《宋書》卷九十三、《南史》卷七十五均有傳）

陶淵明為晉朝侯門的後人，曾祖陶侃官為晉朝大司馬，祖茂，父逸皆曾為太守。《晉書・陶侃本傳》謂侃「妾媵數十，家僮千餘，珍奇寶貨，富於天府」，因而論理淵明應有富貴的家庭。然淵明於〈五柳先生傳〉中曾自況云「環堵蕭然，不蔽風日，短褐穿結，簞瓢屢空」，

〔註29〕《宋書・本傳》曰：「陶潛字淵明。或云：淵明字元亮。」蕭統陶淵明傳則曰：「陶淵明字元亮。或云：潛字淵明。」可見其名字早有異說。

〔註30〕此處生卒年依蕭統《陶淵明傳》、《晉書》及《宋書・本傳》之六十三歲舊說。後人對其年壽頗多主張，此處暫置疑。

〈歸去來辭〉序亦云：「余家貧，耕植不足以自給，幼稚盈室，缾無儲栗。」可見陶侃雖極富有，但淵明之時，家道已衰。而淵明爲生活所迫，起爲江州祭酒；以不堪吏職，不久即自解歸。安帝時，曾先後出仕鎭軍參軍，建威參軍。義熙元年八月爲彭澤縣令。十一月，因郡遣督郵至彭澤，縣吏語淵明白：「應束帶而見之。」淵明嘆曰：「我不能爲五斗米，折腰向鄉里小人。」於是解印去職，結束了八十餘日的彭澤縣令生活；著名的歸去來，辭即作於此時。淵明辭彭澤縣令後，乃歸隱柴桑，日與樵子農夫相處，山水詩酒爲樂，過其逍遙自在的生活，所謂「少無適俗韻，性本愛丘山。誤落塵網中，一去三十年」（歸田園居），即描述棄官後的心境。而淵明從此亦不再出仕，《晉書》乃將其列爲〈隱逸傳〉中。

　　由淵明辭彭澤縣令一事觀之，淵明之個性尚率眞自然。蕭統〈陶淵明傳〉曰：「貴賤造之者，有酒輒設，淵明若先醉，便語客：『我醉欲眠，卿可去。』其眞率如此。」由此一事，亦可見淵明「質性自然，非矯厲所得」（歸去來辭序）。而淵明的文章與其性格一般，充滿了高潔自然的情趣，因此蕭統於〈淵明集序〉中以「其文章不群，詞采精拔；跌蕩昭彰，獨超眾類；仰揚爽朗，莫與之京。橫素波而傍流，干青雲而直上」評淵明之文；而以「貞志不體，安道苦節，不躬耕爲恥，不以無財爲病。自非大賢篤志，與道汙隆，孰能如此乎？」評淵明之性情與思想。按淵明之「眞志不休」可由文章所題年月日見出一斑。淵明以曾祖陶侃爲晉朝宰輔，因而自劉裕纂晉建宋後，淵明恥於屈身異代，所著文章不再如義熙以前，書寫朝代年號，而僅云甲子而已。

　　淵明賦作有三篇，其一爲〈歸去來辭〉（註31），據《晉書・陶潛傳》云：「義熙二年，解印去縣，乃賦歸去來。」可知此賦是淵明辭彭澤縣令歸田園時所作，因此以抒寫其辭官退隱的心情與生活爲

〔註31〕「歸去來辭」於蕭統文選中，引爲「辭」類，於此以漢人「辭」、「賦」
　　　　不分的觀點，將歸去南辭歸於賦作。

主。其二爲〈感士不遇賦〉，據張自烈云此賦乃「淵明樂天知命，然初志不遂，感慨流連，酒淚盈袂」而作（《箋註陶淵明集》卷五），近人方祖桑則以爲此賦是淵明「借古諷今」的賦作〔註32〕。然而不論如何，此賦是淵明抒懷言志的作品，即劉熙載所云「陶淵明之感士不遇，持己也。」（《藝概》卷三）。其三爲〈閑情賦〉，是一篇描述情慾而後導之於正的賦作，淵明於賦序云：「將以抑流宕之邪心，諒有助於諷諫。」因而淵明或爲諷諫而作此賦。由是可知此三賦的寫作動機。

淵明三篇賦作皆屬於個性分明，技巧新奇的作品，於魏晉賦中均足以獨樹一幟，尤其是〈閑情賦〉的寫作技巧甚值一談。〈閑情賦〉雖有摹仿〈洛神賦〉的痕跡，但也只限於字句之間，在結構上並不雷同，有如賦中所架構的十願，實表現了淵明極大的創造能力。賦云「願在衣而爲領」、「願在裳而爲帶」、「願在髮而爲澤」、「願在眉而爲黛」、「願在莞而爲席」、「願在絲而爲履」、「願在晝而爲影」、「願在夜而爲燭」、「願在竹而爲扇」、「願在木而爲桐」，以十種幻想來描述對一理想美人之追求與渴慕心理。而淵明此種運用手法，宋姚寬言「陶淵明閑情賦必有所自出。張衡同聲歌云：邂逅承際會，偶見充後房。情好新交接，飂慄若探湯。願思爲莞席，在下蔽匡床。願爲羅衾幬，在上衛風霜。」（《西溪叢語》）姚氏之語或有道理，然淵明衍同聲歌中的二願爲十願，已足見其創造力。若此寫作技巧已有個人獨特的風格。至於〈閑情賦〉的意旨，卻爲蕭統言爲：「白璧微瑕，惟在閑情一賦。揚雄所謂勸百而諷一者，卒無諷諫，何足搖其筆端？」（《陶淵明集序》）其實不然，淵明雖描述男士對美女的愛慕感情，但整篇賦的內容是發乎情，止乎禮義的，由賦末之「尤蔓草之爲會，誦邵南之餘歌。坦萬慮以存誠，憇遙情于八遐」，已言不可任情慾奔放，若此縱不能達諷諫的意旨，亦有好色而不淫的國風意旨。如蘇東坡所云：「淵明所作閑情賦，所謂國風好色而不淫，止使不及周南，與屈、宋所陳何異？」

〔註32〕見方祖桑，《陶淵明》一書，河洛圖書出版社，頁84。

〈志林〉最得淵明閑情的意旨。

　　綜觀淵明三篇賦作的辭句處理，均有清新自然的特色，如〈歸去來辭〉之「雲無心以出岫，鳥倦飛而知還」，〈感士不遇賦〉之「淳淳汩以長分，美惡作以異途，原百行之攸貴，莫爲善之可娛。」〈閑情賦〉之「意夫人之在茲，託行雲以送懷。行雲逝而無語，時奄冉而就過。」均不見有雕琢之痕。已將陸機等魏晉賦家的雕琢辭句，完全轉以清新自然來表現。此與陶詩在詩的領域中所起的作用是互相配合的。若說王粲與曹植給予魏晉賦作瑰麗用辭的開端，則淵明乃將魏晉賦作予以清新用辭的結束。

第七章　餘　論
──魏晉賦對當時文學的影響

　　「賦」是一種介於「詩」、「文」之間的混合體。它有詩的縶密而無詩的含蓄，有文的流暢而無文的直截。所以歷來選家對於「賦」之爲體，頗費躊躇。比如姚鼐的《古文辭類纂》，原是一部散文選，但「辭賦」卻佔極重要的地位；而如近人武茲生先生所著的《古代中國文學》〔註1〕，所論詩歌部份，「賦」即佔有一席的地位。若此，「賦」乃被歸之於「詩」或「文」中來討論。然「賦」亦可獨立來討論；如蕭統編《昭明文選》時，即將「賦」、「詩」、「文」三者並立。因此筆者以爲「賦」實可喻爲「三樓之體」。但值得注意的是，因「賦」可同時具有「詩」、「文」的身份，所以它的影響也流灌到詩和文兩方面；此種影響是使詩和文均趨於駢儷化。換言之，詩和文的駢儷化都起源於賦。

　　何以說詩和文的駢儷化都起源於賦呢？因賦側重橫斷面的描寫，要把空間中紛陳對峙的事物情態都和盤托出，由是便易走上排偶的路子。如班固的〈兩都賦〉、張衡的〈兩京賦〉和左思的〈三都賦〉等，他們的寫法都從東西南北，上下左右，四面八方的鋪張，又竭力

〔註1〕武茲生所著的《古代中國文學》（羅錦堂譯），分歷史、哲學、詩歌三部份討論古代中國文學，而辭賦被列於詩歌中討論。

渲染每一方的珍奇富庶，如此「雙管齊下」的寫法，排偶是當然的結果。因而「賦」可說是最先具有「駢儷」條件的文體。

　　然則，就賦體的演化過程而言，漢賦雖偶作駢語，但卻不求精巧。如「烒田乎青丘，徬徨乎海外，吞若雲夢者八九，其於胸中，曾不蒂芥。若乃俶儻瑰偉，異方殊類，珍怪鳥獸，萬端鱗萃，充仞其中者不可勝記。」（司馬相如子虛賦）幾句的整齊排偶，仍寓有疏落盪漾之致。到了魏晉，賦體的技巧漸精，意象漸新，詞藻日趨富麗，作者開始求意義的排偶。如「從容澤畔，肆志汪洋。朝戲蘭渚，夕息中塘。越高波以魚逸，竄洪流而潛藏。咀蕙蘭之芳苓，翳華藕之垂房。」（陸機龜賦）句的字數以四六句為主，上下皆相排偶。而將「從容澤畔」對「肆志汪洋」，「朝戲蘭渚」對「夕息中塘」，皆可看出刻意求精巧的痕跡。

　　如是，由漢賦演化到魏晉賦的過程中，可以發現賦體的駢儷現象到魏晉更急進了；也因此魏晉詩文的「駢儷化」現象較漢代更為明顯。以下分別敘述說明：

一、詩

　　茲舉五言詩為例。從漢到魏之間所形成的五言古詩，雖然也用駢句，但為數甚少。據計古詩十九首中，僅有七首使用駢句〔註2〕，而且每首之中即使運用駢句，也不過一次或兩次，如「去者日以疏」云「去者日以疏，生者日以親」、「古墓犁為田，松柏摧為薪」，「行行重行行」云「胡馬依北風，越鳥巢南枝」。但嚴格說起來，「去者日以疏」的駢句，因為以「去者日以疏」對「生者日以親」，上下句中重覆的使用「者日以」；而「古墓犁為田」對「松柏摧為薪」，上下句中重覆的使用「為」。若此，與「行行重行行」中，以「胡馬依北風」對「越鳥巢南枝」的不重覆句法的駢句有所不同。後者可稱是真正的

〔註2〕參見高木正一於〈六朝律詩形成〉一文中所作的統計，《大陸雜誌》十三卷九期，頁17。

駢句，前者因上下句有重覆之處，實不能算是真正的駢句。而古詩十九首中運用駢句的七首，大多是屬於非真正的駢句。所以漢人詩句中採用駢句還是少見。然而，魏晉人的詩則不然，當魏晉賦的修飾風尚侵入詩的領域時，魏晉人作詩因受賦的影響，乃開始講究駢句。漢代尚保持「樸實無華」形式的五言古詩，到了魏晉也入於駢儷的境界。這種現象在陸機的五言詩中有明顯的痕跡，陸機的〈贈弟士龍〉一詩云：

> 行矣怨路長，惄焉傷別促。指途悲有餘，臨觴歡不足。我若西流水，子為東峙岳。慷慨逝言感，徘徊居情育。安得攜手俱，契闊成騑服。

這是一首比較明顯的例子，值得注意的是，這首詩在各組相對的句子裏，絕對不用相同的文字，如果遇到有意義相似的情形，便故意採用不同的字面，儘量使之不陷於呆板。如「我若西流水，子為東峙岳」，其實兩句都可用「若」，或者同用「為」亦無不可，但作者卻故意使用兩字不同，由此可見作者講究駢句技巧的用心。

另者，在駢句中已注意到雙聲與疊韻的使用，如「慷慨逝言感，徘徊居情育」，乃以雙聲語與疊韻語的相對，來求得聲音的美感。這種不但求意義的排偶，也求聲音和諧的駢儷現象，在漢人的詩句中是少有的，但已陸續的出現在魏晉人的詩句中。如劉楨的「沈沈東流水，磷磷水中石」（〈贈從弟詩〉），潘岳的「清商應秋至，溽暑隨節闌」（〈悼亡詩〉）等皆是。而此種現象的產生，除與魏晉賦體的講求排偶相關外，與當時的聲調觀念也有關聯。在漢代，詩人並無四聲的觀念，對於詩句的聲調當然無從講究起。至於魏晉詩人，因韻書的一再出現，已開始有了四聲的觀念，於是注意到詩句中的聲調問題，亦屬必然。所以形成詩句中，不但講求意義的排偶，也講求聲音的和諧。

二、文

中國文體，自魏晉以下方漸漸岐為駢文與散文兩個派系。而駢文受辭賦的影響，是眾所公認的，如張仁青先生所著的《駢文發展史》，

乃以「辭賦」的演進言駢文的發展情形。張先生將兩漢定為駢文的孳
乳時期，魏晉定為駢文的蕃衍時期；可知魏晉的駢文已逐見發展成
熟，而此乃因魏晉辭賦重視駢儷的結果。王夢鷗先生言：「魏晉六朝
文體之形成，只是一個『文章辭賦化』的現象。」〔註3〕已說明的魏
晉文體與辭賦關係的密切。值得注意的是，魏晉文人受賦體「駢儷」
的薰陶，「駢儷」的體式已成為寫作文章的公式；上以對揚朝廷，下
以應酬朋友，使得公文書牘莫不帶有賦體的「駢儷」色彩。如曹丕〈與
吳質書〉云：

> 高談娛心，哀箏順耳；馳騁北場，旅食南館；浮甘瓜於清
> 泉，沈朱李於寒水。

又如曹植〈與楊德祖書〉云：

> 昔仲宣獨步於漢南，孔璋鷹揚於河朔，偉長擅名於青土，
> 公幹振藻於海隅，德璉發跡於北魏，足下高視於上京。當
> 此之時，人人自謂握靈蛇之珠，家家自謂抱荊山之玉。

於書牘的文章中，亦作很工整的駢語。若此於漢人的書牘文章中，
是少見的現象。只此一端，即可見魏晉文的「駢儷」現象較漢文為
盛。而此種文章的「駢儷化」，莫不是魏晉賦家「踵其事而增華，變
其本而加厲」（〈文選〉序）的「經營」韻律諧美，對仗工穩的駢儷賦
的結果。

　　總之，魏晉時的「詩」和「文」的駢儷現象，都深受當時賦體的
影響。亦即胡適之先生所云：「六朝的文學，可說是一切文體都受了
辭賦的籠罩，都駢儷化。」（《白話文學史》）於此，由詩和文兩方面，
應可見魏晉賦對當時文學影響之一斑。而魏晉賦家所開闢的駢儷風
氣，對於後代的唯美學的興盛，亦有不可磨滅的功勞。

〔註3〕見《中外文學》八卷一期，王夢鷗〈貴遊文學與六朝文體的演變〉
　　　一文，頁4。

參考書目舉要

一、史　部

1. 范曄撰,《後漢書》,藝文印書館影印本,1982 年。
2. 陳壽撰,裴松之注,《三國志》,藝文印書館影印本,1982 年。
3. 房玄齡等撰,《晉書》,藝文印書館影印斠注本,1982 年。

二、總　集

1. 明・張溥輯,《漢魏六朝百三家集》,新興書局,1962 年。
2. 清・嚴可均輯,《全上古秦漢三國六朝文》,世界書局,1963 年。
3. 宋・洪興祖撰,《楚辭補注》,中華書局,1965 年。
4. 清・顧施禎纂輯,《昭明文選六臣彙注疏解》,華正書局,1974 年。
5. 宋・彭叔夏撰,《文苑英華》,商務書局,1983 年。
6. 清・陳元龍等編,《御定歷代賦彙》,台灣商務,1983 年。
7. 清・李兆洛輯,《駢體文鈔》,中華書局,1991 年。
8. 清・姚鼐編,《古文辭類纂》,廣文書局,1993 年。

三、詩文評

1. 明・吳納,《文章辨體序說》(合訂本),香港:太平洋出版社,1956 年。
2. 清・何焯,《義門讀書記》,四庫全書珍本,1962 年。
3. 今人楊家駱編,《陶淵明詩文彙評》,中華書局,1964 年。
4. 清・袁枚撰,番瑨注,《箋注隨園詩話》,鼎文書局,1965 年。
5. 今人瞿蛻園,《漢朝六朝賦選注》,西南書局,1967 年。

6. 近人劉師培,《漢魏六朝專家文研究》,中華書局,1969 年。

7. 梁‧任昉撰,陳懋仁註,《文章緣起註》,廣文書局,1970 年。

8. 清‧李調元,《賦話》,廣文書局,1971 年。

9. 近人陳去病,《辭賦學綱要》,文海出版社,1971 年。

10. 今人謝雲飛,《文學語音律》,東大圖書公司,1978 年。

11. 清‧劉熙載,《藝概》,廣文書局,1980 年。

12. 梁‧鍾嶸撰,陳延傑注,《詩品注》,台灣開明書局,1981 年。

13. 清‧沈德潛,《古詩源》,廣文書局,1982 年。

14. 今人陳鍾凡,《中國韻文通論》,中華書局,1984 年。

15. 梁‧劉勰撰,黃叔琳等校注,《文心雕龍注》,台灣世界書局,1986 年。

16. 今人方師鐸,《傳統文學與類書之關係》,東海大學印行,1986 年。

17. 今人駱鴻凱,《文選學》,華正書局,1987 年。

18. 明‧徐師曾,《文體明辨序說》(合訂本),上海:復旦大學,2007 年。

19. 清‧孫德謙,《六朝麗指》,上海:復旦大學出版,2007 年。

四、文學史

1. 譚正璧,《中國文學史》,華正書局,1936 年。

2. 鈴木虎雄著,殷石曜譯,《賦史大要》,正中書局,1942 年。

3. 童行白,《中國文學史綱》,上海:大東書局,1947 年。

4. 張其昀等著,《中國文學史論集》,中華文化出版事業委員會,1958 年。

5. 張仁青,《中國駢文發展史》,中華書局,1970 年。

6. 劉師培,《中古文學史》,台北:文海書局,1972 年。

7. 國立編譯館編,《兩漢魏晉南北朝文學批評資料彙編》,成文出版社,1978 年。

8. 傅庚生,《中國文學批評通論》,華正書局,1982 年。

9. 胡適,《白話文學史》,文光圖書公司,1983 年。

10. 華仲麐,《中國文學史論》,輔大出版社,1985 年。

11. 羅聯添編,《中國文學史論文選集》,學生書局,1986 年。

12. 葉師慶炳,《中國文學史》,學生書局,1987 年。

13. 胡雲翼,《中國文學史》,三民書局,1989 年。

14. 劉麟生主編，《中國文學八論》，鄭州：中州古籍出版，1991 年。

15. 劉大杰，《中國文學發展史》，華正書局，1994 年。

16. 郭紹虞，《中國文學批評史》，粹文堂書局，1994 年。

17. Burton Watson 著，羅錦堂譯，《古代中國文學史》，華岡出版社。

五、期刊論文

1. 廖蔚卿，〈從文學現象與文學思想的關係談六朝「巧構形似之言」的詩〉，《中外文學》三卷七期、八期。

2. 蘇雪林，〈賦的淵源與演變〉，《自由太平洋》四卷七期。

3. 何炳輝，〈辭賦分類略說〉，《人生》三十二卷九期。

4. 薛鳳生，〈大賦淺說〉，《大學生活》四卷一期。

5. 成世光，〈漢賦研究〉，《學術季刊》五卷四期。

6. 劉詠嫻，〈陸機「文賦」與山水文學〉，《建設》十二卷十二期。

7. 賴橋本，〈宋玉及其作品〉，《學粹雜誌》十九卷三期。

8. 許世瑛，〈談談閑情賦〉，《文學雜誌》五卷三期。

9. 許世瑛，〈寫在登樓賦之後〉，《文學雜誌》三卷二期。

10. 高木正一著，鄭清茂譯，〈六朝律詩之形成〉，《大陸雜誌》十三卷九期。

11. 黃永武，〈魏晉玄學對詩的影響〉，《幼獅月刊》四十八卷三期。

12. 錢穆，〈讀文選〉，《新亞學報》三卷二期。

《文選》之山水詩體類研究

孫淑芳 著

作者簡介

孫淑芳，一九六五年生，台灣省台北縣人。獲國立中央大學法文系學士、中文所碩士及國立中正大學中文所博士。所學兼涉中西文學理論，由法文轉入中文後，又專攻中國古典文學領域，著有碩士論文《「選詩」之山水體類研究》、博士論文《世變與風雅──周亮工《尺牘新鈔》編選之研究》，研究範圍以六朝、明清文學為主，另外發表學術論文將近二十篇，有〈品茶與性靈──晚明文人袁中郎的茶藝研究〉、〈佛老與性靈──晚明文人求道意識研究〉、〈才子之文的得失──論清人對侯方域的古文評價〉、〈風、秋、雪、月──《昭明文選》物色賦探析〉等。

提　　要

　　《文選》是我國最早的一部詩文總集，由南朝梁昭明太子蕭統所編。編選作品的時代從先秦以迄齊梁皆有，具備了「網羅放佚」的功能；此外，由於昭明鑒裁精審，所選不少是廣泛流傳、膾炙千古的作品，所以對古代文學創作也產生過重大的影響。另一方面，《文選》裡，也大量地選錄了六朝的重要詩文，成為研究當時文學發展和文學思想不可或缺的材料。然而可惜的是，歷來研究《文選》的專家大多偏重於校勘、音訓、考訂的層面，較少直接從文學的角度和立場進行深入地探討研究。

　　本文研究《文選》，即專注於文學的領域內，以研究「選詩」（《文選》裡的詩歌類）為主，針對的主要問題則是：六朝盛極一時的「山水詩」，為什麼「選詩」中眾多的分類偏偏沒有這麼一類呢？是昭明沒有編選「山水詩」這一體類的作品嗎？還是，雖有選錄，卻在歸類時未立名目，分散到各類裡去了呢？不管答案如何，都同樣要面對一個共同的問題──即「山水詩」共通的藝術特色是什麼？如果前面的問題能迎刃而解，那麼站在「山水體類」的角度來看「選詩」的話，那將會呈顯出怎樣的面貌呢？

　　如何研究「山水詩」呢？若根據市面上一般涉及「山水詩」的選集鑒賞辭典，乃至專門著述的話，不難發現這些幾乎都屬於「通史」之作：上自《詩經》，下迄清末（乃至民國以後），縱橫貫事，數量龐大得驚人，也讓人難以專精、深刻地掌握研究的進路。若非根據《文選》一書研究的話，由於有二十三類四百四十七首詩歌，我們實在很難一下子明確的說出那一類的那一首詩就是山水詩，很難說《文選》所選之作品中，那一類裡頭的作品山水詩比較多，而那一類比較少，乃至完全沒有。

　　承上，我們相信漢魏六朝山水詩曾盛極一時，我們也相信《文選》是研究漢魏六朝的詩歌創作和詩歌思想的重要材料，於是，我們就想到一個研究切入的角度：歸納「選詩」和當前學界認定為山水詩的交集部份，直接針對交集部份（如後文所敘，共 25 首作品）熟讀深思、反覆鑑賞，深入論釋，得出它們共通的藝術

特色——因共通的藝術特色而歸為一類，而曰「山水詩」(或叫「山水體類」)。這將成為我們研究的起點，研究的基礎，也是本文第二章的重心所在。

本文研究方法主要有三：歸納、詮釋和「選詩 ⇆ 山水體類」雙向並進。首先就歸納而言，如前文「切入角度」部份，就是歸納方法使用的證明之一。事實上，找出「選詩」和「山水詩」(當前學界認定部份)的交集 25 首詩之後，仍然要作歸納的工作，歸納他們共同而相通的藝術特色。這特色是從「選詩→山水詩」這樣的進路中得來的，這特色將使得「山水詩」的名號獲得正式、合理的地位，同時也得使「山水詩」變得易於了解和認識。而在確定這項特色之後，我們又回頭走入「山水詩→選詩」的這路裡，重新歸納看看：在「選詩」裡頭，究竟有多少作品符合這些共同而相通的藝術特色呢？而符合的這些作品裡，又能夠簡單地歸納出幾種次類的代表體類呢？如後文所敘，至少就分別有以謝靈運、謝朓、阮籍為代表的三項「次山水體類」。本文從頭到尾，幾乎都離不開歸納方法的使用。

就詮釋而言，其實就是「理解」的同義詞。本文研究以詩歌為對象，尤其是六朝的詩歌、《文選》的詩歌。我們的詮釋首要尊重「文本」的事實，語言、文字、典故、上下文……等等起碼字面意義的確定，是不容許「藉詩發揮」或「穿鑿附會」的；一樣地，外緣、補充性質的資料如作者生平、遭遇、時代亡等等資料也須審慎擇取，不能夠反客為主，蓋過了、曲解了「文本」的獨立性質。字面意義之外，則詩歌之所以精彩的地方，往往在於詩人主體的情志；也就是詩人表現在詩歌裡的生命經驗和存在價值。而這往往蘊涵在全詩的整體結構裡，存於詩句字面意義所指示的「言外之意」、「象外之境」上……。字面意義，我們得以憑藉的有《李善注昭明文選》和《六臣注昭明文選》以及市面上出現的諸多白話翻譯本。字面意義之外，除去「鑒賞辭典」和諸多「詩話」著作外，我們也使用藝術風格學的方法，將之視為本文詮釋的指導原則。

最後，所謂的雙向並進，是指「選詩」和「山水詩」互為進路的研究方法，「選詩→山水詩」的進路，關心的是：究竟「選詩」裡有那些作品是目前學界一而再、再而三拿來作為「山水詩」的範例呢？這些作品究竟具有怎樣的藝術特色呢？弄清楚這些問題，相信對於山水詩的認識和理解，將會有著莫大的助益。「山水詩→選詩」的進路，關心的是：合於「山水詩」之藝術特色，在《文選》裡究竟有多少作品呢？而這些作品又能分成幾項「次類」呢？《文選》的其它作品和「山水詩」相互交融、相互影響而呈現出的詩歌面貌，又是什麼呢？凡此，因為透過「選詩 ⇆ 山水詩」雙向並進的方法，不但讓我們對《文選》一書的「山水體類」有著更深刻的認識，也讓我們對文學體類(包含純類和交融類)有了重新的反省。

目次

第一章　導　論

第一節　從文學的立場研究《文選》

　　《昭明文選》(底下簡稱《文選》)，是我國現存最早的詩文總集，[註1]由南朝梁昭明太子蕭統（梁武帝蕭衍長子）所編。這部總集所選作品，除了跨越的年代極為長久，從周秦以迄齊梁皆有選錄，具備了「網羅放佚」的功能外：在「刪汰繁蕪，保存菁華」方面，更有其值得稱述的地方：《文選》裡的作品，不僅能夠符應當時的文學發展狀況和風尚，大量地選錄了六朝的重要詩文；同時，由於鑒裁精審，有不少作品就是因為《文選》的選錄，經過廣泛的流傳，而膾炙千古，型塑典範的地位。長久以來，《文選》一書就深深地受到了歷代文人墨客的傳誦與嗜愛，對古代的文學創作產生重大的影響，並且，也是公認研究六朝文學創作和文學思想所不可或缺的材料。

　　研究《文選》而成為專門的學問，早在唐代就已開始。「文選學」

〔註 1〕中國學術隨內容區分為經、史、子、集四類，其中「集」相較於其它三類，則偏於文學性的作品。「集部」又可略區分為「總集」和「別集」二類，別集指個別作者的著述，總集則聚集眾人作品而成。《詩經》是中國最早的詩歌總集，為當時北方文學的代表，其次是《楚辭》，為南方文學的代表。不過，這二種僅涉及詩、賦的編纂。將詩賦、文章合編，則以《昭明文選》為首。

這一名詞，從初唐就已有之。〔註2〕唐人有《文選音義》，之後號稱「書籤」的李善有《文選注》，呂延祚組成五人寫有《五臣注文選》，宋人有《文選雙字類要》、《文選類林》，元人有《選詩補注》，明人張鳳翼有《文選纂注》，清人有汪師韓《文選理學權輿》、孫志祖《文選理學權輿補》、胡克家《文選考異》、梁章鉅《文選旁證》、胡紹英《文選箋證》等等作品。可惜的是，《文選》是一部深具文學價值的詩文總集，歷來學者對它的研究，卻大半停留在校勘、音韻、訓詁、考訂的層面，較少從文學的角度深入探討，對之闡幽提微。〔註3〕這個現象，孫克寬先生曾評論說：

> 自來研究文選學的專家，大多在考訂音訓名物方面，以善注爲對象，前面所列諸書，實已盡鑽研的能事。至於文章賞析方面，也只有二、三家評本，明代以來的評讀八股文方式做評注，只在起承轉合上求文章的構造方法和現代的文學分析方法，頗有逕庭。〔註4〕

孫氏這段話，確實指出了以往研究《文選》方向上的歧出和不足的現象。

正因這樣，本篇論文在研究《文選》時，將擺脫掉以往對於「考訂音訓名物」等等問題過度的專注，而凝聚注意力在純粹文學領域內，佐以現代的文學方法，比較、剖析，歸納、論證，期能藉此更深入《文選》的奧藏，探掘其中深蘊的各種文學藝術和風貌。

第二節 「選詩」之山水體類所蘊涵的問題

《文選》所收錄的詩文作品，非常豐富。簡單地加以分類，大致

〔註2〕見《舊唐書》卷一百八十九〈曹憲傳〉載：「(曹憲) 所撰《文選音義》，甚爲當時所重。初，江淮間，爲文選者，本之於憲，又有許淹、李善、公孫羅復相繼以《文選》教授，由是選學大興於代。」台北市：新文豐出版有限公司，1975 年，頁 2469。

〔註3〕歷來，研究《文選》也不是沒有偏於文義的評論，如何焯《義門讀書記》，于光華《文選集評》、高步瀛《文選李善義疏》等書即是。然而，所佔畢竟偏少。

〔註4〕孫克寬，《詩文述評》(台北市：廣文書局，1970 年)，頁 22。

可劃分爲賦、詩、文三大類。本論文鎖定的研究範圍是「詩」這一大類——底下簡稱「選詩」。就作品數量而言，在《文選》中，「選詩」所佔的份量相當可觀，作品不僅佔全書卷數的五分之一強，並且除〈補亡詩〉外，幾乎都是漢魏以後的詩歌作品。所以研究「選詩」，不僅僅是研究《文選》重要的一環而已，同時，也是研究漢魏六朝的詩歌創作和詩歌思想的重要材料。

「選詩」由於數量繁多，所以蕭統說「體既不一，又以類分；類分之中，各以時代相次。」（見〈文選序〉）可見不一樣的「體」，就形成不一樣的「類」，而包括在「選詩」裡，共計有二十三體類：

〈補亡〉、〈述德〉、〈勸勵〉、〈獻詩〉、〈公讌〉、〈祖餞〉、〈詠史〉、〈百一〉、〈遊仙〉、〈招隱〉、〈反招隱〉、〈遊覽〉、〈詠懷〉、〈哀傷〉、〈贈答〉、〈行旅〉、〈軍戎〉、〈郊廟〉、〈樂府〉、〈挽歌〉、〈雜歌〉、〈雜詩〉、〈雜擬〉

這對於詩歌的分類可說是繁多而詳盡了。

蕭統在〈文選序〉裡曾說：「若夫椎輪，爲大輅之始，大輅寧有椎輪之質；增冰，爲積水所成，積水曾微增冰之凜。何哉？蓋踵其事而增華，變其本而加厲，物既有之，文亦宜然，隨時變改，難可詳悉。」〔註5〕就指出了文學創作和思想「隨時變改」、「踵事增華」的發展事實。同樣的道理，當代文學研究者立身蕭統之後，自然地針對文學的思考和反省，和蕭統本人對文學的見解會有所出入。其中，我們便發現到一個頗堪研究、探討的問題：即六朝盛極一時的「山水詩」，爲什麼「選詩」中眾多的分類裡頭偏偏沒有這麼一類呢？

南朝梁劉勰的《文心雕龍》卷六〈明詩〉篇說：「宋初文詠，體有因革，莊老告退，山水方滋；儷采百字之偶，爭價一字之奇，情必極貌以寫物，辭必窮力而追新，此近世之所競也。」〔註6〕這段話是經常被引用來說明六朝「山水詩」的起源和盛行。《文選》成書於梁

〔註5〕《孫批胡刻文選》（台北市：弘道文化事業有限公司，1971年），頁1。
〔註6〕《文心雕龍》（台北市：台灣開明書局，1972年），頁2。

代，在宋之後，顯見「宋水詩」創作在《文選》之前，早已盛極一時。

　　劉勰一方面是《文心雕龍》的撰寫者，另一方面他同時也是昭明太子所延攬，所器重的文人集團的成員之一。根據《梁書·劉勰傳》，可知他曾兼東宮通事舍人，爲昭明太子所愛接。直到蕭統死後，才在定林寺與慧震等撰經，後出家改名慧地。依此推論，昭明編纂《文選》，劉勰理應參與其中才是。然而參與歸參與，在「選詩」的眾多分類之中，事實上就是沒有設定「山水」這一體類，爲什麼呢？難道是「選詩」根本沒有編選入這類作品嗎？還是《文心雕龍》敘述不合詩史實情呢？爭論六朝有無山水詩這一個文類，似乎是多餘的「假問題」；然而若涉及到「文選」的分類標準，山水詩的藝術特色，乃至文類之交融、滲透等等問題時，就不再是個「假問題」了。

　　綜觀「選詩」二十三類四百四十七首作品，〔註7〕和當代研究「山水詩」的論著、選集所認定的「山水詩」作品，交集部份起碼就有二十多首。可見，「選詩」並非沒有編選入「山水詩」這一體類的作品，只是未立名目，以致於分散到各類裡去了。於是，我們不禁要問：「山水詩」是否具備了共通的藝術特色而得以歸納爲同一體類呢？如果真是這樣的話，那「山水詩」共通的藝術特色又是什麼呢？明顯地，如果我們能確定「山水詩」這一類體的成立，並找出它們的共通藝術特色的話，那麼，我們就能夠反過來站在「山水體類」的角度對「選詩」做一番研究和探討，進而對於文學體類的觀念做一番反省和思考的工作。

第三節　切入角度與研究方法介紹

一、切入角度：歸納「選詩」和當前山水詩的交集

　　如何研究「山水詩」呢？若根據市面上一般涉及「山水詩」的

〔註7〕目前，一般所見之《文選》本，詩篇的數量爲四百四十六首，可是據四部叢刊涵芬樓影宋本《六臣註文選》，則在〈樂府〉類中多了〈君子行〉一首，本文統計的數量，即據此而來。

選集、鑒賞辭典，乃至專門著述的話，不難發現這些幾乎都屬於「通史」之作：上自《詩經》，下迄清末（乃至民國以後），縱橫貫事，數量龐大得驚人，也讓人難以專精、難深刻地掌握研究的進路。若只根據《文選》一書的話，由於二十三類四百四十七首詩歌，我們也實在很難明確的說出那一類的那一首詩就是山水詩，很難說《文選》所選之作品中，那一類裡頭的作品山水詩比較多，而那一類比較少，乃至完全沒有。

　　承上節，我們相信漢魏六朝山水詩曾盛極一時，我們也相信《文選》是研究漢魏六朝的詩歌和詩歌思想的重要材料，於是，我們就想到一個研究切入的角度：歸納「選詩」和當前學界認定為山水詩的交集部份，直接針對交集部份（如後文所敘，共 25 首作品）熟讀深思、反覆鑑賞，深入詮釋，得出它們共通的藝術特色——因共通的藝術特色而歸為一類，名曰「山水詩」（或叫「山水體類」）。這將成為我們研究的起點，研究的基礎，也是本文第二章的重心所在。

二、研究方法：歸納、詮釋和雙向並進

　　本文研究方法主要有三：歸納、詮釋和「選詩⇆山水體類」雙向並進。首先就歸納而言，如前文「切入角度」部份，就是歸納方法使用的證明之一。事實上，找出「選詩」和「山水詩」（當前學界認定部份）的交集 25 詩之後，仍然要作歸納的工作，歸納他們共同而相通的藝術特色。這特色是從「選詩→山水詩」這樣的進路中得來的，這特色將使得「山水詩」的名號獲得正式、合理的地位，同時也使得「山水詩」變得易於了解和認識。而在確定這項特色之後，我們又回頭走入「山水詩→選詩」的進路裡，重新歸納看看：在「選詩」裡頭，究竟有多少作品符合這些共同而相通的藝術特色呢？而符合的這些作品裡，又能夠簡單地歸納出幾種次類的代表體類呢？如後文所敘，至少就分別有以謝靈運、謝朓、阮籍的代表的三項「次山水體類」。本文從頭到尾，幾乎都離不開歸納方法的使用。

　　就詮釋而言，其實就是「理解」的同義詞。本文研究以詩歌為對象，尤其是六朝的詩歌、《文選》的詩歌。我們的詮釋首要尊重「文本」的事實，語言、文字、典故、上下文……等等起碼字面意義的確定，是不容許「藉詩發揮」或「穿鑿附會」的；一樣地，外緣、補充性質的資料如作者生平、遭遇、時代興亡等等資料也須審慎擇取，不能夠反客為主，蓋過了、曲解了「文本」的獨立性質。字面意義之外，則詩歌之所以精彩的地方，往往在於詩人主體的情志：也就是詩人表現在詩歌裡的生命經驗和存在價值。而這往往蘊涵在全詩的整體結構裡，存於詩句字面意義所指示的「言外之意」、「象外之境」上……。字面意義，我們得以憑藉的有《李善注昭明文選》和《六臣注昭明文選》，以及市面上出現的諸多白話翻譯本。字面意義之外，除去「鑑賞辭典」和諸多「詩話」作品外，我們也嘗試使用徐復觀先生所說「追體驗」的方法：

> 讀者和作者之間，不論在感情和理解方面，都有其可以相通的平面；因此，我們對每一作品，一經讀過、看過後，立刻可以成立一種解釋。但讀者與一個偉大作者所生活的世界，並不是平面的，而實是立體的世界。於是，讀者在此立體世界中只會佔到某一平面；而偉大的作品，卻會平面上層層上透，透到我們平日不曾到達的立體中的上層上去了。因此，我們對一個偉大詩人的成功作品，最初成立的解釋，若不懷成見，而肯再反覆讀下去，便會感到有所不足；即是越讀到越感到作品對自己所呈現出的氣氛、情調，不斷地溢出於自己原來所作的解釋之外、之上。在不斷地體會、欣賞中，作品會把我們導入向更廣更深的意境裡面去，這便是讀者和作者，在立體世界中的距離，不斷地在縮小，最後可能站在與作者相同的水平，相同的情境，以創作此詩時的心來讀它，此之謂『追體驗』。〔註8〕

〔註8〕徐復觀，《中國文學論集》（台北市：台灣學生書局，1985 年），頁254。

徐氏的這段話，幾近文學藝術的風格學，也成爲本文詮釋的指導原則。

　　最後，所謂的雙向並進，是指「選詩」和「山水詩」互爲進路的研究方法。「選詩→山水詩」的進路，關心的是：究竟「選詩」裡有哪些作品是目前學界一而再、再而三拿來作爲「山水詩」的範例呢？這些作品究竟具有怎樣的藝術呢？弄清楚這些問題，相信對於山水詩的認識和理解，將會有著莫大的助益。「山水詩→選詩」的進路，關心的是：合於「山水詩」之藝術特色，在《文選》裡究竟有多少作品呢？而這些作品又能成幾項「次類」呢？《文選》的其它作品和「山水詩」相互交融、相互影響而呈現出的詩歌面貌，又是什麼呢？凡此，因爲透過「選詩→山水詩」雙向並進的方法，不但讓我們對《文選》一書有著更深刻的認識，也讓我們對文學體類（包含純類和交融類）有了重新的反省。

第二章　山水體類的共通藝術特色

小　引

　　究竟「山水詩」該如何界義呢？究竟「山水詩」具備了怎樣的共通藝術特色，使得人們不得不承認它們是性質相近的同一類作品呢？而更重要的是，當我們有心想去研究時，究竟從那個地方去著手好呢？

　　若直接根據「選詩」的分類，乍看之下，會因為沒有「山水」這麼一類，而讓人錯認為「選詩」並沒有有收錄「山水詩」作品。如果眞是這樣的話，那麼我們可以說「選詩」的編選並不夠完善。因為眾所周知，一如劉勰在《文心雕龍・明詩》篇所說的：「宋初文詠，體有因革，莊老告退，而山水方滋；儷采百字之偶，爭價一句之奇，情必極貌以寫物，辭必窮力而新，此近世之所競也。」明白地指出「山水詩」是南朝宋初最為盛行的詩歌體類，加上一般公認「選詩」很能反映出南朝詩歌創作的實情，所以「選詩」如果眞是沒有選錄「山水詩」作品的話，那就有違常情了。

　　然而，事實上並不是這個樣子，沒有歸為一類和沒有收錄並不是等同的。相反地，如果我們根據近代學著研究「山水詩」的著作加以考察，不難發現到一個事實：為數不少被近代學者當成「山水詩」的

作品，其實「選詩」也加以收錄，只是沒有集中成爲一類，如現代人理所認定，而分散到各類去了。

目前，有關研究六朝「山水詩」的重要著作，在論著方面，以王國瓔《中國山水詩研究》和丁成泉《中國山水詩史》最具份量；這兩本著作對於「山水詩」的特色和歷史都有深入的分析和介紹。此外，林文月的〈中國山水詩的特質〉也是一值得注意的單篇論文。而選集方面，則有君實所編的《中國山水田園詩詞選》和余冠英主編的《中國古代山水詩鑑賞辭典》二書。〔註1〕在這五項著作裡頭，作者編著者所選錄或引用的「山水詩」作品，數量不少。其中，不乏涉及到六朝之外的作品，以及不被《文選》選錄的作品，當然也有許多和「選詩」交集，同時彼此共同承認爲「山水詩」的作品。

根據我們的歸納，常被近代學者選錄或引用，同時出現在「選詩」裡頭的作品，約略如下：

作　者	詩　　名	近代學者選錄或引用（以姓做簡稱）
左　思	〈招隱詩二首〉之一	余、王、丁
謝靈運	〈登江中孤嶼〉	余、君、王、丁、林
	〈石壁精舍還湖中作〉	余、君、王、丁、林
	〈從斤竹澗越嶺溪行〉	君、王、丁、林
	〈富春渚〉	君、王、林
	〈晚出西射堂〉	君、王、丁、林

〔註1〕除去這五項著作外，當代研究「山水詩」的著作仍然不少。如李文初等著有《中國山水詩史》，性質和丁成泉的《中國山水詩史》類似；張秉戍主編有《山水詩鑑賞辭典》，性質和除冠英主編的《中國古代山水詩鑑賞》類同；葉維廉寫有〈中國古典和英美詩中山水美感意識的演變〉一文，收入《飲之太和》書裡，較偏於探討王維、孟浩然之作。此外，胡曉明有《中國山水詩的心靈境界》，吳功正有《山水詩注析》，陳鵬翔有〈中英山水詩論與當代中文山水詩的模式〉等著作。凡此，由於和前述五項著作性質雷同，或是對於「山水詩」作品選錄、引用有限，本文爲了研究切入之便，暫時加以割捨。

謝靈運	〈游南亭〉	君、王、丁、林
	〈登石門最高頂〉	君、王、丁、林
	〈於南山往北山經湖中瞻眺〉	君、王、林
	〈入華子岡是麻源第三谷〉	君、王、丁、林
	〈入彭蠡湖口〉	余、王、丁、林
	〈初去郡〉	王、林
	〈過始寧墅〉	王、丁、林
	〈石門新營所四面高山迴溪石瀨茂林修竹〉	王、丁、林
	〈七里瀨〉	丁、林
	〈登池上樓〉	王、丁
謝　朓	〈晚登三山還望京邑〉	余、王、丁、林
	〈之宣城出新林浦版橋〉	余、君、王、林
	〈敬亭山〉	王、丁、林
	〈游東田〉	余、君、王、丁
	〈暫使下都夜發新林至京邑贈西府同僚〉	王、丁
	〈觀朝雨〉	丁、林
	〈郡內登望〉	王、丁、林
	〈新亭渚別范零陵〉	王、丁
	〈郡內高齋閑坐答呂法曹〉	王、丁
附註：余：余冠英《中國古代山水詩鑒賞辭典》 　　　王：王國瓔《中國山水詩研究》 　　　丁：丁成泉《中國山水詩史》 　　　林：林文月《中國山水詩的特質》 　　　君：君實《中國山水田園詩詞選》		

　　以上所列共有二十五首詩，分別是左思（一首）、謝靈運（十五首）、謝朓（九首）三人所寫，創作時間都在六朝。這些詩，都是「選詩」裡頭的五言古詩，同也是近代學者（即前述五項著作的作者或編者）所共同承認是「山水詩」的作品－其中有七首是兩家所共同承認，七首是三家所共同承認，九首是四家所共同承認，二首是五家所共同承認的作

品。近代學者在研究或談論六朝的「山水詩」時，都喜歡選錄或引用這些作品，而這就蘊涵了底下這個事實：不管近代學者對於「山水」的界義是多麼的複雜紛歧，他們總根據或指涉了我們所列的這些作品。

於是，很自然地我們會問：究竟這二十五首作品具備了怎樣的共通藝術特色，以至於「選詩」選錄，近代學者會不約而同地將之命名為「山水詩」呢？我們相信，如果能夠直接針對這些交集甚多的作品進行深入的分析和研究的話，勢必會幫助我們理解、掌握六朝「山水詩」的共通藝術特色，同時對於「選詩」的分類問題和「山水詩」的界義，將有不小裨益。

針對這二十五首作品，根據我們直接閱讀的經驗，發現到它們具備了四個共通的藝術特色：一、作品出現大量的山水題材。二、作者體物寫貌，準確地捕捉山水的形象。三、作者充滿「山水」和「詩人」雙向同化的「山水意識」。四、情景緊密結合的表達形式和表達效果。底下，我們就逐一地加以說明。

第一節　山水題材

關於「題材」和「體類」的關係，錢倉水說：

> 文體之與體材，有著千絲萬縷的聯繫，有某種相對應的關係，進一步說，某些文體離不開題材規定性，而選擇了某一文體又制約著題材的處理。〔註2〕

這一段精闢的見解，對於「山水題材」和「山水體類」之間的關係而言，也是完全適用的。

「山水體類」離不開「山水題材」的規定，因為一首詩如果沒有了「山水題材」，我們很難想像那是怎樣的「山水詩」？事實上，「山水詩」最顯著的特徵之一，就是取材於自然界的山水景物，並以之為主要描寫對象。

〔註2〕錢倉水，《文體分類學》（南京：江蘇教育出版社，1992年），頁55。

　　這一點，近代學者也注意到了，並在定義「山水詩」時，刻意地加以強調。例如：

　　　　王國瓔說：所謂「山水詩」，是指描寫山水風景的詩。〔註3〕

　　　　林文月說：顧名思義，所謂「山水詩」應是指「模山範水」（《文心雕龍》〈物色篇〉語）類的詩而言，爲取材於大自然的山山水水，乃至草木花卉鳥獸者。換言之，它的內容宜包括大自然的一切現象。不過，在我國文學史上，「山水詩」一詞卻已約定成俗，別有一種特殊的含義——（它）是指南朝宋齊那一時期的風景詩而言；更具體的說，乃是指謝靈運爲代表的那種模範山水的詩。〔註4〕

　　　　丁成泉說：山水詩，顧名思義，是歌詠山川景物的詩，是以山河湖海，風露花草，鳥獸蟲魚等大自然的事物爲題材，描繪出它們的生動形象，藝術再現大自然的美，表現出作者審美情趣的詩歌。〔註5〕

　　　　陶文鵬、韋鳳娟說：山水詩，就是以山水以及山水緊密聯繫的其它自然景觀和人文景觀爲主要描寫對象的詩歌。可見，山水詩並非僅僅是描寫山和水，稱其爲「山水詩」，只是我國古代詩學約定俗成的概念。西方人則稱爲自然詩或風景詩。〔註6〕

從這四段言論，不難看出「山水題材」在定義「山水詩」時，所具備的重要性。

　　由於詩人將自然界的山水景物攝入到作品裡頭，造成「山水詩」的作品給人「景富於情」的印象，相對的，詩中描寫山水題材的句子在全首詩中的份量，就明顯的增加了許多。根據我們的統計，在前面

〔註3〕王國瓔，《中國山水詩研究》（台北市：聯經出版社，1986年），頁1。

〔註4〕林文月，《山水與古典》（台北市：純文學出版社，1976年），〈中國山水詩的特質〉，頁115～116。

〔註5〕丁成泉，《中國山水詩史》（武漢：華中師範大學，1990年），頁6。

〔註6〕陶文鵬、韋鳳娟，《中國山水詩鑑賞辭典》（台北市：新地文學出版社，1991年），〈山水詩概述〉，頁1。

所列的二十五首「山水詩」作品中，每一首詩中描寫山水題材的句子，一般平均都有四句以上，並且超過全詩句數的四分之一。除此之外，超過二分之一以上篇幅的作品有五首，其中謝靈運佔了四首，分別是〈於南中往北山經湖中瞻眺〉、〈石壁精舍還湖中作〉、〈登石門最高頂〉、〈從斤竹澗越嶺溪行〉，這四首作品隸屬「選詩」的〈游覽〉類；謝朓有一首，題爲〈敬亭山〉，隸屬「選詩」的〈行旅〉類。

　　爲明瞭山水題材在「山水詩」中出現的情形，茲舉謝靈運的〈於南山往北山經湖中瞻眺〉一詩來作說明：

　　　朝旦發陽崖，景落憩陰峰。舍舟眺迴渚，停策倚茂松。
　　　側逕既窈窕，環洲亦玲瓏。俛視喬木杪，仰聆大壑灇。
　　　石橫水分流，林密蹊絕蹤。解作竟何感，升長皆丰容。
　　　初篁苞綠籜，新蒲含紫茸。海鷗戲春岸，天雞弄和風。
　　　撫化心無厭，覽物眷彌重。不惜去人遠，但恨莫與同。
　　　孤遊非情歎，賞廢理誰通？〔註7〕

這首詩所要表達的正如題目所示，乃是詩人由南山往北山經過巫湖時瞻眺所見的自然美景，〔註8〕作者甚至以超過詩大半篇幅的筆墨來描寫沿途的山水景物。首四句，點出作者出遊的景況及落腳歇息之處，是從大處記述詩人在山水之中遊覽的情景。第五句到第十六句，則寫作者捨舟登岸之後，停駐下來觀覽景物所感受到的自然之美。這十二句中，我們可以感受到作者面對大自然認眞、投入的態度和情感，他

〔註7〕這首詩的第八句「仰聆大壑灇」的「灇」字，因版本不同而略有出入。李善注本刻爲「灇」字，注云：「灇，水會也。灇與漎同。」六臣註本刻爲「淙」字，註云：「淙，水聲。言登於山半，下視高木之末，仰聽流水之聲」一指水流會聚的聲音；一指一般流水的聲音，二本雖然刻字不同，解釋略有差異，大抵上則不妨害對於全詩的理解和體會。

〔註8〕案本詩題目，邵子湘評云：「謝詩題便佳，有一種紀遊致。」（《評註昭明文選》卷五，頁420）意即題目已有遊山（南北、北山）玩水（湖）之意蘊藏其中。又李善注文（卷二十二）引謝靈運〈山居賦〉：「若乃南北兩居，水通陸阻。」、「永歸其路，迤界北山。」並注云：「兩居謂南北兩處，南居是開創卜居之處地。」、「然往北山經巫湖中過。」善注可謂相當詳實，讀者可以加以參看。

分別對於所觀覽到的自然景觀有生動、貼切的描寫：如第五、六句對
「側逕」和「環洲」分別以如美人腰枝的「窈窕」和像秀麗璧玉的「玲
瓏」來加以形容；第七到第十句，則分別從視覺如喬木杪、大壑瀁、
橫石、密林等等景象，和聽覺如流水聲等等的不同感受，進而傳達出
山水的奇偉景觀；第十一到第十六句，寫大自然草木鳥獸滋長衍化、
萬物欣欣向榮的情景，作者檢選了「初篁」、「新蒲」、「海鷗」、「天雞」
四種自然界的動、植物，作為春光瀰漫、盪漾在山水環境間的象徵：
和風、密林、初綠、新紫，這樣欣欣向榮，萬物生長的山水世界。以
上十六句詩，都是作者描繪其所見所聞的自然美景。最末六句，則因
景興情，總結出自己賞愛自然，卻沒人可以共遊的孤獨懷抱。分析這
首詩，我們可知自然山水景觀是詩人主要的描寫對象，在全詩二十二
句裡頭，就佔了十六句之多，幾乎是超過七成的份量，因此，這首詩
可以說是標誌著「山水詩」在出現「山水題材」方面，非常有代表特
色的作品。除此之外，像謝朓的詩：

> 感感苦無悰，攜手共行樂。尋雲陟累榭，隨山望菌閣。
> 遠樹曖阡阡，生煙紛漠漠。魚戲新荷動，鳥散餘花落。
> 不對芳春酒，還望青山郭。（〈遊東田〉）

> 結構何迢遰，曠望極高深。窗中列遠岫，庭際俯喬林。
> 日出眾鳥散，山暝孤猿吟。已有池上酌，復此風中琴。
> 非君美無度，孰為勞寸心。惠而能好我，問以瑤華音。
> 若遺金門步，見就玉山岑。（〈郡內高齋閑坐答呂法曹〉）

這兩首，就全詩句數而言，一為十句，一為十四句，皆不及前引謝靈
運之多，然而，其中描寫「山水題材」的句子，仍是全詩主要的部份。
就第一首而言，除一、二、九這三句是抒情外，其餘全部是山水的景
物，山水的題材：有雲、有山，有菌閣、有遠樹、有煙霧、有雨荷，
有青山，有飛鳥，還有城郭和亭榭。就第二首而言，除一、二、十、
十一、十二、十三這六句看不出明顯的山水景物外，其餘也全部都是
山水的景物，山水的題材：遠岫、喬林，眾鳥、孤猿，佳池、好風，

以及帶有神仙色彩的金門、玉山。其它詩作，儘管在描寫「山水題材」
方面比不上前引三首詩那麼的多，卻也因或多或少強調對於「山水題
材」的描寫而被看作「山水詩」。可見，作品出現大量「山水題材」，
的確的「山水詩」不可忽略的一項共通藝術特色。

　　就詩歌發展的歷史觀察，「山水題材」在「山水詩」中大量出現
並成爲主要的描寫對象，也有著特殊的意義。陶文鵬、韋鳳娟合著的
〈山水詩概述〉一文就指出了這個情形：

> 中國山水詩興起于南朝晉宋之際。然而，它的源頭卻在更
> 爲悠遠的年代。山水詩是人們對於自然景物的審美能力和
> 表現自然美的藝術創造能力達到一定階段的產物。——在
> 最早的一部詩歌總集《詩經》中，已寫到了一些自然景物。
> 不過，它們大多是作爲"比興"的媒介出現的。——因此，
> 當時的詩人對它們的描寫，僅是粗線條的勾勒。——《詩
> 經》中也有一些情景交融的描寫。——不過這些詩中的山
> 水景物仍然只是用以烘托感情的片斷，而不是詩人欣賞的
> 對象和描寫的主體。《詩經》的三百零五篇，沒有一篇是以
> 描寫山水風景爲主要內容的。——《楚辭》中的山水自然
> 景物描寫，已表現出較爲高級的審美力和更爲豐富的藝術
> 想像力。但是，山水景物在詩中仍然處於陪襯附屬地位，
> 並沒有成爲獨立的審美對象。——漢大賦的作者並不去表
> 現各類山川的獨特風貌，只是極力鋪陳其山之高聳，其水
> 之深廣，給人一種處處似曾相識而又模糊的感覺。——上
> 述情況，從漢末魏晉以來，逐漸發生了變化。在建安時期，
> 無論是詩歌中，還是辭賦，或是書牘中，山水風景描寫越
> 來越多，技巧也更爲純熟。——謝靈運是文學史上第一個
> 以山水爲題材進行大量創作的詩人，是山水詩的開創者。
> ——南齊時期的謝朓，是繼續謝靈運而起的一位著名的詩
> 人」〔註9〕

這段話，不但把「山水題材」在詩歌發展的過程中，逐漸成爲詩人描

〔註 9〕書同註6，頁2～5。

寫的主要對象以及被大量運用、表現的事實，給描述了出來；同時也可以看出「山水詩」和在它之前的詩歌類型、詩歌傳統像《詩經》、《楚辭》、漢大賦等等作品，在對待「山水題材」上，有著明顯的差異。

另一方面，因為「山水題材」在「山水詩」裡的規定意義，這就使得詩人表現如是的題材而應具備的藝術創作能力受到了考驗；使得詩人在創作意識或創作追求上要認眞而自覺地看待這些「山水題材」；以及必須使用適當的表達形式來達到詩歌創作目的。這些，正是「山水詩」所具備的其它藝術特色，而都是以「山水題材」為基礎。

第二節　體物寫貌

六朝「山水詩」最常被褒揚被貶抑的地方，往往在於「體物寫貌」——也就是捕捉山水形象——的這個藝術特色。

劉勰在《文心雕龍》裡曾說：

> 宋初文詠，體有因革，莊老告退，而山水方滋；儷采百字之偶，爭價一句之奇，情必極貌以寫物，辭必窮力而追新，此近世之所競也。（〈明詩篇〉）

> 自近代以來，文貴形似，窺情風景之上，鑽貌草木之中。吟詠所發，志惟深遠，體物為妙，功在密附。故巧言切狀，如印之印泥，不加雕削，而曲寫毫芥。故能瞻言而見貌，即字而知時也。（〈物色篇〉）

案這兩段文字，同樣都是記載「山水詩」興盛時在文壇上所引起的創作現象。這個創作現象表現有兩個特點：一、為了「體物寫貌」，詩人在語言文字的修飾上刻意講求和競爭，不管是全篇的對偶辭藻或單一的新奇警句，莫不全力以赴，惟恐落人後塵。二、在詩人的創作中，不管是描寫風景或刻劃草木，也務求盡心盡力，以達形似逼眞的藝術效果。在前一段話裡，劉勰不無貶抑之意，而在後一段話裡，則又似乎流露出嘉許的意味。

姑且不論劉勰對待當時文壇的這個現象是褒揚還是貶抑，後代學

者論及六朝「山水詩」的藝術特色時，總也保持著類似的見解。事實上，根據我們所研究的這二十五首「山水詩」的作品，發現到詩人對於山水景物的描寫確實做到了──「巧妙的語言貼切事物的形狀，像在封泥上蓋印，不用雕琢，卻詳盡地把極細微處都寫出來了。因此看了這些語言就像看到景物的面貌一樣，就這些文字便知道時節的變化。」〔註10〕──用我們的語言來說，就是詩人對於山水景物的各種形象，已經能夠準確而成功地加以表達，而這也就是「體物寫貌」的藝術特色。

「體物寫貌」的藝術特色，在我們所研究的二十五首「山水詩」入品裡頭有很明顯而突出的表現。例如左思〈招隱〉的第五到第八句詩云：

白雪停陰岡，丹葩曜陽林。石泉漱瓊瑤，纖鱗亦浮沈。〔註11〕

就很逼真地描寫出一個色彩鮮明、清朗自在的世界：未溶的白雪棲在山的北面，耀眼的紅花綻放在山林的南邊；山泉流漱美玉般的大石頭，小魚或上或下地悠然游泳。短短四句詩，二十個字，有聲有色，帶領讀者進入一個詩情畫意的山水世界裡頭。而且這樣的景物，透過詩人的妙筆，栩栩如生，恍如出現在讀者的眼前，讓人印象極為深刻。

又如謝靈運〈七里瀨〉第五到第八句詩云：

石淺水潺湲，日落山照耀。荒林紛沃若，哀禽相叫嘯。

就把觸目耳聞的山水景物給生動地塑造了出來：水勢清淺平緩，潺潺流動，散落著幾顆大的石頭；落日的光輝依依不捨地返照群山；空蕪的山林雖然枝葉茂盛，許多的飛鳥卻相互哀鳴愁嘯了起來。而這樣的描寫，的確能讓讀者「即字而知時」，有如置身其中，隨著秋天的景物，隨著詩人羈旅的情懷，觸景興情，因情染景，進而悼遷傷時，遙思古代隱士高人如嚴光之輩了。

〔註10〕周振甫譯，《文心雕龍今譯》（北京：中華書局，1986年），頁413。
〔註11〕這四字詩，本於《李善注昭明文選》。《六臣註文選》則稍有不同：「白雪停陰岡」中的「雪」字作「雲」字，「纖鱗或浮沈」中「或」字作「亦」字，版本不同，但不妨害對於全詩的理解和體會。

又如謝朓〈觀朝雨〉首六句詩云：

朔風吹飛雨，蕭條江上來。既灑百常觀，復集九成臺。

空濛如薄霧，散漫似輕埃。

就把江南紛飛的雨景給寫得活躍了起來；北風吹動，雨水飄飛，蕭條地從江上衝了過來；既灑淋了百常觀，又再度集聚到九成臺上；空空濛濛的，好像薄薄的霧氣；散散漫漫的，有似輕輕的塵埃。而這樣的描寫，由遠而近，繪聲繪色，眞讓讀者對那紛飛的雨景充滿了驚愕而又讚歎不已；更有甚者，豪景壯景愈是生動逼人，那作者內心的失意、蕭條，就更加凸顯了出來。因此，「悲」情「壯」景，令山水動容，也令讀者動容。

就「體物寫貌」的傑出表現來說，最爲膾炙人口的莫過於謝靈運〈登池上樓〉詩中的「池塘生春草，園柳變鳴禽」這一聯詩句了。關於這聯詩句，歷代文人雅士議論紛紛，如：

梁‧鍾嶸《詩品》卷中：謝氏家錄云：「康樂每對惠連，輒得佳語。後在永嘉西堂，思詩竟日不就，寤寐間忽見惠連，即成「池塘生春草，園柳變鳴禽。」故嘗云：「此語有神助，非我語也。」（《歷代詩話》，頁 14）

宋‧王直方《王直方詩話》：田承君云：「『池塘生春草』，蓋是病起忽然見此爲可喜，而能道之，所以爲貴。」（《宋詩話輯佚》，頁 26）

宋‧葉夢得《石林詩話》卷中：「池塘生春草，園柳變鳴禽。」世多不解此語爲工，蓋卻以奇求之耳。此語之工，正在無所用意，猝然與景相遇，借以成章，不假繩削，故非常情所能到。詩家妙處，當須以此爲根本，而思苦言難者，往往不悟。（《歷代詩話》，頁 426）

宋‧范晞文《對床夜語》卷三：好句易得，好聯難得，如「池塘生春草」是也。（《續歷代詩話》，頁 510）

宋‧吳可〈學詩詩〉：學詩渾似學參禪，自古圓成有幾聯？春草池塘一句子，驚天動地至今傳。（《詩人玉屑》，卷一）

宋·胡仔《苕溪漁隱叢話》後集·卷二：古今詩人，以詩名
世者，或只一句，或只一聯，或只一篇，雖其餘別有好詩不
專在此。然傳播于後世，膾炙于人口者，終不出此矣！豈在
多哉？如「池塘生春草」則謝康樂也。(《苕溪漁隱叢話》後集卷
二，頁10)

金·元好問〈論詩絕句三十首〉之二十九首：池塘春草謝家
口，萬古千秋五字新。傳語閉門陳正字，可憐無補費精神。(《元
遺山詩集》，頁9)

所舉七則，或者誇言夢幻神助，或者純粹談詩論藝，或者盛談膾炙和傳
誦情形。事實上所列七則之外，品評謝靈運詩這一聯詩的文獻，尚有不
少。〔註12〕據此，讀者不難想見這聯詩驚天動地、流傳廣達的情形了。

〔註12〕除去這七則評語外，尚有不少評語，如：

（唐）釋皎然《詩式》卷二評曰：客有問予：「謝公二句優劣奚若？」
予因引梁徵遠將軍評為隱秀之語。且鍾生既非詩人，安可輕議，徒
欲聾瞽後來耳目。且如「池塘生春草」，情在言外，「明月照積雪」
旨冥句中，風力雖齊，取興各別。古今詩中，或一句見意，或多句
顯情。王昌齡云：日出而作，日入而息，謂一句見意為上。事殊不
爾。夫詩人作用，勢有通塞，意有盤礴。勢有通塞者，謂一篇之中，
後勢特起，前勢似斷，如驚鴻背飛，卻顯儔侶，即曹植詩云：「浮沈
各異勢，會合何時諧？願因西南風，長逝入君懷」是也。意有盤礴
者，謂一篇之中，雖詞中一旨，而興乃多端，用識與才，踩踐理窟，
如卞子采玉，徘徊荊岑，恐有遺璞。其有二意，一情一事。事者，
如劉越石詩曰：「劉生何感激，千里來相求。白登幸曲逆，鴻門賴留
侯。重耳用五賢，小白相對鈎。苟能隆二伯，安問黨與仇」是也。
情者，如康樂公，「池塘生春草」是也。抑由情在言外，故其辭似淡
而無味，常手攬之，何異文侯聽古樂哉！《謝氏傳》曰：吾嘗在永
嘉西堂作詩，夢見惠連，因得「池塘生春草」，豈非神助乎！

（金）王若虛《滹南詩話》卷一：謝靈運夢見惠連而得「池塘生春
草」之句，以為神助。《石林詩話》云：「世多不解此語為工，蓋欲
以奇求之耳。此語之工，正在無所用意，猝然與景相遇，借以成章，
故非常情所能到。」冷齋云：古人意有所至，則見于情，詩句蓋寓
也。謝公平生喜見惠連，而夢中得之。此當論意，不當泥句。張九
成云：靈運平日好雕鐫，此句得之自然，故以為奇。田承君云：蓋
是病起忽然此為可喜，而能道之，所以為貴。予謂天生好語，不待
主張，苟為不然，雖百說何益？李元膺以為反覆求之，終不見此句
之佳，正與鄙意暗同。蓋謝氏之夸誕，存兩晉之遺風，後世惑于其

　　暫不論本聯在全詩前後上下的連貫情形如何，光就這兩句所描寫的情形看來，也的確把初春的景色描寫得天然自在，美麗如畫，有聲有色：朱靖華、涂道坤說：「瞧！那池塘邊已無聲無息地鑽出了滿地的綠色小草；園內，迎風舞蹈著柳枝上，有各種小鳥在歡快地宛轉啼叫著。多麼美好的春光啊！」（《漢魏六朝詩歌鑑賞辭典》，頁 560～562）而這樣的描寫，確實能夠引領讀者感受春天到來的消息，自然而然，「無所用意，猝然與景相遇」。這正是《文心雕龍》所說的「巧言切狀如印之印泥，不加雕刻，而曲寫毫芥。」（〈物色篇〉）的表現——也是我們所說「體物寫貌」，準確而成功地表達出山水景物的形象。

　　除去這聯詩句外，像謝朓的〈晚登三山還望京邑〉詩中「餘霞散成綺，澄江靜如練」這聯詩受到傳誦和肯定的情形也大略相似。歷來評謝朓「餘霞散成綺，澄江靜如練」這聯詩不少，如：

　　宋・王直方《王直方詩話》：謝玄暉最以「澄江淨如練」得名，

言而不敢非，則宜稍曲之至是也。
　（明）謝榛《四溟詩話》卷二：謝靈運「池塘生春草」，造語天然，清景可畫，有聲有色，乃是六朝家數，與夫「青青河畔草」不同。葉少蘊但論天然，非也。又曰：若作「池邊」、「庭前」，俱不佳，非關聲色而何？
　（清）葉矯然《龍性堂詩話初集》：康樂「池塘生春早，園柳變鳴禽」。亦一時意興妙語耳，乃自謂有神助。文暢「亭皋木葉下，隴首秋雲飛」，未嘗費造成，而王融賞心，書之齋壁。豈非以其雕飾者易工，而天然者罕見耶？
　（清）潘德輿《養一齋詩話》卷二：「池塘生春草」句，葉石林以爲「世多不解此語爲工，蓋欲以奇求之。此語之工，正在無所用意，猝然與景相遇，借以成章，故非常情所能到」釋冷齋以爲「古人意有所至，則見于情，詩句蓋寓也。謝公平生喜見惠連，而夢得之，此當論意，不可泥句。」張九成以爲「靈運平日好雕鐫，此句得之自然，故以爲天生好語，不待主張，苟爲不然，雖百說何益！」李元膺以爲「反覆求之，終不見此句之佳。」與鄙意暗同。然則謝公此句，論之者凡六家，只王、李之見相似。愚舊論適與張尚書暗合，王、李終不免以奇求之耳。若權文公謂「池塘」二句，托諷深重，以池塘渚涘之地而生春草，是王澤竭也。《豳》詩所配，一蟲鳴則一候，今日變鳴禽者，時候變也。變鑿太甚，亦不足辯矣。

故李白云:「解道澄江淨如練,令人卻憶謝玄暉。」山谷詩云,「憑誰說與謝玄暉,莫道澄江淨如練。」則其人之優劣于此亦可以見。

明・王世貞《藝苑卮言》卷三:謝山人謂玄暉:「澄江淨如練」,「澄」「淨」二字意重,卻改為「秋江淨如練」。余不敢以為然,蓋江澄乃淨耳。

明・陸時雍《詩鏡總論》:——玄暉「餘霞散成綺,澄江淨如練」,「天際識歸舟,雲中辨江樹」,山水煙霞,衷成圖繪,指點盼顧,遇合得之。古人佳族,當不在言語間也。

明・董其昌《畫禪室隨筆》卷三:大都詩以山川為境,山川亦以詩為境,名山遇賦客,何異士遇知己,一入品題,情貌都盡。后之游者,不待按諸圖經,詢諸樵牧,望而可舉其名矣。嗟嗟!「澄江靜如練」「齊魯青未了」,寥寥片言,遂關千古登臨之口。豈獨忽作常語哉?以其取境真也。

清・田雯《古歡堂雜著》卷二:玄暉含英嗣華,一字百煉乃出,如秋山清曉,霏藍翁黛之中,時有爽氣。齊之作者,公居其冠。劉后村謂「餘霞散成綺,澄江淨如練」,怕吞吐日月,摘躧星辰之句。故李白《登華山落雁峰》云:「恨不攜謝朓驚人詩,搔首問青天。」其服膺如此。

平心而論,這兩句詩比喻用得非常的巧妙而又自然:用美麗的織錦來比喻散開的晚霞,用樸素的絹布來比喻澄澈的江水;天光絢爛,水色乾淨,濃淡相映,令人的心不自覺也被導至詩歌優美的藝術境界。李白詩云:「解道澄江靜如練,令人長憶謝玄暉。」〔註13〕就是出自這二句詩。此外,沈玉成在論及謝靈運的「山水詩」時說:

……謝詩的特點,即鮮麗清新。這一特點體現於山水形象捕捉的準確。『春晚綠野秀』(〈入彭蠡湖口〉),『青翠百深沈』(〈晚出西射堂〉),同樣是綠色,卻是兩幅完全一同的畫面,前者為暮春,後者為深秋。『時竟夕澄霽,雲歸日西

〔註13〕見李白〈金陵城西樓月下吟〉一詩。

馳。密林含餘清，遠峰隱半現。』(〈遊南亭〉)，寫落日時
的景象，只用了『餘清』兩個字，就把讀者帶到了雨後山
林這一特定的環境裡。為了準確地捕捉形象，詩人確乎是
『經營慘澹，鉤深索隱』(沈德潛《古詩源》)，調動了多方
面的藝術技巧。〔註14〕

非常巧合，沈氏所詮的〈入彭蠡湖口〉、〈晚出西射堂〉、〈游南亭〉三
首詩，也正包括於我們所研究的二十五首「山水詩」作品之中。不管
是「春晚綠野秀」、「青翠百深沈」或「時竟夕澄霽，雲歸日西馳。密
林含餘清，遠峰隱半規」，我們雖然沒有一首首都加以舉例，然而這
些詩句具備了「體物寫貌」的藝術特色是相當清晰的。要而言之，沈
氏對於謝靈運詩歌的意見，也和我們所要強調「山水詩」所具備「體
物寫貌」的藝術特色非常近似。

　　總之，我們所研究的二十五首「山水詩」作品，都具備了「體物
寫貌」——準確而成功地表達山水形象此一共通的藝術特色。只是，
有些詩如「池塘生春草，園柳變鳴禽」、「餘霞散成綺，澄江靜如練」
是那麼的有名，那麼地膾炙人口，幾乎掩蓋住全詩的光芒了，幾乎要
遮蔽住詩人其它作品的精彩；而有些優秀的詩句，則默默地隱藏在作
品裡頭，靜待有心人士加以咀嚼、欣賞。

第三節　山水意識

　　詩歌，是詩人為了吟詠性情而創造出來的作品。因此，在一首詩
裡面，很容易看出詩人的創作傾向和創作追求；而這創作傾向和創作
追求，就是一般人們常說的「創作意識」。就另一個角度來說，詩人
的創作意識也必然會影響甚至主導著整首作品的取材、技巧和表現，
進而達到詩人吟詠性情的目的，創作出足以吟哦傳誦的詩篇。所以，
在探討詩歌的藝術特色時，詩人的創作意識是一個不容忽略的地方。

〔註14〕周揚等撰，《中國大百科全書·中國文學I》(北京：新華書店，1988
　　年)，頁1091。

　　六朝的「山水詩」，如前文所述，是以大量的山水題材爲主要的描寫對象，這本身就是一種創作傾向的流露。也正是因爲這一個特點，使得六朝「山水詩」和《詩經》、《楚辭》等等以抒情爲主要創作追求的傳統詩歌類型，得以區分開來。此外，如前文所述，在體物寫貌——準確地捕捉山水形象這一藝術特點上，也表現了山水詩人明顯的創作追求。而這一創作追求，甚至在當時蔚爲風氣，受到許許多多的創作者加以效法、摹倣。才能低下者，可能因爲這樣而受到貶抑揶揄；才能出眾者，則可能因此博得聲譽，名垂青史——像謝靈運就是。清人沈德潛《說詩晬語》卷下云：

> 遊山詩，永嘉山水主靈秀，謝康樂稱之；蜀中山水主險隘，杜工部稱之；永州山水主幽峭，柳儀曹稱之。略一轉移，失卻山川眞面。〔註15〕

就指出了謝靈運出仕永嘉太守時的作品，體物寫貌——準確捕捉那地方山水靈秀的形象，和別地的山水如蜀中山水險隘，永州山水幽峭是迥然不同的；並把他和杜甫、柳宗元相提並論。

　　然而，另一個非常明顯的事實是：詩歌，畢竟是詩人吟詠性情的產物。「山水詩」，即便是再怎麼強調體物寫貌——準確地捕捉山水形象這一個藝術特色，也不可能完全將詩人主體的生命和滿腔的情思給置之不理。就以第一節〈山水題材〉文裡所指出的，在我們所研究的二十五首「山水詩」作品中，「每一首詩中描寫山水題材的句子，一般平均都有四句以上，並且超過全詩句數的四分之一。」據這研究結果來看，我們乃不免要問：詩中那些不涉及描寫山水題材的句子，又傳達了什麼事呢？事實上，我們實在很難想像一首詩從頭到尾，完完全全都只是在描寫山水題材而已。也許那樣子也可以稱得上是「山水詩」，只是如果我們把它叫做「一堆描寫山水題材、合於平仄格律的文字」，又有什麼不可以呢？此外，我們也不免要問：是怎樣的創作意識

〔註15〕沈德潛，《說詩晬語》（台北市：藝文印書館，1977 年），收入《清詩話》，頁 679。

縮合了描寫和不描寫山水題材的句子，使得作品成爲「山水詩」呢？

同樣地，即便是體物寫貌——準確地捕捉山水形象的創作追求，也未必是詩人唯一或完全認同或較具價值的創作追求。清人朱庭珍在《筱園詩話》卷一有一段文字很值得我們加以深入探討一番。朱氏云：

老、莊告退，山水方滋。康樂善遊，精於獨造，其寫山水諸作，千秋絕調。歸愚謂謝公能於山水閒適之中，時時浹洽理趣，故詩品高不可攀。又謂永嘉山水奇麗，康樂詩境肖之；西蜀山川雄險，工部詩境肖之；永、柳山川幽峭，柳州文筆詩境肖之。略一轉移，失卻山川眞面。所以山水詩，以大謝、老杜爲宗，參以柳州，可盡其變矣。此論雖正，是知其當然，而未悉其所以然之妙也。夫詩貴相題，尤貴切題，人人知之。入山水詩，何獨不然？相山水雄險，則詩亦出以雄險；山水奇麗，則詩亦還以奇麗；山水幽峭，則詩亦與爲幽峭；山水清遠，詩亦肖其清遠。凡詩家莫不能之，猶是外面工夫，非内心也。即於寫山水中，由景生情立意，以求造語合符理境，又由情起一波瀾，以求語有風趣，亦非難事。詩家有工候才力者，皆所優爲，係由外達裡，上階工夫，尚未登堂，遑問入室，亦非内心也。夫文貴有内心，詩家亦然，而於山水詩尤要。蓋有内心，則不惟寫山水之形勝，並傳山水之性情，兼得山水之精神，是天根而入月窟，冥契眞詮，立躋聖域矣。夫山容水色，丘壑林泉，天下山水同有之景也。琳宮梵宇，月榭風亭，人工點綴，以助名勝，亦天下山水同有之景也。而或雄奇，或深險，或高厚，或平遠，或濃秀，或澹雄，氣象各殊，得失不一，則同之中又有異焉。況山者天地之筋骨，水者天地之血脈，而結構山水，則天地之靈心秀氣，造物之智慧神巧也。山水秉五行之精，合兩儀之撰以成形。其山情水意，天所以結構之理，與山水所得於天，以獨成其奇勝者，則絕無相同重複之處。歷一山水，見一山水之妙，陰晴朝暮，春秋寒暑，變態百出。游者領悟當前，會心不遠，或心曠神怡而志爲之超，或心靜神肅而氣爲之斂，或探奇選勝而神契物外，或目擊道存而心與天游。是游山水之情，與心所得於

山水者，又各不同矣。作山水詩者，以人所心得，與山水所
得於天者互證，而潛會默悟，凝神於無朕之宇，研慮於非想
之天，以心體天地之心，以變窮造化之變。揚其異而表其奇，
略其同而取其獨，造其奧以洩其祕，披其根以證其理，深入
顯出以盡其神，肖陰相陽以全其天。必使山情水性，因繪聲
繪色而曲得其眞，務其天巧地靈，借人工人籟而畢傳其妙，
則以人之性情通山水之性情，以人之精神合山水之精神，並
與天地之性情、精神相通相合矣。以其靈思，結爲純意，撰
爲名理，發爲精詞，自然異香繽紛，奇彩光豔，雖寫景而情
生於文，理溢成趣也。使讀者因吾詩而如接山水之精神，恍
得山水之情性，不惟勝畫眞形之圖，直可移情臥遊，若目睹
焉。造詣至此，是爲人與天合，技也進於道矣。此之謂詩有
內心也。康樂、工部二公以後，廣陵散絕已久，柳州望門而
未深入，不足嗣音。愚翁所論，祇能模山範水，未能爲作表
章，以附山水知己也。〔註16〕

我們之所以不憚其煩地徵引這段長長的文字，實在是裡頭的觀念和思
想和本節所要闡述的重心有許多類似的地方。案這段文字，我們可以
分四個層面來說：

一、朱氏批評清代詩論家沈德潛（即歸愚）讚賞謝靈運體物寫貌
——準確地捕捉住永嘉靈秀（朱氏稱爲「秀麗」）的山水形象，「略一
轉移，失卻山川眞面」的藝術特色。朱氏認爲這樣的意見只是見到「山
水的形勝」，只是「外面的功夫」，只是「模山範水」的論調，層次不
高，並不足以突出詩人吟詠「山水」的創作意識，「詩家莫不能之」。

二、朱氏又批評沈德潛對謝靈運另一段讚美的言論，沈德潛是這
樣說的：

前人評康樂詩謂「東海揚帆，風日流利。」此不甚允。大
約匠心獨造，少規往則，鉤深極微，而漸近自然，流覽閒
適之中，時時泆洽理趣。劉勰云：「老莊告退，而山水方滋。」

遊山水詩，應以康樂為開先也。〔註17〕

沈德潛這段語句，本來是針對敖陶孫「東海揚帆，風日流利。」〔註18〕而言，偏於讚賞謝靈運已不限於體物寫貌的藝術特色而已，更指出謝詩每每在「流覽閒適中，時時浹洽理趣」的創作傾向和創作追求。然而，這樣的藝術特色在朱氏的眼裡，雖然比「模山範水」好一些些，卻「尚未登堂，遑問入室」了。在創作上，朱氏認為這並非難事，他說：「即於寫山水中，由景生情立意，以求造語符合理境，又由情起一波瀾，以求語有風趣，亦非難事。詩家有工候之力，皆優所為。」指的就是這點。

三、朱氏認為山水不單單是「山容水色，丘壑林泉」，也不單單是「琳宮梵宇，月榭風亭」，而是「天地之筋骨」和「天地之血脈」經過造物者神巧的智慧創造出來的。所以，在山水的形勝之外，更有著山水的性情、山水的精神。只有這樣子去看待山水，寫詩才有可能登堂而又入室。

四、朱氏特別強調「詩有內心」，甚至認為這才是「山水詩」最高的創作理想。所謂的「詩有內心」，就是以內所得之於心的和山水所得之於天的，相互證悟；以人的性情通於山水的性情；以人的精神通於山水的精神；以人心去體天心；以變窮造化之變。而這也正是朱氏認為謝靈運「山水詩」所以突出卓絕的地方，沈德潛之稱謝靈運是「知其當然，而未悉其所以然之妙也。」

故而，同樣的「山水」詩創作，卻可以隨著如下的層遞：

$$
山水詩\begin{cases} 1.\ 容貌姿色——山之形勝 \\ 2.\ 浹洽理趣——山之理趣 \\ 3.\ 性理精神——山之內心 \end{cases}
$$

〔註17〕丁仲祜編，《清詩話》（台北市：藝文印書館，1971 年），頁 652～653。
〔註18〕敖陶孫「東海揚帆、風日流利」——批語，據蘇文擢《說詩晬語詮評》（台北市：文史哲出版社，民國 67 年初版），頁 153～154。

從山水的外觀到山水夾雜「理」和「趣」，從山水夾雜「理」和「趣」再到山水的性情和精神；山水一步步地擬人化了過來，詩人一步步地山水化了過去。而背後更有著中國傳統文化所代表的「宇宙觀」：萬物有情、天地有心，山水正是「天地之筋骨」、「天地之血脈」；也有著中國傳統文化所代表的「價值觀」：人在遊山玩水，是在與天地作無言的溝通，詩心正是要表達天地之心，心心相印，詩人、山水、天地，透過詩歌而呈現出最高遠的境界。

藉由朱氏對於「山水詩」這一番與眾不同的見解，給了我們很大的啓發。我們發現到「山水詩」的創作傾向和追求，其實並不是只有體物寫貌和模山範水而已。相反地，在體物寫貌和模山範水之外，詩人還有著更高的傾向和追求。而這更高的創作傾向和追求，我們就稱之爲「山水意識」。然而，究竟什麼是山水意識呢？

簡單地說來，「山水意識」就是縮合了「詩人」和「山水」，並相互同化的創作傾向和追求。一方面，我們可以說「山水」被「詩人化」了，於是成爲詩人情志寄託或投射的對象，而有著「山水詩人化」的表現，而近代學者也多注意到了這樣的一個層面。陶文鵬、韋鳳娟合著的〈山水詩概述〉就提及到：

> 因此，他們以一種薪新的眼光來看待自然山水，對於形體之外的大自然抱著一種親切彌同的情緒，把山水當作有靈性的、可與其心交通的對象，「會心處不在遠，翳然林木，便自有濠濮間想也，不覺鳥獸蟲魚自來親人」（《世說新語·言語篇》）他們醉心于從自然山水尋求人生的哲理，領悟自然之道，把山水自然美當作人格美最理想的表現形式。〔註19〕

張秉戌也說：

> 我們認爲所謂山水詩，應該是以然山水爲其審美對象，以自然山水爲其題材，它是寫山寫水，寫出一個比較廣闊的天地，不是只寫一花一草、一木一石的；同時它既要描寫

〔註19〕《中國古代山水詩鑑賞辭典·附錄》（台北市：新地文學出版社，1991年），頁4。

出自然景觀，又要表現與自然山水有關的人文景觀，即表
現出來的不是單純的自然山水，而是"詩人化"了的自然
風光。所以山水詩不是單純地摹寫自然山水，而是"一定
要加入人們對自然的判斷和評論"（約翰‧弗萊契《意象
派詩選》），一定要"把握和表現自然對象的人的、生活的
內容"（李澤厚《美學論集》）。不然，便不可能成爲好的
山水詩。〔註20〕

這兩段話，就把「山水詩人化」的情形說得很透徹。也正因爲這樣，
歷來詩人在模山範水的同時，每能在景物之中注入自己的生命和感
情，進而使得我國的山水詩篇呈顯出「情景交融」的藝術面貌。更有
甚者，這美學思想還主導著我國的詩論和詩評。〔註21〕

「山水詩人化」在我們所研究的二十五首「山水詩」作品中也常
出現。例如謝靈運的〈晚出西射堂〉詩：

步出西城門，遙望城西岑。連鄣疊巘崿，青翠杳深沈。
曉霜楓葉丹，夕曛嵐氣陰。節往戚不淺，感來念已深。
羈雌戀舊侶，迷鳥懷故林。含情尚勞愛，如何離賞心。
撫鏡華緇鬢，攬帶緩促衿。安排徒空言，幽獨賴鳴琴。

這首詩抒寫的是詩人在秋天的一個傍晚，到西城門外近郊遊覽觀景的
經驗。由於時逢秋天和傍晚，西城近郊一帶的山巒全都籠罩上一股濃
重、深沈的氛圍；暑往寒來，季節更替。似乎在反映著鏡中的詩人青
鬢也逐漸成了華髮，容顏日漸憔悴，衣帶更加寬鬆。而羈雌、迷鳥尚
且戀懷舊侶、故林，在在提醒著詩人羈旅之思、懷鄉之愁。由於可以
看出：山水景物既是觸發詩人情懷的媒介，也是詩人情懷交通和寄託
的對象，情往情來，有如贈答。詩中的山水景物，彷彿就是詩人沉鬱
的生命的象徵。處處是山水，也處處是悶愁；處處是詩人，也處處是

〔註20〕《山水詩鑑賞辭典》（北京：中國旅遊出版社，1989年），頁1。
〔註21〕「情景交融」所蘊涵的觀念和美學思想，是中國詩歌理論和詩歌批
　　　　評很重要的精義。自然地，本文所提及的「山水意識」和這觀念有
　　　　著相當密切的關係。本文限於研究和側重所在，不暇論及，讀者可
　　　　參考蔡英俊《比興、物色與情景交融》一書。

秋晚的惆悵和哀傷。此外，謝朓的〈暫使下都夜發新林至京邑贈西府同僚〉首兩句詩云：

> 大江流日夜，客心悲未央。

抒寫著詩人滿腔的悲慨，一遇到滾滾的大江立刻就噴湧了出來。江水浩蕩流動，詩人激動的悲慨也浩蕩地流動；江水日夜東流，詩人深沈的悲慨也從沒止息。「江水」，成了詩人情感投射的對象，是詩人內心難以言喻的悲慨的引發者、見證者，乃至於是慰藉者。何義門說：「江流不返，故憶西府而心悲耳。」（《詳註昭明文選》489 頁）尚還不足以說出這一聯詩精彩所在。於是，我們說「山水」不再純粹是客觀、無情的外在對象了，而是「詩人化」的「山水」。

當然，在「山水」被「詩人化」的同時，由於詩人各有各的生命情調，各有各的個性才情，各有各的順逆遭遇，各有各當下哀樂的心情，所以各首詩裡頭「詩人化」了的「山水」所出現的形貌和情調也就千差萬別了，有的是寧靜清朗，有的是愁雲慘霧，有的是風雨狂流——。然而不管怎樣，「山水」和「詩人」之間那種像劉勰《文心雕龍》說的「情往似贈，興來如答」（〈物色篇〉）的情形，卻沒有太大的不同。

「山水意識」，除了表現在「山水詩人化」之外，也表現在「詩人山水化」的意識裡頭。這時候，「山水」除了是指自然界客觀的山水景物，也涵蘊著文化傳統積累而形成的價值世界。「山水」所提示的這個價值世界，主要是和滾滾紅塵這個現實世界、俗情世界對反對揚的精神嚮往。一邊是口舌、恩怨、是非集結的場所，起起伏伏，沒有定性；人們在裡頭生、老、病、死，也在裡頭沈淪痛苦；另一邊則是天地奧妙的所在，是造化的筋骨、造化的血脈，更是造化神巧智慧的表現，人們在裡頭可以遊覽移情，可以領悟冥契，更可以超越受形軀和世俗所限制的自我生命。一邊是汲汲於名利的追求，汨沒在功名利祿的誘利之中，爾虞我詐，委曲真實的心靈，束縛生命的性情。置身其中，容易讓人盲目瘋狂，墮落迷失；另一邊則是「美」的化身，

花開鳥啼、山光水色，悠悠然，徐徐然，置身其中，讓人適情適性，幽閒自得。於是「山水」成為人們渴慕、嚮往和回歸的所在，人們企求遠離現實世界俗情世界而回歸到山水的懷抱裡去，過著隱逸的生活，安頓自我。

在我們所研究的二十五首「山水詩」作品裡，「詩人山水化」的表現之一，就是把「山水」看成是「美」的化身。這時詩人除了通過作品中一些對於「山水」風景做幽邃、生動、清麗的刻劃，可以看出詩人是把「山水」當做審美的對象外，詩人也常在作品裡頭直接道出了自己的看法。例如謝靈運在〈從斤竹澗越嶺溪行〉一詩的末尾裡就說：

情用賞為美，事昧竟誰辨？觀此遺物慮，一悟得所遺。

這裡，「情用賞為美」，一方面是詩人感喟，認為世間的事物，包括山水景物在內，只有用「欣賞」的態度和眼光去看待，才能夠領略其中的美，可惜的是，一般人既沒有投注感情又不願帶著欣賞態度，所以不能理解這山水之美。〔註22〕然而另外一方面，這句又確確實實是因為詩人目睹山水美景而有的心得，顯示詩人對於「山水」賞愛的心理，認為是在感到「山水」就是「美」的同時，才使人清除俗慮，獲致美感的心靈，所以在末尾說：「觀此遺物慮，一悟得所遺。」關於這一聯詩，李善注引《郭象莊子注》云：「將大不類，莫若無心；既遣是非，又遣其所遣，遣之以至於無所不遣，而是非去也。」（《李善注昭明文選》卷二十二，頁 476）呂向也說：「觀此山水，使人遺忘物慮。一悟乎道，由此而遣。」（《六臣註文選》，頁 42）由此可以知道，「山水」之所以成了「美」化身，不單單表現出形色之美而已，更在於那洗滌心靈，潤澤、涵養生命，美化詩人生活的種種功用，如遠離塵俗，剔去是非之心等等。

〔註22〕這兩句，朱靖華、徐道坤的解釋稍有不同，他們說：「"情用賞為美，事昧竟誰辨"真心的喜愛則為真美，山鬼的傳說雖然幽昧，但人們仍然深深喜愛著它，還又為什麼需要去分辨其真偽嗎？」，《漢魏六朝詩歌鑑賞辭典》。（北京：中國和平出版社，1990 出版），頁567。

　　謝靈運另一首〈石壁精舍還湖中作〉詩，就更直接地指出了這境界和體悟，詩云：

　　　　昏旦變氣候，山水含清暉。清暉能娛人，遊子憺忘歸。
　　　　出谷日尚早，入舟陽已微。林壑斂暝色，雲霞收夕霏。
　　　　芰荷迭映蔚，蒲稗相因依。披拂趨南徑，愉悅偃東扉。
　　　　慮澹物自輕，意愜理無違。寄言攝生客，試用此道推。

這首詩道出詩人涵泳「山水」之美中，流連忘返的經驗。山水之中，能夠娛人的清暉，讓詩人樂而忘返。美麗的景色，讓詩人充滿愉悅。詩人在輕鬆的心境底下似乎領悟到玄奧的意理，而這全是由於「山水」的妙用，而使得詩人「慮淡」、「意愜」，忘卻了塵慮俗擾。

　　由於這個「山水化」的「詩人」，他在結尾還可以諄諄寄言那些養生、攝生的人們，試試看「山水化」的這一符理藥、道方。「山水詩」不僅僅適用於詩歌領域，在繪畫藝術領域內也有相似之處。「詩人山水化」，和山水畫家的思想，心靈也頗有相連之處。北宋山水畫家郭熙在說明學「山水畫」時曾說：

　　　　學畫花者，以一株花置深坑中，臨其上而瞰之，則花之四面
　　　　得矣。學畫竹者，取一枝竹，因月夜照其影于素壁之上，則
　　　　竹之真形出矣。學畫山水者何以異此？蓋身即山川而取之，
　　　　則山水之意度見矣。

　　　　看山水亦有體。以林泉之心臨之則價高，以驕侈之目臨之則
　　　　價低。〔註23〕

指的雖然是畫，然而「身即山川而取之」，「以林泉之心臨之」，和我們所說的「詩人山水化」，非常類似。

　　「詩人山水化」的表現之二，就是把「山水」視為「隱逸生活」的象徵，時時流露嚮往回歸的情思。左思的〈招隱詩二首〉之一可為最佳說明。詩云：

　　　　杖策招隱士，荒塗橫古今。巖穴無結構，丘中有鳴琴。

────────────

〔註23〕　（宋）郭熙，《林泉高致》，收入《中國書畫全書》第一冊（上海：
　　　　　上海書畫出版社，1993 年），頁 497。

> 白雪停陰崗，丹葩曜陽林。石泉漱瓊瑤，纖鱗亦浮沉。
> 非必絲與竹，山水有清音。何事待嘯歌，灌木自悲吟。
> 秋菊兼餱糧，幽蘭間重襟。躊躇足力煩，聊欲投吾簪。

這首詩通過「非必絲與竹，山水有清音」的告白，表明了「山水」在詩人的體驗裡，是一個充滿美感的世界，並不需要世俗的繁弦管吹來附庸。正是因爲這些「白雪」、「丹葩」、「石泉」和「纖鱗」，使得詩人置身其中適情適性，悠閒自得，進而和現實世界俗情世界形成強烈的對照，於是詩人的內心起了變化：由原先招隱的舉動，到最後竟成了想一同歸隱的心志。而引起這變化最有力而重要的因素，莫過於「詩人」被「山水化」了。倪其心詮釋這首詩時說得好：「招隱變爲歸隱，畏懼山林變爲愛好山林，這轉變出自體驗，有個比較。招隱使詩人從門閥官場和繁華城邑，來到隱士棲居的荒流山林，從熟悉的生活來到陌生的環境，實際上是經歷了一個將隱比仕、將山水比郊邑、將淡泊清靜比榮華富貴的比較過程，結果是作出新的抉擇，棄仕歸隱，愛山水而惡都邑，取清高而捨榮貴。實質上，這是兩種生活理想和道德情操的比較抉擇，山林作爲清高的精神寄托和生活歸宿，仕途作爲污濁的物質追求和道德淪落，詩人選擇了前者。」（《中國古代山水詩鑑賞辭典》，頁 5）從左思的這首〈招隱詩〉〔註24〕，可知「山水」成了「隱逸生活」的象徵，是詩人們厭倦了世俗的生活（如仕途）後，心靈和生命渴望回歸的所在。

這首作品之外，其他「山水詩」作品也屢屢出現有詩人意欲絕塵棄俗，回歸到山水的世界裡去，過著隱逸生活的思想和情懷。如：

> 泝至宜便習，兼山貴止託。平生協幽期，淪躓困微弱。
> 久露干祿請，始果遠遊諾。宿心漸申寫，萬事俱零落。

〔註24〕案左思之〈招隱詩〉共二首，以第一首藝術感染力較佳，所以較膾炙人口，廣爲流傳。其實第二首藝術造詣亦不差，詩的內容、情調也相差不遠，所以才合爲組詩。第二首詩云：「經始東山廬，果下自成榛。前有寒泉井，聊可瑩心神。峭蒨青蔥間，竹柏得其眞。弱葉棲霜雪，飛榮流餘津。爵服無常玩，好惡有屈伸。結綬生纏牽，彈冠去埃塵。惠連非吾屈，首陽非吾仁。相與觀所尚，逍遙撰良辰。」讀者可加以參看。

> 懷抱既昭曠，外物徒龍蠖。（謝靈運〈富春渚〉）

既秉上皇心，豈屑末代誚。目睹嚴子瀨，想屬任公釣。

誰謂古今殊？異世可同調。（謝靈運〈七里瀨〉）

囂塵自茲隔，賞心於此遇。雖無玄豹姿，終隱南山霧。（謝
朓〈之宣城出新林浦向版橋〉）

動息無兼遂，歧路多徘徊？方同戰勝者，去翦北山萊。（謝
朓〈觀朝雨〉）

案不管是謝靈運的「洊至宜便習，兼山貴止託」、「目睹嚴子瀨，想屬
任公釣」；或是謝朓的「雖無玄豹姿，終隱南山霧」、「方同戰勝者，
去翦北山萊」，這些詩句作品都明顯地表露：「山水」是詩人渴望返璞
歸眞的精神歸宿；山水就是隱逸生活的象徵，詩人嚮往、渴盼的所在，
而詩中的文字，就是他們心靈深處的聲音自然流露。

「詩人山水化」的表現之三，就是「山水」成了天地奧妙的表現
所在，吸引著詩人，導引著詩人，進入另外一個神秘、玄妙的世界；這
世界正要啓發詩人許許多多難以言說表詮的哲理，詩人追尋山水也就是
追尋永恒不朽的「道」，詩人進入山水也就是進入超凡的世界。所以，
詩人在遊覽山水的同時，也常喜歡表露自己在「山水」裡頭領悟到的自
然奧妙，冥契到的玄理哲思，乃至自然產生的飄飄然物外的神仙之想。

謝靈運〈登江中孤嶼〉詩云：

> 江南倦歷覽，江北曠周旋。懷雜道轉迴，尋異景不延。
> 亂流趨正絕，孤嶼媚中川。雲日相輝映，空水共澄鮮。
> 表靈物莫賞，蘊眞誰爲傳？想像崑山姿，緬邈區中緣。
> 始信安期術，得盡養生年。〔註25〕

這首詩的第一句到第八句，詩人說明自己遊覽的心懷和所見的山水景
物。第九和第十句，詩人表達了對於前述的山水風光的領悟：山水是

〔註25〕這詩第三句「懷新道轉迴」中「雜」字，六臣註本作「新」字。沈
德潛《古詩源》說：「新道轉迴，轉貪尋新境，忘其道之遠也；尋異
景不延，謂往前探奇，當前妙景，不能遷延也。除於尋幽者知之。」
就詩義來說，作「新」字解當好過「雜」字。

「表靈」和「蘊眞」的地方，而這就意味了存在詩人的意識裡，「山水」是天地奧妙所在，也是「道」表靈和蘊眞的地方。沈玉成鑑賞這首詩時也說：「（這詩表現出）作者對於神奇莫測的自然的自然迷惘。——這種經驗已經超出了玄言佛理，而體現了一種面對自然的神祕，人類共通的迷惘。」（《中國古代山水詩鑑賞辭典》，頁 19）於是，在詩的末尾，詩人進而延伸想像，步入距離凡俗世界更加遙遠的神仙想像世界裡，產生了超然物外、避世養生的感想；崑山、安期，都是《列仙傳》的傳說；緬邈、養生則是詩人飄飄物外之思。

　　綜合來說，「詩人山水化」的創作意識，就是說山水是「美」的化身，是「隱逸生活的象徵」，也是「天地奧妙的道」的表現所在，這些正是詩人日夜念茲在茲，無時或忘的追求和渴盼。詩人創作山水時，正是自己生命山水化的具體表現。關於「詩人山水化」這種特殊的創作意識，徐復觀曾說：

> 不過，我國文學源於五經。這是與政治、社會、人生，密切結合的帶有實用性很強大地傳統。因此，莊學思想，在文學上雖曾落實於山水田園之上，但依然只能成爲文學的一支流；而文學中的山水田園，依然會帶有濃厚地人文氣息。這就莊學而言，還超越得不純不淨。莊學的純淨之姿，只能在以山水爲主的自然畫中呈現。

> 如前所說，中國遠在詩經時代，即可發現人與自然的親和關係。而這種親和關係，乃由古代整個文化所產生，與莊學並無關係。但我應指出，由莊學所成就的人和自然的親和關係，以魏晉時代爲例，它和魏晉以前的，有如下所述的不同。在魏晉以前，通過學者所看到的人與自然的關係，是詩六義中的「比」與「興」的關係。比是以某一自然景物，有意地與自己的境遇，實際是由境遇所引起的感情相比擬。興是自己內蘊的感情，偶然與自然景物相觸發，因而把內蘊的感情引發出來。人通過比興而與自然相接觸的情形，雖然魏晉時代及其以後，是片斷地，偶然地關係。在此種

關係中，人的主體性佔有很明顯地地位；所以也只賦予自
然以人格化，很少將自己自然化。在這裡，人很少主動地
去追尋自然，更不會要求在自然中求得人生的安頓。孔子
的「仁者樂山，智者樂水」，依然是比興的意義；仁者智者，
依然是以仁知爲其人生，而不會以山水爲其人生。至於在
由司馬相如所倡導的漢代辭賦中，也有模山範水；但這或
者是義取比興，或者是意存風土。莊子對世俗感到沈濁而
要求超越於世俗之上的思想，會於不知不覺之中，使人要
求超越人間世而歸向自然，並主動地去追尋自然。他的物
化精神，可賦與自然與人格以自然化。這樣便可以使人進
一步想在自然中——山水中，安頓自己的生命。同時，在
魏晉以前，山水與人的情緒相融，不一定是出於以山水爲
美地對象，也不一定是爲了滿足美地要求。但到魏晉時代，
主要是以山水爲美地對象；追尋山水，主要是爲了滿足追
尋者的美地要求。〔註26〕

案徐氏文中所說的「物化精神」、「賦與人格以自然化」等等觀念，就
和我們所說「詩人山水化」的意義非常接近。此外，徐氏重新反省儒
家思想、老莊思想和我國文學藝術之間緊密的關係，並對山水景物在
文學傳統裡頭出現的情形做一番概略的陳述，都是很可以和我們的論
文相互參照、相互印證的地方。

　　最後，我們要再度強調：正是「山水」和「詩人」這種雙向的同
化關係形成了詩人的「山水意識」，使得作品裡頭出現了許許多多和
「山水」緊密連繫的創作傾向和創作追求，更進而使得詩人在體物寫
貌、模山範水的同時，也能夠完全地吟詠出自己的性靈和情志。也正
因爲「山水意識」，「山水」和「詩人」已經不是相互對立、兩不交涉
的關係，更是彼我同化、緊密牽連的關係。於是，表面上似乎是詩人
描摹山水，其實也就是詩人吟詠性情的時候；表面上似乎是詩人在抒
發感懷，其實也正是詩人在嚮慕、追求山水的時候。而這，也正是我

〔註26〕《中國藝術精神》（台北市：台灣學生書局，1966 年），頁 230～231。

們所研究二十五首「山水詩」作品另一個重要的藝術特色。

第四節　情景結合

　　有了「山水題材」、「體物寫貌」和「山水意識」，並不等同於「山水詩」就被創造了出來。眾所周知，一首詩的完成，除去要具備「創作題材」和「創作意識」外，詩人須透過適當的表達方式，才能成功地寫出引人入勝的作品。我們必需強調的是：前所列二十五首「山水詩」作品，不僅僅是具備了平仄格律的「詩」而已，它們更是眾所公認的優秀作品，甚至於是位居典範地位的作品，所以才會被《文選》加以選錄，才會被近代學者共同承認和編選引用。然而，這些優秀的作品究竟是詩人運用了怎樣的表達形式而創造出來的呢？根據我們的研究，發現到：情景結合的表達形式和效果，也是非常重要的藝術特色。

　　然而必須強調的是：我們所指的「情景結合」，並不是一種表象上近乎機械式的組合，而是指在全詩裡頭貫串作品的兩條主要脈絡（即「情」和「景」）有機結合的形式。因此，我們不能過份簡單地說某句（或某段）純然寫景，某句（或某段）純然抒情，卻不顧慮到詩歌深層結構裡前後關連、相互依恃的緊密關係。我們更常發現到的是：詩人寫景往往也是蘊涵、導引情感的表現，而詩人抒情則常在寫景之中或前後；詩裡頭景中含情、情中帶景更是非常普遍的情形，甚至有時候景就是情、情就是景的那種情景融合，也不在少數。

　　茲舉謝靈運〈從斤竹澗越嶺溪行〉詩為例：

猿鳴誠知曙，谷幽光未顯。巖下雲方合，花上露猶泫。
逶迤傍隈隩，苕遞陟徑峴。過澗既厲急，登棧亦陵緬。
川渚屢逕復，乘流翫迴轉。蘋萍泛沈深，菰蒲冒清淺。
企石挹飛泉，攀林摘葉卷。想見山阿人，薜蘿若在眼。
握蘭勤徒結，折麻心莫展。情用賞為美，事昧竟誰辨。
觀此遺物慮，一悟得所遣。

這首詩，林文月曾在〈中國山水詩的特質〉一文裡引用，並定前十四句是「記遊」、「寫景」，後八句是「興情」、「悟理」，並且把「記遊→寫景→興情→悟理」這種井然的推展次序當做是中國山水詩重要而普遍的布局結構。林氏的見解，表象看來似乎合理，對謝靈運的部份作品也似乎適用。

　　然而，細加探究的話，不難看出了我們前面所說的「表象上近乎機械式的組合」的毛病。怎麼說呢？首先，在這樣的分析裡，我們不免產生底下的這些疑問：一首詩前面的「記遊」、「寫景」是怎麼導引出後面的「興情」、「悟理」呢？「記遊」、「寫景」真的只是純粹的「記遊」、「寫景」嗎？「興情」、「悟理」真的只是純粹的「興情」、「悟理」嗎？謝靈運的山水詩都是循著「記遊→寫景→興情→悟理」這樣的推展次序而成的布局結構嗎？其它詩人的山水詩作品也符合這樣的布局結構嗎？若然，優秀的山水詩作品之所以優秀的原因在哪兒呢？細讀謝靈運的〈從斤竹澗越嶺溪行〉這首詩，要說前面多少句是「記遊」，倒不如說整首詩二十二句都是「記遊」會更合於實情。（事實上，詩的題目也早已指出來了〔註27〕）全詩有著遊覽的地點和時間，有著遊覽的景物和心情，更有著遊覽的感受和體悟。所以詩的一開頭描寫原始古樸的猿鳴和幽深未明的澗谷，寫繚繞的雲霧、含霧的山花，塑造出一個寧靜自然、恍如仙境的世界。詩人置身其中，放情遊覽，恣意賞玩，彷彿《楚辭》裡頭〈九歌·山鬼〉的詩句：「若有人兮山之阿，披薜荔兮帶女蘿。」之後，「握蘭」、「折麻」意欲贈送給「離居」之人，才驀然驚覺到自己孤單一人，於是感慨地說：「情用賞為美，事昧竟誰辨。觀此遺物慮，一悟得所遺。」所以，說這首詩前十四句是純然的「記遊」、「寫景」是不適當的。詩人整首詩都在「記遊」，同

〔註27〕李善注即引謝靈運〈遊名山志〉云：「神子溪，南山與七里山分流，去斤竹澗數里。」指出謝詩所遊之實際地理位置。而邵子湘也說：「題佳甚！詩只就題寫出曲折。」《評注昭明文選》（台北市：學海出版社，1918年）卷五，頁421。

時在「寫景」的時候已經營造出一個寧靜自然、恍如仙境的世界，而
這也就是蘊涵了詩人愉悅的心情，也導引了詩人離居幽獨的心思。就
詩的深層結構來看，這樣的寫景也就蘊涵了詩人的感情，才能自然地
和後面的情感、心思結合無間。同樣地，說後八句是純然的「興情」、
「悟理」也是不恰當的。「想見山阿人，薜蘿若在眼」，雖然是想像的
句子，但如果不是詩人置身於蒼翠的青山和滿地的薜蘿裡頭，又如何
能夠產生這樣的想像呢？「握蘭」、「折麻」，更隱含了詩人流連於生
蘭長麻的山水景物之中呢！就詩歌的深層結構來看，後八句其實是山
水景物的延伸，只是隱藏在想像或抒情的句子裡罷了。硬生生地要斬
斷這些連繫，恐怕也會斬斷詩歌優美而精彩的地方。

　　〈從斤竹澗越嶺溪行〉之外，即便是從表象來看，謝靈運的其它
山水詩作（至少統計範圍內），也不見得完全都能符合本文所分析的「記
遊→寫景→興情→悟理」的布局結構。像〈登池上樓〉一詩，〔註 28〕
先述出任永嘉太守的處境和心情，再寫登樓遠眺的早春景色，末寫索
居離群的懷抱和思歸的情懷。首二句的「潛」和「飛鴻」是「興中有
比」的手法，〔註 29〕完全看不出在「記遊」什麼？而即便是描寫外界
的自然，卻也都染上了感情的色彩，成為抒發詩人內心感情的手段；
所以寫景中很自然地接上「祁祁傷豳歌，萋萋感楚吟」。如果拿林文月
所分析方法去解讀〈登池上樓〉這詩，豈不顯得支離破碎而又難以自

〔註28〕〈登池上樓〉一詩原文如下：潛虯媚幽姿，飛鴻響遠音。薄宵愧雲
　　　　浮，棲川怍淵沈。進德智所拙，退耕力不任。徇祿及窮海，臥痾對
　　　　空林。衾枕昧節候，褰開暫窺臨。傾耳聆波瀾，舉目眺嶇嶔。初景
　　　　革緒風，新陽改故陰。池塘生春草，園柳變鳴禽。祁祁傷豳歌，萋
　　　　萋感楚吟。索居易永久，離群難處心。持操豈獨古，無悶徵在今。
〔註29〕林冠夫鑒賞本詩就說：「開頭潛龍、飛鴻的提引，作法是興中有比。傳
　　　　統的興，因以起興的物與詩的含義和主旨無關。這裡的龍和鴻，卻都
　　　　帶有某種象徵和對比的意義。龍的潛藏，鴻的高飛象徵隱逸和建功立
　　　　業。潛龍幽姿自賞，飛鴻聲徹四方，無論進或退，都是那樣自適和得
　　　　所。“慚”“怍”把這種自適和得所，與自己“進德智所拙，退耕力
　　　　不任”的處境聯繫一起，並形成強烈的對比。」張秉戌主編，《山水詩
　　　　鑒賞辭典》（北京：中國旅遊出社版，1989 年），頁 38。

圓其說。又如〈遊南亭〉一詩十八句〔註30〕概略就是前十句記遊，後八句抒懷；先寫景，而景物就在記遊之中，抒懷就是抒懷，幾乎讀不出有若何的悟理的意思。而詩的成就與其說是在林文月所說的「記遊→寫景→興情→悟理」這種井然推展的布局結構，不如說是在那情景結合，而架構、而編造出的「詩人←→山水」之間的氛圍來得好些。謝靈運之外，像謝朓的山水詩作品更是難以用那模式來套用了。謝朓〈之宣城出新林浦向版橋〉中有「天際識歸舟，雲間辨江樹」膾炙人口，如此有名的詩句，表面看來似乎純然寫景，其實依全詩讀來，正是它巧妙地蘊藏、結合了詩人的感情，才能夠廣為流傳，耐人咀嚼。王夫之評得好，他說：

> 語有全不及情，而情自無限者。心目為政，不恃外物故也。
> 「天際識歸舟，雲間辨江樹。」隱然一含情凝眺之人，呼
> 之欲出。〔註31〕

其實也說明了「情景結合」，有時並不是從詩句的表象就可以看得出來。進而論之，正因為「情景結合」，才能使得許多山水詩句顯得特別奇警，特別動人，流傳久遠。

最後，情景結合的表達形式最主要的詩人藉此而彰顯出詩歌整體的藝術美感，表達出詩人濃厚的山水意識。它在作品裡頭出現的樣貌非常豐富，但總的目標卻是要達到——感情的表達不致流於單調平板，遊移抽象；景物的描寫不致於淪為摹印複製、枯燥乏味。於是，針對我們所研究的二十五首「山水詩」作品來說，不管是「一句景／一句情」或是「一段景／一段情」或是所謂的「記遊、寫景／興情、悟理」，當我們站在詩歌的深層結構觀察，不難發現到：作品總是以情

〔註30〕〈遊南亭〉一詩原文如下：時竟夕澄霽，雲歸日西馳。密林含餘清，遠峰隱半規。久痗昏墊苦，旅館眺郊歧。澤蘭漸被逕，芙蓉始發池。未厭青春好，已觀朱明移。戚戚感物歎，星星白髮垂。藥餌情所止，衰疾忽在斯。逝將候秋水，息景偃舊崖。我志誰與亮？賞心惟良知。

〔註31〕《古詩評選》，收入《船山遺書全集》（台北市：自由出版社，1972年）第二十冊，卷五，頁20。

景結合的表達形式出現在每句詩、每段詩裡頭，只是從表象上看當句、當段比較側重於感情或景物的表現罷了。同時這側重情形也沒有一定。

小　結

韋勒克、華倫在《文學理論》一書裡說：

> 如果我們對藝術作品本身加以比較，就一定能夠確定這些標準的相似與差異，從這些相似本身出發，就應該能夠按藝術品體現的標準對其加以分類。然後，我們就可能概括出文學類型的理論，進而最終獲得關於文學的一般理論。(轉引《文體分類學》，頁23)

這段話對於文學類型的形成說得很眞切。正是通過對於前列二十五首「山水詩」作品加以比較，確定其相似的藝術特色，我們得到如下的結論：

> 「選詩」雖然沒有專門分出「山水詩」這麼一類的作品，卻有加以選錄，只是分散到各類裡去罷了。這些作品都具備了共通的藝術特色──充滿「山水意識」的詩人，將山水景物視爲主要的題材對象，運用著「情景結合」的表達形式，彰顯出詩歌整體的藝術美，並在「體物寫貌」、準確地捕捉山水形象上，表現極爲突出。這也是爲什麼近代學者會不約而同地將之視爲同類，並命名爲「山水詩」。

關於我們在本章的研究，還有幾點可以稍加補充。首先，我們的研究是概括一篇一篇單獨的作品，並尋求它們共通的藝術特色而得出的結論。雖然本文在出發點上是採納近代學者所寫所編的五種著作：《中國山水詩研究》、《中國山水詩史》、〈中國山水詩的特質〉、《中國古代山水詩鑑賞辭典》、《中國山水田園詞詩選》等，但並不代表我們就完全認同這些著作對於「山水詩」的見解。事實上，這些著作的論點和見解本身就不完全一致，甚至有相互齟齬、扞格不入的情形出現。而且，爲了避免淪於先置理論（思想）籠罩、曲解「山水體類」可能有的疵病，所以我們採用了直接閱讀一篇篇作品的方式，進而歸

納出他們的藝術特色，這是本論文所要強調的一點。

其次，就概括的對象而言，這些「山水詩」作品是為了概括的方便而取材的，並非囊括所有的「山水詩」作品。所以，這些作品固然具備了我們所說的藝術特色，卻不代表其它作品就必然沒有擁有相同的藝術特色。事實上，正如本文後面所做的研究，光在「選詩」裡頭，具備了前文所得的四個藝術特色的作品，就不僅限於這二十五首作品而已了。

最後，近代學者研究六朝詩歌創作的現象（含「山水詩」）時，喜歡使用「巧構形似」這一名詞。如廖蔚卿說：

> 真正說來，巧構形似的詩風肇始於魏晉而盛於宋齊，正如前面所舉張、謝、顏、鮑四家詩例，「巧構形似之言」的詩是以「體物」「寫物」「感物詠志」為整體結構去完成詩的效用及目的。它在「寫物」手法上建構了詩的語言的藝術形象；同時藉此藝術形象去溝通並完成自然萬物與詩人心志的統一，而建構了內容主題所涵攝的詩的精神特質；因而這語言的藝術與內容精神作總題的展示。是以巧構形似的寫物除了「鑽貌草木之中」對於自然物象極盡客觀觀察，以達「瞻言而見貌，即字而知時」的形貌描寫之真以外，尚須以主觀的感情的想像及聯想去感物以「窺情風景之上」，如此方能完成情物相通「體物」密附的妙功，而吟詠出詩人深遠之志。由此可以斷言，巧構形似之言不僅指出多樣性的寫實手法，也不僅指想像性或象徵性的手法，它融合客觀物貌與主觀感情，而以「隨物宛轉」「與心徘徊」去寫氣圖貌屬采附聲，它兼具詩騷漢賦與描寫自然物象的手法而構創出一種新的詩的面貌與內涵，在文學史上蔚然展現。〔註32〕

這「巧構形式」的意涵和我們的研究所得有同有異。同的是，都是針對六朝詩歌中自然物色進入詩歌創作裡所形成的藝術特色進行概括

〔註32〕廖蔚卿，《中國古典文學論叢・詩歌之部》（台北市：中外文學月刊社，1976年），頁46。

和說明。異的則是本文針對「山水詩」這一體類的作品而言,在概括時,直就作品歸納,先指出分別而鮮明的特色,再加以綜合詮說。

第三章 「選詩」之山水體類研究（一）
——非山水體類和山水體類之介紹

小 引

上一章我們研究的焦點在於：「山水詩」如果能夠成為一個文學體類的話，究竟應該具備怎樣的共通藝術特色呢？進而從近代學界研究「山水詩」已成書的五項著作裡頭，找出和「選詩」交集的二十五首作品，作深入的分析和歸納。本章和下一章的研究焦點則剛好相反——我們打算站在「山水體類」的立場來討論、研究「選詩」。

站在「山水體類」的立場來看「選詩」各類作品的話，可以約略將之分為三大部分：一、完全和山水體類沒有干涉的作品，如「選詩」的〈補亡〉、〈述德〉、〈勸勵〉、〈獻詩〉、〈詠史〉、〈百一〉、〈反招隱〉、〈軍戎〉、〈郊廟〉、〈樂府〉、〈挽歌〉、〈雜歌〉、〈雜擬〉等十三類作品就是。二、完全符合本文定義和山水體類的作品，主要出現在〈祖餞〉、〈招隱〉、〈遊覽〉、〈詠懷〉、〈哀傷〉、〈贈答〉、〈行旅〉、〈雜詩〉等八類。三、具有山水的色彩、意識，而又不明確是否為「山水詩」，也就是山水體類和其它文類互相交叉、滲透、融合的作品。主要以〈公讌〉類、〈遊仙〉類和目前所公認為「田園詩」的作品。本章著重於研究一和二項，次章再探究三項。其中，一所

指「選詩」裡的十三類，是指各類裡頭的所有作品。二、三所指「選詩」裡的十類以及「田園詩」，並不涵括各類裡頭的所有作品，各類裡頭只是或多或少出現有和「山水體類」關涉的作品，依著底下的敘述，我們會再加以提起或引用或舉例。

第一節　非山水體類之介紹

　　「選詩」共分二十三類，合計有四百四十七首作品。其中，有些作品明顯地和山水體類完全沒關涉，尤以底下的十三小類裡頭的詩篇為主。它們各有其創作的動機和目的，呈現出來的詩歌面貌也和「山水詩」截然不同。茲撮述其要如下：

一、〈補亡〉類

　　共有六首作品，全是四言之作，晉束皙覽讀古詩時，惜其殘闕不補，故作詩以補之。李善注引〈補亡詩序〉曰：「皙與司業疇人，肄脩鄉飲之禮。然所詠之詩，或有義無辭，音樂取節，闕而不備。於是遙想既往，存思在昔，補著其文，以綴舊制。」這六首作品，詩名詩意已經標出如下：一、〈南陔〉，孝子相戒以養也。二、〈白華〉，孝子之絜白也。三、〈華黍〉，時和歲豐，宜黍稷也。四、〈由庚〉，萬物得由其道也。五、〈崇丘〉，萬物得極其高大也。六、〈由儀〉，萬物之生，各得其儀也。因此，可以明顯地看出和山水體類沒有干涉。

二、〈述德〉類

　　共有兩首作品，全是謝靈運所寫的五言詩。詩名叫做〈祖述德詩二首〉，乃謝靈運贊頌祖父謝玄清高不俗之行誼和拯溺龕暴的偉業。謝氏在〈述祖德詩序〉云：「太元中，王父龕定淮南，負荷世業，尊主隆人。逮賢相祖謝，君子道消，拂衣蕃岳，考卜東山，事同樂生之時，志期范蠡之舉。」歌誦人物之情多過一切。

三、〈勸勵〉

共有兩首四言的作品，分別是韋孟所寫的〈諷諫詩〉和張華的〈勵志詩〉。李善注云：「勸者，進善之名。勵者，勗己之稱。」二詩著重於諷諫主上、勗勵己志，偏於詠懷言志；更遑論前章所言之山水詩的種種藝術特色。前一首詩，韋孟詩序云：「孟爲元王傅，傅子夷王，及孫王戊，戊荒淫不遵道，作詩諷諫。」可知韋詩乃針對楚元王之孫戊而發。後一首詩，則張華勵志「進德脩業」、「復禮終朝，天下歸仁」，乃自勉勤學而作。

四、〈獻詩〉

共三首四言詩作品，分別是曹植的〈責躬詩〉、〈應詔詩〉及潘岳的〈關中詩〉。〈責躬詩〉、〈應詔詩〉乃曹植向魏文帝曹丕謝罪及拜受詔書之獻詩，詩前有表，名〈上責躬應詔詩表〉。〈責躬詩〉頌讚曹丕之偉德，自陳有罪，並表明心意，冀望能有機會爲國效力。〈應詔詩〉則寫拜受詔書，顧不得休息，馳趨京城，俯想朝廷，深念宮闕之心情。〈關中詩〉乃晉惠帝元康之年，氐齊萬年與楊茂於關中反亂。既定，帝命諸臣作〈關中詩〉。可知本詩是潘岳奉詔所作。詩內容主要頌揚晉室皇朝，有威有恩，賑濟關中，視民如傷等等。

五、〈詠史〉

共二十一首五言詩作品。其中，左思有〈詠史八首〉作品，顏延年〈秋胡詩〉、〈五君詠五首〉等六首作品，數量最多。其餘，王粲、曹植、張協、盧諶、謝瞻、鮑照、虞羲各一首作品。〈詠史〉之作，多對歷史人物而發，或覽古感事，借題吟詠。舉凡歷史爭戰，英雄刺客，將軍討伐，竹林七賢，烈女孝子，盡可入詩。要之，皆藉人事而興發感懷，或借古諷今，或澆胸中塊磊，或隨意抒論，或品評人物亦無不可。

六、〈百一詩〉

只有一首五言詩作品，應璩所作。「百一」之名，說者紛紛。李善注云：「張方賢《楚國先賢傳》曰：汝南應休璉作〈百一篇詩〉，譏切時

事，徧以示在事者，咸皆怪愕，或以爲應焚棄之，何晏獨無怪也。然方賢之意，以有百一篇，故日『百一』。李充〈翰林論〉日：應休璉五言詩百數十篇，以風規治道，蓋有詩人之旨焉。又孫盛《晉陽秋》日：應璩作五言詩百三十篇，言時事頗有補益，世多傳之。據此二文，不得以一百一篇而稱百一也。《今書七志》日：《應璩集》謂之新詩，以百言爲一篇，或謂之百一詩。然以字名詩，義無所取。據〈百一詩序〉云：『時謂曹爽日：公今聞周公巍巍之稱，安知百慮有一失乎？百一之名，蓋興於此。』不管「百一」作何解釋，都與山水無涉。細嚼本詩內容稱頌、標榜獨立直言，義合於正，倒更像劉勰之〈明詩〉篇所云：「若乃應璩〈百一〉，獨立不懼，辭譎義貞，亦魏之遺直也。」(《文心雕龍》卷二)

七、〈反招隱〉

只有一首五言詩作品，王康琚所作。本詩是針對當時盛行之隱居山林的風氣，而作的譏諷批判。詩的內容，認爲隱於山水陵藪只是「小隱」、「矯性」而已，眞正的「大隱」是在朝市，是混跡風塵，是周才出仕。誠如于光華所云：「康琚以爲混俗自處，足以免患，何必山林然後爲道？故作此詩，與隱者相反。」(《評註昭明文選》卷五，頁414) 可知正和〈招隱〉詩而有的「山水意識」正好對反。〔註1〕

八、〈軍戎〉

共五首五言詩作品，爲王粲〈從軍詩五首〉。李善注云：「魏志日：建安二十年三月，公西征張魯，魯及五子降。十二月，至自南鄭。是

〔註1〕〈招隱〉一類的詩歌，主題思想往往到最後就是「反招隱」的意思，而〈反招隱〉一類的作品，其實也就是「反反招隱」了。因而王康琚〈反招隱詩〉的主題意思到了後代反而成爲很有趣的歷史辯證觀念，因爲「山水意識」發展到後代，又和「田園意識」合流；而「山水田園」之隱士精神又和修行圓融應否避世之思想激盪，形成了一個很有趣的文化現象：故有隱於山林者，有隱於人境者，也有隱於官場等種種特殊現象。如明洪自誠《菜根譚》云：「把握未定，宜絕跡塵囂，使此心不見可欲而不亂，以澄悟靜體；操持既堅，又當混跡風塵，使此心思可欲而亦不亂，以養吾圓機。」

行也，侍中王粲作五言詩以美其事。」所作多是歌功頌德之辭，表達一片忠誠，間雜征夫眷戀故鄉之情。

九、〈郊廟〉

　　共兩首四言詩作品，爲顏延年〈宋郊祀歌二首〉。宋文帝郊祀天地，讓顏延年爲作此詩。內容表達敬畏天命，尊崇祀祖。祈之禱之，告成大報。整首詩篇典重肅穆，自是與「山水詩」的面貌迥然有異。

十、〈樂府〉

　　共四十一首作品，有四言，有五言，分上、下。上有十四首：古樂府四首，曹植四首，曹操、曹丕各兩首，班婕妤、石崇各一首。下有二十七首：陸機十七首，鮑照八首，謝靈運與謝朓各一首。《漢書》：「武帝定郊祀之禮而立樂府。」〈樂府詩〉敘事詠懷居多，不少作品很能反映出民生之疾苦，社會之動亂。影響所及，中唐白居易提倡「文章合爲時而著，歌詩合爲事而作」的「新樂府」運動，淵源即始於此。

十一、〈挽歌〉

　　共五首五言詩作品，陸機三首，繆襲、陶淵明各一首。李善注云：「譙周《法訓》曰：挽歌者，高帝召田橫，至尸鄉自殺。從者不敢哭而不勝哀，故爲此歌以寄哀音焉。」雖然，清人何義門對這解釋頗有異議。〔註2〕總之，挽歌者，送葬之歌曲，極寫對於人生最後的歸宿

〔註2〕何義門說：「五百人不難自殺，乃至不敢哭耶！周奈何小人之腹量君子？」又說：「《周俗通義》言：漢末時賓婚嘉會皆作魁壘，酒酣之後，續以〈挽歌〉。又《後漢·周擧傳》：陽嘉六年三月上巳，大將軍梁商大會賓客，讌于洛水，酒闌倡罷，繼以〈薤露〉之歌，坐中聞者皆爲掩涕。漢末時尤尚之，故魏武父子皆有此作。〈挽歌〉始于田橫賓客，恐未然。《纂文》云：〈薤露〉，今〈挽歌〉也。〈宋玉對問〉，已有〈陽阿〉、〈薤露〉矣。推而上之，則《左傳·哀公十一年》，公孫夏命其徒歌虞殯。〈杜注〉云：送葬歌曲示必死。《莊子》亦有紼謳之文。司馬紹統注云：紼，引柩索也。謳，挽歌也。」于光華更指出說：「何此辨，本劉孝標《世說註》、郭茂倩《樂府》。」以上見《評註昭明文選》卷七，頁541。

——死亡的感慨。言言哽咽，揮涕流淚，蕭條墳場，終歸虛無，乃是這一類作品呈現出來的面貌。

十二、〈雜歌〉

共四首五言詩，分別是荊軻刺秦王，易水送別時所唱的〈易水歌〉；漢高祖劉邦還沛，擊筑自歌的〈大風歌〉；劉琨因理想失落、遠離故鄉的〈扶風歌〉；陸鄉寫孺子宮人失寵哀怨的〈中山王孺子妾歌〉。這些作品，多以抒發個人心志情懷為主，長歌當哭，假樂抒情，自與山水詩作有別。

十三、〈雜擬〉

共六十六首五言詩，分上、下。上共二十五首作品，陸機十二首，謝靈運八首，張載四首，陶淵明一首；下共四十一首，袁淑二首、劉鑠二首，王僧達一首，鮑照五首，范彥龍一首，江淹三十首。孫月峰說：「〈擬古〉自士衡（即陸機）始，句倣字倣，如臨帖然，然又戒太似，所以用心最苦。大抵貴得其神，若擬古詩，則詩道自進。」（《評註昭明文選》卷七，頁583）這一類作品，句擬字倣，就像是練習書法的臨帖。所擬對象，繁多而雜，故名「雜擬」。又摹擬範作多以漢魏古詩、樂府為主，故不及摹擬「山水體類」之作。

綜合來說，本節所述共十三類，一百五十九首詩，除少部份為四言的作品外，大多為五言詩的作品。這些體類佔「選詩」分類的一半多一些，數量則約為「選詩」的三分之一。「選詩」的山水體類研究，可以在第一步先剔除這十三類作品，然後把焦點集中在另外的作品上，以避免混亂紛雜，模糊了研究的重心所在。

第二節 山水體類之介紹

秉著我們在第二章的研究成果，同時剔除掉上一節所述的十三類作品。和「山水體類」有所干涉的，就只剩下十類了：〈公讌〉、〈祖餞〉、〈游仙〉、〈招隱〉、〈遊覽〉、〈詠懷〉、〈哀傷〉、〈贈答〉、〈行旅〉、

〈雜詩〉。其中〈公讌〉和〈遊仙〉兩類，以及部份目前學界公認為「田園詩」的作品，涉及到山水體類和其他詩歌交叉、滲透融合等等問題，我們將在下一章作專門的研究和探討。

　　符合第二章我們對「山水詩」所揭示的四個共通藝術特色而言，「選詩」約略有四十多首「山水詩」作品。比起第二章所舉用的詩篇，幾乎多了一倍。其中，就「選詩」的分類來說，以〈招隱〉、〈游覽〉、〈行旅〉三類最多；就作家來說，以謝靈運最多，謝朓次之，其它詩人偶或有之。

　　「選詩」的這些山水體類作品，除了具備那四個共通的藝術色外，彼此各自的特色又在那裡呢？言及作品的特殊之處，韋勒克、華倫所著的《文學理論》說：

　　　強調每一藝術作品的「個性」，以至它的「獨一無二」的特質，雖然對那些輕率和概念化的研究說法來說具有撥亂反正的作用，但它卻忘記了這樣的事實：任何藝術作品都不可能是獨一無二的，否則就會令人無法理解。——然而，須知每一文學作品都兼具一般性和特殊性，或者與全然特殊和獨一無二性質有所不同。就像一個人一樣，每一文學作品都具備它有的特性；但它又與其他藝術作品有相通之處，如同每個人都具有與人類、與同性別、與民族、同階級、同職業等等的人群共同的性質。認識到這一點，我們可以就藝術作品，伊麗莎白時期的戲劇，所有戲劇、所有文學、所有藝術等進行概括，尋找它們的一般性。〔註3〕

這是一段深具啓發意義的文字。因此，當我們說「選詩」裡的山水體類作品，彼此各自的特色在那裡？並不是指一篇一篇的作品而說，而是指在「山水體類」這一總類原則下的次類藝術特色。必須強調的是，當我們在對「選詩」裡頭的「山水體類」進行分類（分次類）工作時，是採取所謂「共時的」（Synchronic）方法和原則。費爾迪·德·索緒爾（Ferdinand de Saussure）在《普通語言學教程》

〔註3〕《文學理論》（香港：三聯書店，1983年），頁5～6。

（Coures in General Linguistics）一書中，即將語言學區分爲「歷時的」（Diachronic）和「共時性」（Synchronic）二種「在方法和原則上對立的兩種語言學」，進而強調共時的語言學的優越性。所謂「歷時的」，重視歷史發展上的縱貫關係，源流、淵源等等的追溯。而所謂「共時的」，即重視所研究的對象彼此所形成的系統，探討其基本原則，組成要素等等。（見該書第一編、第三章《靜態語言學和演化語言學》，頁 121）也就是說，我們是拿前章研究成果：「山水詩」者，乃須具備山水題材、體物寫貌、山水意識、情景結合等藝術特色，進入到「選詩」裡面去閱讀、去歸納。時間、歷史、縱貫、淵源等等因素，則暫時被拋諸腦後。尤其出生在謝靈運之前的詩人，學界很少人將之視爲山水詩人，但根據我們的深入研究，卻發現他們的部份作品，應可以劃入。或許依「歷時的」方法會說，這叫做「開端」、「濫觴」、「蘊釀」，而我們則依據「共時的」方法，明白地歸爲一類，作爲藝術作品分類的思考結果。「選詩」之山水體類下的次類藝術特色，根據我們的研究，認爲可以簡單歸納爲三類：一、在游覽心情下進行創作，呈現出「隱秀」風格的藝術面貌，可以謝靈運爲代表。二、在行旅心情下進行創作，呈現出「清發」風格的藝術面貌，可以謝朓爲代表。三、在亂世詠懷的心情下進行創作，呈現出「沈痛」風格的藝術面貌，可以阮籍爲代表。

首先，就不同的創作心情來說，確實會影響到詩歌的藝術內涵、風格，和面貌。「游覽的心情」，是詩人主動前往山水名勝，尋幽訪奇，樂在其中。一般說來，詩人懷有游覽的心情，往往兼含擁有一定程度的文化身份地位，以及敏感、審美的心靈。「行旅的心情」是政治失意而被貶、或與親朋好友闊別，行旅高山大川之間，自然而然地、或不知不覺地，山水景物就是陪伴在身邊，就是詩人感情直接發抒的對象。「行旅」和「遊覽」的不同，正如王文進在〈謝靈運詩中「遊覽」與「行旅」之區分〉一文裡所說：『行旅』與『遊覽』在《文選》分類的排列次序中，間隔了相當的距離。並

且遊覽上承遊仙、招隱、反招隱，下接詠懷，而行旅上承哀傷、贈答、下接軍戎，顯然『行旅』本就有較接近風霜僕僕，哀感奔波的屬性，而『遊覽』卻令人易起不食人間煙火的飄逸出塵之思。」（《魏晉南北朝文學與思想學術研討會論文集》第二輯，頁 14～15）此外，「亂世詠懷的心情」，是詩人身處黑暗污濁的時代環境，爲了種種因素（避免殺身之禍或不滿現實），刻意壓抑住自己的感情，然後在山水景物裡頭尋找（或找到）生命的共鳴。所以，雖然同樣都是「山水詩」，因爲創作的心情不同，詩歌的內涵、風格和面貌，也自然地有所不同。

一、在「游覽」心情下進行創作，呈現出「隱秀」風格的藝術面貌——謝靈運

　　首先，就山水體類下的次類藝術特色而言，最能代表「在游覽心情下進行創作，呈現出『隱秀』風格的藝術面貌」的，莫過於謝靈運了。

　　《宋書》卷六十七〈謝靈運傳〉載：

> 少帝即位，權在大臣，靈運構扇異同，非毀執政，司徒徐羨之等患之，出爲永嘉太守。郡有名山水，靈運素所好，出守既不得志，遂肆意游遨，遊歷諸縣，動踰旬朔，民間聽訟，不復關懷。所至輒爲詩詠，以致其意焉。靈運因父祖之資，生業甚厚。奴僮既眾，以故門生數百，鑿山浚湖，功役無已。尋山陟嶺，必造幽峻。巖障千重，莫不備盡。登躡常著木屐，上山則去前齒，下山去其後齒。

　　《文選》收錄謝靈運的詩歌作品，共三十二篇，除去〈述祖德詩〉、〈九日從宋公戲馬臺集〉、〈從遊京口北固應詔〉、〈廬陵王墓下作〉、〈會吟行〉、〈擬魏太子鄴中集詩〉六首詩明顯地乃「述德」、「公讌」、「哀傷」、「樂府」、「擬作」之詩類外，其餘二十六首詩，完全符合我們前章所界義的「山水體類」的詩作〔註4〕，分別是：

〔註 4〕據逯欽立輯校之《先秦魏晉南北朝詩》，謝靈運之詩收於《宋詩》卷二，較《文選》又多了數首。

祖餞類一首：〈鄰里相送方山詩〉

遊覽類八首：〈晚出西射堂〉、〈登池上樓〉、〈遊南亭〉、〈遊赤石
進帆海〉、〈石壁精舍還湖中作〉、〈登石門最高
頂〉、〈於南山往北山經湖中瞻眺〉、〈從斤竹澗越
嶺溪行〉

贈答類三首：〈還舊園作見顏范二中書〉、〈登臨海嶠初發彊中作
與從弟惠連見羊何共和之〉、〈酬從弟惠連〉

行旅類十首：〈永初三年七月十六日之郡初發都〉、〈過始寧
墅〉、〈富春渚〉、〈七里瀨〉、〈登江中孤嶼〉、〈初
去郡〉、〈初發石首城〉、〈道路憶山中〉、〈入彭蠡
湖口〉、〈入華子崗是麻源第三谷〉

雜詩類四首：〈南樓中望所遲客〉、〈田南樹園激流植援〉、〈齋中
讀書〉、〈石門新營所住四面高山迴溪石瀨脩竹茂林
詩〉

這二十六首詩，一般公認是「山水詩」的經典之作，鑄就了詩人
「元嘉之雄」（《詩品》所云）的美稱，奠定詩人在五言古詩的詩壇不
朽的地位，也讓「山水詩」從此在文學史上標出旗幟，孳衍沾溉後代
無數的騷人墨客。

上引《宋書》的記載已把謝靈運的遊覽心情給講得很詳盡了。他
游覽的心情包括：平素愛好遊山覽水，政治上的失意借遊覽以排遣，父
祖之資、生業甚厚，肆意遊遨，不計時間，不理聽訟，尋山陟嶺，必造
幽峻，發而爲詠以抒懷。特別是「鑿山浚湖，功役無已」八個字，很能
把他刻意遊覽，有錢有閒的情景表達出來。正因爲這樣，「遊覽」就成
了有心有意的行爲，並且鎖定對象──永嘉郡內有名之山水。於是，詩
裡頭雖有愁，卻在高山流水之間淡了、美了，詩人更專注於靈山秀水的
描寫刻劃，寓目輒書，巧構形似，「隱秀」的山水面貌便出現了。

「隱秀」風格的山水面貌，在游覽心情的創作下，謝靈運有不少

這類的作品。然而，究竟什麼是「隱秀」呢？隱秀，原本是形容景物幽美環境僻靜，如劉宋顏延之《傳家銘》即云：「青州隱秀，爰始奠居。」《文心雕龍》卷八云：「隱也者，文外之重旨者也；秀也者，篇中之獨拔者也。隱以複意爲工，秀以卓絕爲巧，斯乃舊章之懿績，才情之嘉會也。」（〈隱秀篇〉）簡言之，所謂的「隱」，就是指詩文的情思隱於字裡行間，表現得含蓄有味耐人咀嚼，即所謂的「含蓄」；所謂的「秀」，就是「秀麗」，就是指詩文的文辭、色澤、意象鮮艷美麗，讓人印象深刻，即所謂的「警策」。而且很多時候，詩文的「隱」處，往往就在「秀處」裡頭，而「秀處」也往往就在「隱」處身上。劉永濟《文心雕龍校釋・隱秀第四十》云：

> 文家言外之旨，往往即在文中警策處，讀者逆志，亦即從此處而入。蓋隱處即秀處也。例如《九歌・湘君篇》中：「心不同兮媒勞，思不甚兮輕絕。」及「交不忠兮怨長，期不信兮告予以不閒。」言外流露黨人與己異趣，信己不深，故生離間。而此四句即篇中秀處。又如〈少司命〉篇中，「悲莫悲兮生別離，樂莫樂兮新相知」二句，爲千古情語之祖，亦篇中秀處也。而屈子痛心於子蘭與己異趣，致再合無望之意，亦即於此得之。又如相如〈大人賦〉：「吾乃目睹西王母皬然白首，戴勝而穴處兮，亦幸有三足烏爲之使。必長生若此而不死兮，雖濟萬世不足以喜。」皆篇中秀處，而相如諷武帝求仙無益之意，亦即於此得之。且前文盛誇大人仙遊之適，皆爲此而設之。又如子建〈洛神賦〉：「恨人神之道殊兮，怨盛年之莫當。」及「悼良會之永絕兮，哀一逝而異鄉」等句，子建惓惓於文帝之意最深切，而措詞亦最沉痛。略舉四例，以爲隅反。

案這段文字例舉四例說明「隱」與「秀」常就在同一個地方，雖然劉氏所云限於辭賦作品，其實詩歌也不例外。「隱」與「秀」關係密切，融合地表現在詩文裡，常能形成特殊風貌，而這在謝靈運的詩歌作品裡，就表現得特別的明顯。像謝靈運的〈游南亭詩〉云：

時竟夕澄霽，雲歸日西馳。密林含餘清，遠峰隱半歸。
久痗昏墊苦，旅館眺郊歧。澤蘭漸被逕，芙蓉始發池。
未厭青春好，已睹朱明移。慼慼感物歎，星星白髮垂。
藥餌情所止，衰疾忽在斯。逝將候秋水，息景偃舊崖。
我志誰與亮，賞心惟良知。

這詩先寫遊覽的景物，再說明自己的眺望，又回過來寫景物，進而發
出物換時移的慨歎，歸結幽獨寂寞，無人知志的情懷。轉來轉去，分
分合合，字裡行間處處瀰漫（隱含）失意和高標自賞的情韻。直到最
後，詩人才終於說出「我志誰與亮，賞心惟良知」如是心靈深處的告
白。另一方面，整首詩的文辭鮮艷華麗，有類「澤蘭」、「芙蓉」、「青
春」、「朱明」都是色澤富艷的辭語。意象也很美麗：時夕澄霽，雲日
西馳，密林含清，遠峰半歸，讓人讀後，有如隨著詩人的眼睛在眺賞
外界美麗的山水景物。二者總結起來，就形成了「隱秀」風格的山水
面貌了。王夫之評這首詩說：

> 條理清密，如微風振簫，自非夔曠，莫知其宮微迭生之妙。
> 翕如，純如，皦如，繹如，於斯備取。擬三百篇，正使人
> 憾蒸民韓奕之多乖音亂節也。即如迎頭四句，大似無端，
> 而安置之妙，天與之以自然，無廣目細心者，但賞其幽艷
> 而已。且此四語，承授相仍，而吹送迎遠，即止爲行，向
> 下條理，無不因之生起。嗚呼！不可知已！雖然作者，初
> 不作爾，許心爲之早計，如近日倚壁靠牆漢、說埋伏照映
> 天壤之景物，作者之心目如是，靈心巧者磕者即湊，豈復
> 煩其躊躕哉！天地之妙合而成化者，亦可分而成用，合不
> 忌分，分不礙也。於一詩中摘首四句絕矣，「密林含餘清，
> 遠峰隱半規」，隨摘一句，抑又絕矣。乃其妙流不息，又合
> 全詩而始盡，吾無以稱康樂之詩矣，目倦而心灰矣。〔註5〕

案王夫之從整首詩特別標出首四句，說它「大似無端，安排之妙，天與
之自然」，不僅停留在「幽艷」的地步而已。即用八股文「埋伏照映」

〔註5〕《古詩評選》（台北市：自由出版社，1972年），收入《船山遺書全
集》，卷五。

的評點方式，他也不滿意，而認爲這是「靈心巧者」、「合不忘分」、「分不忘合」。甚至於，隨便出任何一句詩，其實也都有絕佳絕紗之處。這評玄是玄了點，卻也很能道出我們所指出的藝術特色。這詩之外，又如謝靈運的〈石門新營所住四面高山迴溪石瀨脩竹茂林詩〉：

> 躋險築幽居，披雲臥石門。苔滑誰能步，葛弱豈可捫？
> 嫋嫋秋風過，萋萋春草繁。美人遊不還，佳期何由敦？
> 芳塵凝瑤席，清醑滿金樽。洞庭空波瀾，桂枝徒攀翻。
> 結念屬霄漢，孤景莫與諼。俯濯石下潭，仰看條上猿。
> 早聞夕飆急，晚見朝日暾。崖傾光難留，林深響易奔。
> 感往慮有復，理來情無存。庶持乘日車，得以慰營魂。
> 匪爲眾人說，冀與智者論。

案這詩先從石門的環境作描寫，圍繞「幽險」而發（首四句）；其次（十句）是詩人在這環境裡，馳騁想像，期待美人（《楚辭》的意象）而落空；又次（六句）寫美人不會再來、孤獨落寞的情境；結尾六句，直說自己從景物中悟理之境。此詩中間十六句，外在景物的描寫正是詩人心境的投射，幽微曲折，眞實虛幻忽隱忽現，誠如張厚餘所說：「詩人仍寄情山水，俯仰于山光水色之間，他細細地體察大自然的種種景象：晦暗的清晨，他好像已預測到晚間的風飆；晴朗的傍晚，他彷彿已預見明朝的旭日。他凝睇傾斜著的懸崖上難留的日光，諦聽著深林中奔騰的音響……「美人」並非字面意義上的美女，也非傳統說法中所謂的賢人，它實際上是詩人理想的象徵。理想的幻滅，希望的落空，乃是其寄情山水的因由，這就是詩人在這首山水詩中的深邃的寄托。」（《古詩鑒賞辭典》，頁 673～674）正是有這種深邃的寄托，結合美麗的山水景物的描寫，情寄於言外，詞多富艷縹渺，形成了詩人「隱秀」風格的山水詩篇。

鍾嶸在《詩品》裡評謝靈運時，曾說他：「富艷難蹤。」（《歷代詩話》，頁 2），我們認爲這「難蹤」的地方，就在於「隱」；這「富艷」的地方，就在於「秀」。當然，不只是〈游南亭〉和上述一詩而

已,誠如方東樹在《昭昧詹言》卷五所說的:

> 謝公不過言山水煙霞邱壑之美,己志在此,當心無與同耳,
> 千篇一律。惟其思深氣沈,風格凝重,造語工妙,興象宛
> 然,人自不能及。〔註6〕

所以,我們才會說:在游覽心情下進行創作,呈現出「隱秀」風格的
藝術面貌,可以謝靈運為代表。

二、在「行旅」心情下進行創作,呈現出「清發」風格的藝術面貌——謝朓

其次,最能代表「在行旅心情下進行創作,呈現出『清發』風格
的藝術面貌」的,莫過於謝朓了。《文選》收錄謝朓二十一首詩、一
箋、一策文;在二十一首詩中,〈鼓吹曲〉、〈始出尚書省〉、〈直中書
省〉、〈和伏武昌登孫權故城〉、〈和王著作八公山〉、〈和王主簿怨情〉
等七首分別隸屬「樂府」、「公讌」和「和詩」之詩類外,其餘十四首
詩,完全符合我們前章所界義的「山水體類」的詩作,分別是:

> 祖餞類一首:〈新亭渚別范零陵詩〉
> 遊覽類一首:〈遊東田〉
> 哀傷類一首:〈同謝諮議銅雀臺詩〉
> 贈答類四首:〈郡內高齋閑坐答呂法曹〉、〈暫使下都夜發新林至
> 　　　　　　京邑贈西府同僚〉、〈酬王晉安〉
> 行旅類五首:〈之宣城出新林浦向版橋〉、〈敬亭山詩〉、〈休沐重
> 　　　　　　還道中〉、〈晚登三山還望京邑〉、〈京路夜發〉
> 雜詩類二首:〈觀朝雨〉、〈郡內登望〉

這十四首詩很能代表謝朓詩歌的特色,一般公認是繼謝靈運之
後,在山水詩的創作,很有自己獨特的藝術特色。甚至,還直接影響
了唐代的大詩人李白。

〔註6〕〔清〕方東樹,《昭昧詹言》(台北:漢京文化事業有限公司,1985
　　　年),頁129。

《南齊書》卷四十七〈謝朓傳〉載：

> 朓少好學，有美名，文章清麗……子隆在荊州，好辭賦，
> 數集僚友，朓以文才，尤被賞譽。流連晤對，不捨日夕。
> 長史王秀之以朓年少相動，密以啓聞。世祖敕曰：「侍讀
> 虞雲自宜恤應侍接，朓可還都。」……。隆昌初，敕朓接
> 北使，朓自以口訥，啓讓不當，不見許。高宗輔政，以朓
> 爲驃騎諮議，領記室，掌霸府文筆，又掌中書詔誥，除秘
> 書丞，未拜，仍轉中書郎，出爲宣城太守。……東昏失德，
> 江祐欲立江夏王寶玄，末更回惑……遙光又遣親人劉渢密
> 致意於朓，欲以爲肺腑。朓自以受恩高宗，非渢所言，不
> 肯答。少日，遙光以朓兼知衛尉事，朓懼見引。即以祐等
> 謀告左興盛，興盛不敢發言。祐聞，以告遙光，遙光大怒，
> 乃稱敕召朓，仍回車付廷尉，與徐孝嗣、祐、暄等連名啓
> 誅朓……又使御史中丞范岫奏收朓，下獄死，時年三十六。

案這就把謝朓一生浮沈於政治仕途的情形，說得很詳盡了。正因爲
這樣，詩人常貶謫、闊別在行旅之中，於是通過對山水景物的描寫，
表現出他的彷徨苦悶和感慨感懷。「選詩」的「遊覽類」，謝朓只有
一首「遊東田」；相較之下，謝靈運八首，顏延之三首，沈約三首，
都多謝朓不少，像〈京路夜發〉、〈敬亭山詩〉也都列入「行旅類」，
而非「遊覽類」。所以在當時人們（尤其是《文選》主編蕭統）的
眼中，謝朓的山水詩是被看作「行旅之詩」的。這實在是和謝朓詩
筆喜歡抒發鄉關之情，喜歡寄託宦遊身世的感慨有關。如：「薄遊
第從告，思閒願罷歸。」、「試與征徒望，鄉淚盡沾衣。」（〈休沐重
還道中〉）、「悵望心已極，怏悒魂屢遷。結髮倦爲旅，平生早事邊。」
（〈郡內登望〉）、「天際識歸舟，雲中辨江樹。旅思倦搖搖，孤遊昔
已屢。」（〈之宣城出新林浦向版橋〉）等等都是。宦遊、鄉愁、山
水交融在謝朓的許多作品之中。

鍾嶸《詩品序》將謝朓列入中品，評云：

> 其源出於謝混，微傷細密，頗在不倫。一章之中，自有玉

> 石，然奇章秀句，往往警遒，足使叔源失步，明遠變色。
> 善自發詩端，而末篇多躓，此意銳而才弱也。至爲後進士
> 子之所嗟慕。朓極與余論詩，感激頓挫過其文。

案這是文學史上全面評謝朓詩的重要文獻，有許多值得注意和參考的
地方，如「善自發詩端」、「奇章秀句」、「感激頓挫」等評論的文句。
李白在〈宣州謝朓樓餞別校書叔雲〉詩裡曾說：「蓬萊文章建安骨，
中間小謝又清發。」我們認爲用「風骨」來形容建安文學，用「清發」
來形容謝朓，是非常貼切的。所謂的「發」，就是詩人情思的直接抒
發，不管是因景生情或以情觀景，所見所感，脫口而出；因此鍾嶸說
他「善自發詩端」，和這個特點實在關係匪淺。所謂的「清」是指詩
句、聲調、意象所表現的清新雋永、清暢和諧，因此鍾嶸說他「奇章
秀句，往往警遒」。這兩者融合在作品裡頭，就能呈現出「清發」風
格的藝術面貌，而被許多當時詩學後進嗟慕，乃至說成「古今獨步」。
像謝朓的〈晚登三山還望京邑詩〉云：

> 灞涘望長安，河陽視京縣。白日麗飛甍，參差皆可見。
> 餘霞散成綺，澄江靜如練。喧鳥覆春洲，雜英滿芳甸。
> 去矣方滯淫，懷哉罷歡宴。佳期悵何許，淚下如流霰。
> 有情知望鄉，誰能鬒不變。

這詩直接抒發去國懷鄉的憂思。「懷哉」、「惆悵」、「淚下」、「有情」，
無一不是有懷有感，脫口而出，發之於詩。鍾嶸《詩品》評謝朓說：
「善自發詩端」（《歷代詩話》，頁 15），這和他直接抒發感情的創作
風格很接近。此外，這詩以情觀景，畫面美麗、輝煌閃耀，「餘霞散
成綺，澄江靜如練」，更是千古寫景的名句。詩歌是這麼地寫：半空
彩霞，飄散有如綺繡；江水澄澈，恬靜恍似綢練。吟哦誦讀，鏗鏘有
致。眞是清新雋永而又流暢和諧。而值得一提的是，本詩的取景如白
日、飛甍、晚霞、江水、春洲、芳甸，都是京城附近人們所熟悉的景
物，透過詩人的描寫，熟悉的景物變得清新了起來，平常的題材化爲
秀麗的面貌，進而呈現出和謝靈運的「山水詩」完全不同的風貌。詹

福瑞說：「謝靈運的詩刻意追求深幽奇奧，以此為勝境。謝朓的詩則不避近熟平易，把功力下在近熟平易中發掘清新秀麗。他的詩大多著意於細膩的觀察與感受，描繪人們所習見，但又不經意的景色。因其取自身邊，為人們所習見，故消除了接受者與景色之間的距離與隔膜，景之於人親切平易自然。又因詩人獨具藝術慧眼，通過敏銳的感受，細心的觀察，在人們常常忽略的特定的細微景致，所以又如晨風拂面，給人以清新的感受。」〔註7〕案這話就很能指出謝朓詩歌的清新面貌在於何處，而景色與詩人之距離與隔膜的消除，也正是情感直「發」最容易表現出來的地方。

這首詩之外，謝朓有不少「山水詩」也具有這樣的特色，像〈觀朝雨〉、〈郡內登望〉、〈之宣城出新林浦向版橋〉、〈游東田〉等等作品，無一不是具備了相同的藝術特色。影響所及，就像林東海所說的：「謝朓詩歌不僅影響了唐代詩人，而且影響了一代詩風。宋趙紫芝詩云：『朓詩變有唐風』，嚴羽也說『謝朓之詩已有全篇似唐人者』，明胡應麟《詩藪》認為唐人『多法宣城謝朓』」（見《中國百科全書 II》，頁1092）

正因為這樣，所以我們說：在行旅心情下進行創作，呈現出「清發」風格的藝術面貌，可以謝朓為代表。

三、在亂世心情下進行創作，呈現出「沈痛」風格的藝術面貌——阮籍

最後，最能代表「亂世心情下進行創作，呈現出『沈痛』風格的藝術風貌」，莫過於阮籍了。《文選》收錄阮籍的作品：〈詠懷詩〉十七首，〈為鄭沖勸晉王牋〉、〈詣蔣公〉；其中〈詠懷詩〉本八十二首，《文選》僅收十七首〔註8〕，隸屬「詠懷類」。詩歌本來就是歌詠胸懷，

〔註7〕《謝朓與李白研究》（北京：人民文學出版社，1995年），所收〈試論謝朓清麗山水〉一文。

〔註8〕案阮籍〈詠懷詩〉一般認為有八十二首（見張溥《漢魏六朝百三名集》，丁福保《全漢三國南北朝詩》，逯欽立《先秦漢魏晉南北朝詩》），

抒寫性靈的作品；而阮籍之詩名直標「詠懷」，顏延年說：「說者阮籍在晉代常慮禍患，故發此詠耳。」(《昭明文選注》)。正是因為如此，所以鍾嶸說他「厥旨淵放，歸趣難求」，顏延年說他「文多隱避，百代之下，難以情測」；一旦寫到山水體類的作品，同樣地，所有的景物都染上了這種悲痛的色彩和風格。

《晉書》卷四十九〈阮籍傳〉載：

> 籍本有濟世志，屬魏晉之際，天下多故，名士少有全者，籍由是不與世事，酣飲為常。籍雖不拘禮教，然發言玄遠，口不臧否人物。時率意獨駕，不由徑路，車跡所窮，輒慟哭而返。

這就把阮籍活在黑暗的亂世環境之中，刻意壓抑自己的感情，藉酒保全自己的沈痛的生命情調給說得很清楚。事實上，阮籍在壓抑自己生命的同時，常有些違背禮法，驚世駭俗的行為；既要「常慮禍患」、「隱避羈網」，又深深憤慨和反抗禮法受到利用，社會充滿虛偽的時代氛圍。《晉書》本書所載，至少就有五事：

（一）母終，正與人圍棋，對者求止，籍留與決賭。既而飲酒二斗，舉聲一號，吐血數升。及將葬，食一蒸肫，飲二斗酒，然後臨訣，直言窮矣，舉聲一號，因又吐血數升。

（二）裴楷往弔之，籍散髮箕踞，醉而直視，……嵇喜來弔，籍作白眼，喜不懌而退；喜弟康聞之，乃齎酒挾琴造焉，籍大悅，乃見青眼。

（三）籍嫂嘗歸寧，籍相見與別，或譏之，籍曰：「禮豈為我輩設邪！」

（四）鄰家少婦有美色，當壚沽酒，籍嘗詣飲，醉便臥其側。

《昭明文選》僅收十七首，篇目次第與張溥等本迥異，且李善注本，乃至《玉臺新詠》所收，文字上也略有出入。即使如此，清人何義門仍說：「刪去重複，存十七首，昭明文善於剪裁。」(《評注昭明文選》卷五，頁 427）是否真如何何所云，實也值得另立一文以說，要非本文之主題所在，暫且擱置一旁，以供他日研究。

（五）兵家女有才色，未嫁而死，籍不識其父兄，逕往哭之，盡
　　　哀而還。

　　案裡頭所載的母喪吐血、青眼白眼、非禮別嫂、醉臥鄰婦、逕哭
才女，都是刻意反抗禮俗，表現摯情的激憤行為。儘管如此，阮籍仍
是個「發言玄遠，口不臧否人物」、「任性不羈，而喜怒不形於色」、「不
與世事，酣飲為常」的人物，是當時少數保全性命的「名士」。阮籍就
是這樣悲痛矛盾的生命，而這生命表現在詩歌裡，就成了「沈痛」風
格的藝術面貌。像他的〈詠懷〉這組詩裡，就常流露出憂慮禍患，發
為吟詠的歌詞，有著沈痛風格的詩風。「選詩」裡有阮籍的〈詠懷十七
首〉之十七，詩云：

　　　湛湛長江水，上有楓樹林。皋蘭被徑路，青驪逝駸駸。
　　　遠望令人悲，春氣感我心。三楚多秀士，朝雲進荒淫。
　　　朱華振芬芳，高蔡相追尋。一為黃雀哀，涕下誰能禁。

這詩就充滿了生命的悲痛，沈進到心靈裡頭，自然覺得感情深刻。由
於時代環境的壓迫，使得詩人在眺望山水景物時自然就引出悲情。「長
江」、「楓樹」、「皋蘭」、「青驪」，彷彿就是詩人沈痛生命的象徵。景
物似乎很美：山坡上的蘭花幾乎覆蓋著長長的道路，青黑的駿馬拉著
車輛向遠方奔馳……，春天的氣息似乎到來了，江水楓林，滿目春色；
皋蘭馥郁，滿鼻撲香，然而活在當時的時代裡，卻不得「令人悲」，
令人涕，令人哀……。於是，詩人滿詩滿紙寫來盡是悲痛的眼淚，盡
是深沈的無奈和悲哀。之後，三楚、朝雲、高蔡、黃雀，借歷史典故
（如《高唐賦》、《戰國策》）來抒寫懷抱和心情，有諷刺，有感慨，
全因之前的山水景物而興發。詠懷情感之中多了山水的蘊藉，山水景
物也充滿了沉痛風格的藝術面貌。何義門說：「當春而悲，則無時非
悲矣。」（《評註昭明文選》卷五，頁 433），邵子湘說：「此詩為諸章
之結，點出『哀』字，見時運之可哀，與憂思相應。」（引同上）都
很能說出阮籍此詩的特點。

　　同樣地，像他〈詠懷詩〉的第一首：

夜中不能寐，起坐彈鳴琴。薄帷鑒明月，清風吹我襟。

孤鴻號外野，朔鳥鳴北林。徘徊將何見，憂思獨傷心。

這詩，寫出了令人難解的憂思，「明月」、「清風」、「孤鴻」、「朔鳥」等等自然景物，完全服膺於那「憂思獨傷心」的詩歌氣氛之中。同樣地，詩人難以言說的「憂傷」和「悲哀」在那裡看得出來呢？就在詩人塑造，勾勒的特殊山水景物和氣氛之中。裡頭有萬籟沉寂的黑夜，有映在薄薄帷帳上的月光，有吹動衣襟的清風，有孤飛的鴻鳥，有落單的朔鳥；風聲、琴聲、野外哀號、北林淒啼……。每一個景物，每個聲音，交織交融，全是景物全是憂傷，也全是悲哀。〔註9〕如果我們把它看成「山水詩」的話，無疑地，這種山水詩的藝術技巧、風貌，是和以謝靈運、謝朓爲代表的山水詩有很大的差異。因爲詩人是在亂世心情下創作，無怪乎李善注云：「嗣宗（案即阮籍）身仕亂朝，常恐罹謗遇禍，因茲發詠，故每有憂生之嗟，雖志在刺譏，而文多隱避，百代之下，難以情測。」（《李善注昭明文選》，頁 487）可見表現手法雖然和前一首詩不同，然而這首詩卻也一樣，呈現出「沈痛」的藝術面貌。

阮籍之外，其它散見在王粲、張載的〈七哀詩〉或曹丕、曹植的〈雜詩〉中，都是在亂世詠懷的心情下進行創作，呈現出「沈痛」的藝術面貌。〔註6〕要之，這些作品裡以阮籍的部份作品最足以作

〔註9〕本詩中「孤鴻號外野，朔鳥鳴北林。」二句，歷來有不同的解釋。如呂向注云：「孤鴻，喻賢君孤獨在外，朔鳥、驚馬：以比權臣在近，謂晉文王。」魏履《選詩補注》說法相同。黃節《阮步兵詠懷詩注》則認爲呂、劉之說「此皆嫌於臆測」。究竟詩中有無比興之意，指向時人時事，頗見仁見智，無怪乎鍾嶸《詩品》要說阮籍的作品：「頗多感慨之詞，厥旨淵放，歸趣難求」了。

〔註6〕王粲的〈七哀詩〉：「荊蠻非我鄉，何爲久滯淫。方舟溯大江，日暮愁我心。山岡有餘暎，巖阿增重陰。狐狸馳赴穴，飛鳥翔故林。流波激清響，猴猿臨岸吟。迅風拂裳袂，白露霑衣衿。獨夜不能寐，攝衣起撫琴。絲桐感人情，爲我發悲音。羈旅無終極，憂思壯難任。」張載的〈七哀詩〉：「秋風吐商氣，蕭瑟掃前林。陽鳥收和響，寒蟬無餘音。白露中夜結，木落柯條森。朱光馳北陸，浮景忽西沈。顧

爲代表。

<hr>

望無所見，惟睹松柏陰。蕭蕭高桐枝，翩翩栖孤禽。仰聽離鴻鳴，
俯聞蜻蛚吟。哀人易感傷，觸物增悲心。丘隴日已遠，纏綿彌思深，
憂來令髮白，誰云愁可任。徘徊向長風，淚下霑衣衿。」曹丕的〈雜
詩〉：「漫漫秋夜長，烈烈北風涼。展轉不能寐，披衣起彷徨。彷徨
忽已久，白露沾我裳。俯視清水波，仰看明月光。天漢迴西流，三
五正從橫。草蟲鳴何悲，孤雁獨南翔。鬱鬱多悲思，綿綿思故鄉。
願飛安得翼，欲濟何無梁。向風長歎息，斷絕我中腸。」曹植的〈雜
詩〉：「高臺多悲風，朝日照北林，之子在萬里，江湖迴且深。方舟
安可極？離思故難任。孤雁飛南遊，過庭長哀吟。翹思慕遠人，願
欲託遺音，形影忽不見，翩翩傷我心。」

第四章 「選詩」之山水體類研究（二）
——「山水詩」和其它詩歌交融之介紹

小　引

　　難以避免地，詩歌在進行分類思考時，會遇到「文類和文類交叉、滲透和融合」等等問題，這些問題往往也涉及到詩歌藝術和詩歌理論的重新認知和反省。

　　天地間萬萬千千的事物，人類爲了認知和理解的方便，不免會對之進行歸納、分類的工作。而不管歸納、分類的工作做得如何地仔細，在可以明明白白辨別區分之間，總會出現一些介於其間的中間事物。文學藝術，是人類心靈和精神主動創造出來的作品，雖然仍需受限於表達的媒材，卻充滿了創作者的主動、自由和活躍性。因此，在文學藝術的領域裡頭，類型和類型之間的交叉、滲透、融合的情形，並不是罕見的異常現象。特別是，在文學藝術的發展歷史裡，常常可以發現到：許多重大的改革、進步和突破，就是產生於創作者面對這些類型和類型間的中間地帶不斷地嘗試和改進，終於塑造了新的典範作品，標誌著文學藝術史新的里程碑。王國維曾說：「四言敝而有楚辭，楚辭敝而有五言，五言敝而有七言，古詩敝而有律絕，律絕敝而有詞。蓋文體通行既久，染指遂多，自成陳套。豪傑之士，亦難於其中自出新意，故往往遁而作他體，以發表其思想感情。一切文體以始盛中衰

者皆由於此。故謂文學今之不如古，余不敢信。但就一體論，則此說固無以易也。」（《人間詞話新注》，頁 122）可見一個文學體類僵硬、固定、封閉的時候，往往也是該體類要步入陳套、死亡的時候了。而類型和類型間的交叉、滲透和融合，正是讓文學體類不致淪為僵硬、固定和封閉的重要表現。

事實上，現代的文學研究者對於「文類和文類之間交叉、滲透和融合」等等問題充滿了高度的興趣。韋勒克、華倫說：

> 現代的類型明顯地是說明性的。它並不限定可能有的文學種類的數目，也不給作者們規定規則。它假定傳統的種類可以被"混和"起來從而產生一個新的種類（例如悲喜劇。它認為類型可以在"純粹"的基礎上構成，也可在包容或"豐富"的基礎上構成，即可以用擴大的方法構成。在浪漫主義強調每一個"創造性天才"和每一部藝術作品的獨一無二性之後，現代的類型理論不但不強調種類與種類之間的區分，反而把興趣集中在尋找某一個種類中所包含的並與其它種類共通的特性，及共有的文學技巧和文學效用。〔註1〕

錢倉水在《文體分類學》裡也說：

> 過去，文體分類主要是按照一定的標準把文章劃分為一個類群，說明它們的區分，以避免體裁的混淆和維護體裁的純潔。然而，現在以來人們愈來愈清醒看到，自古就有的文學和鄰近學科之間，文學內部種類之間的相互交叉、滲透和融合是一般日益廣泛的潮流與趨勢，並且產生日益眾多的"雜交"品種和邊緣文體。對於這一文體分類的背反現象，應該予以充份地重視和肯定，並由此去開拓這門學科的新領域。〔註2〕

凡此，都是說明「文類和文類之間交叉、滲透和融合」這一問題，是值得深入地加以探討的。

〔註 1〕 《文學理論》（香港：三聯書店，1983 年），頁 268。
〔註 2〕 《文體分類學》（南京：江蘇教育出版社，1992 年），頁 145。

　　「選詩」共有二十三類，其中與「山水體類」毫不相干的佔十三類（即本文第三章第一節所述部份），剩餘的十類裡頭，本文第三章第二節談論「山水詩」的共通藝術特色時，最常出現的是〈祖餞〉、〈招隱〉、〈遊覽〉、〈詠懷〉、〈哀傷〉、〈贈答〉、〈行旅〉、〈雜詩〉等八類。這些作品，和我們稱呼爲「山水詩」，昭明太子則名之爲「祖餞詩」、「行旅詩」、「招隱詩」……等。嚴格說來，這也可以算得上是文類交疊的表現，亦即「山水」分別與「祖餞」、「招隱」、「遊覽」、「詠懷」、「哀傷」、「贈答」、「行旅」、「雜詩」等類交融。當我們說它是山水詩時，並不礙別人說它是祖餞詩、招隱詩等等；一樣地，當別人呼之爲祖餞詩、招隱詩等等時，也不能否定現代人將之認定爲「山水詩」，因爲文類有各自分類的標準和原則。

　　〈祖餞〉、〈招隱〉、〈遊覽〉、〈詠懷〉、〈哀傷〉、〈贈答〉、〈行旅〉、〈雜詩〉這八類，基本上是依詩歌的題目而做出的分類。〈招隱〉、〈詠懷〉、〈哀傷〉之外，其餘五類是形式的分類，與詩歌的內容、詩歌的要求並沒有一個確定的關係。也就是說詩人可以在祖餞、行旅、遊覽、贈答和雜詩這五類裡，隨心所欲地表達他們所想要表達的情志內容，運用他們想要運用的題材。反觀「山水詩」這一體類，則是根據作品裡頭描寫的題材，詩人的創作意識，作品的表達形式，以及特殊的藝術表現等等而得的分類。這兩個分類標準在分類的層次等級和範疇上，並非相互排斥的，彼此本來就可以相混夾雜，越等並舉。舉例來說，人固然可以依性別而分男人、女人二類，也可以依國籍而分中國人、美國人、法國人……等類。而這二者因爲分類的原則隸屬不同層次等級（範疇），於是自然地會產生交疊的情形：既是中國人又是女人，既是美國人又是男人，既是法國人又是女人……等等現象。

　　這五類以外，〈招隱〉，共收三首詩，左思二首、陸機一首，全是「山水體類」的作品。李善注：「韓子曰：閑靜安居謂之隱。」事實上，要在那裡閑靜安居呢？也不過是山水之間罷了。「招隱」，本來是招呼隱居的朋友，最後都因爲山水美景而喚醒了消遙適性、悠閑自得

的「共同隱居」志向。所以，這一詩題就不僅僅是形式的分類而已，更具有決定詩歌內容、規範詩歌要求的趨向，是不容許張冠李戴、隨意表達的。也正因為這樣，「選詩」的下一類為〈反招隱〉，是對隱居風氣盛行情形的譏諷，也就是對於〈招隱〉的對反對揚。所以，〈招隱〉這一類又和〈祖餞〉、〈行旅〉、〈遊覽〉、〈贈答〉、〈雜詩〉等五類不同。〈招隱〉之外，〈哀傷〉和〈詠懷〉二類，有些純然就是「山水詩」，如前章所述「在亂世心情下進行創作，呈現出『沉痛』風格的藝術面貌」，有些則純以情感抒發為主，有些則正是本章所欲處理的「文類和文類之間交叉、滲透和融合」的作品。

此外，嚴格說來，「選詩」裡的「山水體類」和其它文類交叉、滲透和融合等等問題，最主要倒是表現在昭明太子所定〈公讌〉、〈遊仙〉二類和目前大家認定為「田園詩」的作品。底下，我們就針對這三類作品，逐一加以探討。

第一節　公讌詩

公讌，就是「官家的讌會」，〔註3〕也就是「臣下在公家侍讌也」，〔註4〕即詩人參與官家的讌會，表達臣下侍上飲讌的作品。這樣的詩篇，有一定的創作目的，奉敕、應酬、敷衍門面居多，真情實感則較少見。歸溯淵源，《詩經》裡頭的〈大雅〉、〈小雅〉作品，即為朝廷「宴饗」、「朝會」的樂歌，或是天子設大宴慰勞群臣賓客，或是諸侯臣屬朝覲天子的表現，君臣宴樂，相賀相勞之辭，音樂歌舞，杯觥籌錯，發而為詩，應就是〈公讌詩〉的源頭。

〈公讌詩〉，作為一種詩類，有這類作品一定的創作要求和創作理想，在評析曹植的〈公讌詩〉時，何義門說：

> 公讌詩不易佳，以其照顧體面，不得自由也。……賓主兩面

〔註3〕三民書局所編《大辭典》即做如此的解釋，民國74年初版，頁401。
〔註4〕此李善所注，見李善注《昭明文選》。

寫到，方是公讌。(《評註昭明文選》，頁384)

　　許多曲折，只要歸重天子憫恤斯人之意，何等得體。(同前，
頁385)

在評析陸機的〈皇太子讌玄圃宣猷堂有令賦詩〉時，方伯海也說：

　　最苦於作此類題目，無情景可以發揮。纖則寒瘦不類，濃
則重濁可憎，總要鋪排得有倫次，於典重中寓流逸，便爲
矯然出群。(同前，頁387)

評析曹植的〈公讌詩〉時，方伯海又說：

　　題是公讌，篇中只以一句揭過，下只取「清夜遊西園」句爲
題，寫出各適其適意，用意正妙在脫母。蓋操在時，子建與
子桓，全是貴介公子，亦何取於兄飲饌之豐、歌舞之盛，而
艷羨之耶！不比仲宣諸人，必要廣爲臚列，以顯公子恩禮之
厚，各有所宜。於此求之，思過半矣。(同前，頁835)

這些都顯示了「公讌詩」之所以成爲「公讌詩」，要注意到詩人不可
踰越自己的身份（賓），要注意到歌頌君王（主）的恩惠、德澤（如
天子憫恤斯人之意，公子恩禮之厚等等），要多臚列飲饌之豐、歌舞
之盛，要注意到這類詩作是不可以自由揮灑、恣意創作的。

　　於是，詩歌縱使描寫景物，也要注意到這樣的要求。以曹植的〈公
讌詩〉爲例：

　　公子敬愛客，終宴不知疲。清夜遊西園，飛蓋相追隨。
　　明月澄清景，列宿正參差。秋蘭被長坂，朱華冒綠池。
　　潛魚躍清坡，好鳥鳴高枝。神飈接丹轂，輕輦隨風移。
　　飄飖放志意，千秋長若斯。

按說本詩第五到第十句，非常明顯地是描寫山水景物的句子。可是對
之的詮釋、理解就見仁見智了。例如孫月峰說這些詩句不過是「眼前
景、口頭語」、「有自然之態」(同前，頁385) 何義門卻說：

　　月比公子，列宿比諸客。秋蘭、朱華，公子之知所與；清
波、高枝，諸客之獲所從。神飈、接轂，又風雲以類至之
意。敬客不衰，追隨無極，千秋若斯，何獨一朝之饗，則
終之以頌也。(同前，頁385)

同樣面對這首〈公讌詩〉裡頭的六句山水景句，孫氏和何氏的理解、詮釋就全然不同了。究竟孰是孰非呢？

我們認為孫、何二氏的批語，正代表了「山水詩」和「公讌詩」交叉、滲透和融合的情形。就山水景物而言，我們固然可以說是「眼前景，口頭語」；就「公讌意識」而言，我們當然也可以說物之喻賓主、照顧體面。然而，「山水」進入「公讌」，卻在魏晉之朝時，才有著比較明顯的表現，這又和當時的社會環境、學術思想、士人的生活情趣頗有關聯。

「選詩」裡頭，〈公讌〉類共十七首詩，其中有六首作品頗有描寫山水景物、山水意識的句子。除去曹植的〈公讌詩〉前已引過外，另五首作品，逐錄如下：

> 永日行遊戲，懽樂猶未央。遺思在玄夜，相與復翱翔。
> 輦車飛素蓋，從者盈路傍。月出照園中，珍木鬱蒼蒼。
> 清川過石渠，流波為魚防。芙蓉散其華，菡萏溢金塘。
> 靈鳥宿水裔，仁獸遊飛梁。華館寄流波，豁達來風涼。
> 生平未始聞，歌之安能詳？投翰長嘆息，綺麗不可忘。
>
> （劉楨·〈公讌詩〉）

> 風至授寒服，霜降休百工。繁林收陽彩，密苑解華叢。
> 巢幕無留鷰，遵渚有來鴻。輕霞冠秋日，迅商薄清穹。
> 聖心眷嘉節，揚鑾戾行宮。四筵霑芳醴，中堂起絲桐。
> 扶光迫西汜，歡餘讌有窮。逝矣將歸客，養素克有終。
> 臨流怨莫從，歡心歎飛蓬。（謝瞻·〈九日從宋公戲馬臺集送孔令詩〉）

> 崇盛歸朝闕，虛寂在川岑。山梁協孔性，黃屋非堯心。
> 軒駕時未肅，文囿降照臨。流雲起行蓋，晨風引鑾音。
> 原薄信平蔚，臺澗備曾深。蘭池清夏氣，脩帳含秋陰。
> 遵渚攀蒙密，隨山上嶇嶔。睇目有極覽，遊情無近尋。
> 聞道雖已積，年力互頹傾。探己謝丹黻，感事懷長林。
>
> （范曄〈樂游應詔詩〉）

> 季秋邊朔苦，旅鴈違霜雪。淒淒陽卉腓，皎皎寒潭絜。

良辰感聖心，雲旗興暮節。鳴笳戾朱宮，蘭厄獻時哲。

餞宴光有孚，和樂隆所缺。在宥天下理，吹萬群方悅。

歸客遂海嵎，脫冠謝朝列。弭棹薄枉渚，指景待樂闋。

河流有急瀾，浮驂無緩轍。豈伊川途念，宿心愧將別。

（謝靈運·〈九日從宋公戲馬臺集送孔令詩〉）

詰旦閶闔開，馳道聞鳳吹。輕莢承玉輦，細草藉龍騎。

風遲山尚響，雨息雲猶積。巢空出鳥飛，荇亂新魚戲。

寔惟北門重，匪親孰爲寄？參差別念舉，肅穆恩波被。

小臣信多幸，投生豈酬義。（丘遲·〈侍讌樂游苑送張徐州應詔〉）

案這些詩歌在寫公讌的同時，喜歡加上大量和山水相關的題材和修辭，「清川過石渠，流波爲魚防」、「繁林收陽彩，密苑解華叢」、「流雲起行蓋，晨風引鑾音」、「河流有急瀾，浮驂無緩轍」、「風遲山尚響，雨息雲猶積」等等，隨手拈來無一不是。此外，在〈遊覽類〉裡頭，曹丕的〈芙蓉池作〉、殷仲文的〈南州桓公九井作〉、顏延年的〈應詔觀北湖田收〉之詩，不管是山水景物、山水意識或公讌氣氛、公讌意識，也和這些作品有著類似的藝術特色。〔註5〕

　　在這些作品裡頭，山水景物明顯地和「山水詩」的山水景物有著不同。這些詩多的是庭園化、苑囿化、以及讌樂化的山水景物，像蘭

〔註5〕選錄三詩，以利讀者參考。如下：一、曹丕〈芙蓉池作〉：「乘輦夜行遊，逍遙步西園。雙渠相溉灌，嘉木繞通川。卑枝拂羽蓋，脩條摩蒼天。驚風扶輪轂，飛鳥翔我前。丹霞夾明月，華星出雲間。上天垂光采，五色一何鮮！壽命非松喬，誰能得神仙？遨遊快心意，保己終百年。」二、殷仲文〈南州桓公九井作〉：「四運雖鱗次，理化各有準。獨有清秋日，能使高興盡。景氣多明遠，風物自淒緊。爽籟警幽律，哀壑叩虛牝。歲寒無早秀，浮榮甘鳳殞。何以標貞脆，薄言寄松菌。哲匠感蕭晨，肅此塵外軫。廣筵散汎愛，逸爵紆勝引。伊余樂好仁，惑祛吝亦泯。猥首阿衡朝，將貽匈奴哂。」三、顏延年〈應詔觀北湖田收〉：「周御窮轍跡，夏載歷山川。蓄軫豈明懋，善遊皆聖仙。帝暉膺順動，清蹕巡廣廛。樓觀眺豐穎，金駕映松山，飛奔互流綴，緹毅代迴環。神行埒浮景，爭光溢中天。開冬眷徂物，殘悴盈化先。陽陸團精氣，陰谷曳寒煙。攢素既森藹，積翠亦蔥仟。息饗報嘉歲，通宵戒無年。溫渥浹輿隸，和惠屬後筵。觀風久有作，陳詩愧未妍。疲弱謝凌遽，取累非纏牽。」

池、金塘、芙蓉、菡萏、輕黃、細草、靈鳥、仁獸——等等，再點綴上輕霞、明月、遵渚、流波——。宮殿雖然少了山林那種清幽隱逸、離群索居的聯想，卻更增添不少聚會和富貴的色澤。於是，遊山玩水，不必再千里迢迢往紅塵之外去尋；庭園、苑囿自有山水，飲酒讌樂，陪侍應詔，也離不開歌詠山水一番。甚至，還藉著裡頭山水來頌贊君主，阿諛諂媚。原因無它，正是「山水公讌化」而有的表現。方伯海在評顏延之的〈應詔觀北湖田收〉詩時說：

> 凡應制題寫景物，須有一段陽和布澤氣象。蓋乘輿所至，
> 萬象昭融，非如遊人躡屐尋幽，趣在幽微淡遠也。故詩貴
> 乎辨體，安在山林廊廟，同是一樣格律。(同前，頁422)

就很能指出：同樣是山水景物，出現在「山水詩」和「公讌詩」裡，面貌和風格就是有所差異：「幽微淡遠」是山水詩的風格和特色，「陽和布澤」則是公讌詩的氣象。另一方面，在這些〈公讌〉的詩歌作品裡，由於山水成為讌樂經營、關注的對象，這就讓原本奉敕、應酬、敷衍門面的「公讌詩」，多了點「山水味」，也多了點雅味、韻味和詩味。特別是讌飲、嬉鬧的氣氛，若能加點風雲月露的山水遐思，就比較不會淪為過於諂媚、阿諛，歌功頌德的無聊作品了。孫月峰在評謝瞻〈九日從宋公戲馬臺集送孔令詩〉時，便忍不住說：

> 風格非不高雅，音調非不清楚，第爾時諸作，千篇一律，
> 連看數首，便亦可厭。(《評注昭明文選》卷五，頁390)

其實後半詩話「千篇一律，連看數首，便亦可厭」，用來說明純公讌詩倒是頗恰當，而在〈公讌〉類的十七首作品裡，平心而論，比較耐人吟哦咀嚼、格調高雅、音調清逸的作品也就是我們所列舉的這六首詩了。所以，「公讌詩」交溶、滲透了山水，對於「公讌詩」來說，毋寧是大幅度也提升了詩的品質。這也是為什麼從「選詩」第一首曹植的〈公讌詩〉之後，愈到後來，愈被重視的「公讌詩」，往往都是和山水交溶、滲透的作品。西晉有名的「金谷宴集」，更是融合了山水、雅宴，「山水」不只是落拓潦倒之騷人墨客的精神寄託而已，更普及到世俗

的生活裡，進而提升世俗庸濁的生活情趣。以山水詩的立場來說，公讌進入山水詩中，「山水」的景貌人工化了，縮小化了，精緻化了，更能和上層社會人們的日常生活結合在一塊。缺點是多了應酬、門面的氣息，多了格套、諛頌的調調。優點則是，經過如此的變形，山水所能涵蓋的範圍，明顯地豐富多了；自然地影響的層面也就更大了，從詩人進到朝廷，從藝術進到文化，從個別作家進到上層社會。

第二節　游仙詩

〈遊仙詩〉是「選詩」的第九類作品，裡頭共有八首詩——何劭一首、郭璞七首；其中郭璞的七首即其「遊仙詩十四首」組詩裡的半數作品。〔註6〕〈遊仙詩〉的內容在不同程度上混合了兩條脈絡，一條是從燕齊神仙家到道教長生不死之類的宗教傳說，另一條則是人們在險惡動亂的社會環境裡感到苦悶局促意欲遠游解脫的情懷。〔註7〕

正如「山水世界」和「現實世界」對反對揚的觀念一樣，「神仙世界」之於「現實世界」也有著近似的效用。而且，就追求心靈、精神的自由來說，以排遣愁悶苦傷、化解幻滅失意的精神寄託。詩人可以嚮慕追求「山水世界」，自然也可以嚮慕追求「神仙世界」。李善注郭璞的〈遊仙詩〉就說：

> 凡游仙之篇，皆所以滓穢塵網，錙銖纓紱，餐霞倒景，餌玉玄都。而璞之制文，多自敘，雖志狹中區，而辭無俗累，見非前識，良有以哉。

〔註6〕郭璞的「遊仙詩」在《文選》裡明顯地是經過刪摘而成的。針對這點，何義門倒是蠻推崇昭明太子之選錄，他說：「一題數首，自有結構，首尾開闔，不可紊也。如詠史、游仙之類是矣。即阮公〈詠懷〉已經刪摘，而章法亦自一片貫注，此在選家之安頓耳。」見《評注昭明文選》卷五，頁410。

〔註7〕朱乾《樂府正義》卷十二云：「屈子《遠遊》，乃後世遊仙之祖。」又云：「遊仙諸詩嫌九州之局促，思假道于天衢，大抵騷人才士不得志于時，藉此以寫胸中之牢落，故君子有取焉。若秦皇使博士爲之，感之感也，詩雖工，何取哉？」讀者可加以參考。

這段話既說出了〈游仙詩〉的共同創作意識：滓穢塵網、脫離亂朝，自敘志向，思游仙遠世，也指出了郭璞〈游仙詩〉的個人特色，在游仙以外，更有詠懷。

　　所以《五臣註文選》中的張銑也說何邵的〈游仙詩〉是：

　　　以處亂朝，思游仙去世，故爲是詩。

〈游仙詩〉，顧名思義，應該就是歌詠詩人游於恍惚、神秘的神仙世界所感所得的心靈經驗。然而它和「山水詩」的關係卻非常密切而複雜。游師志誠說〔註8〕：

　　　游仙是詩人之志，是文類主題。當然，山林之思，也是如此。但游仙與山水的交集如何可能？寄情山水，可能興起諸多山水之遐思，這一遐思中，賦予游仙之志，乃是極自然之事。但游仙做爲仙人之志，絕然不可能入世妥協。易言之，斷無在非山水之境而可以曰游仙。此一推理，可知凡游仙之作自不能脫山水之思，則游仙與山水極有關係，同處多於異處。（手稿，尚未出版）

這一精闢的見解，能勾勒出「游仙詩」和「山水詩」之所以有交集產生的原因。此外，蕭馳說：

　　　天上的仙國在霄爛，地下的仙國在形成。迄自東晉，人們就追求山水林野之美來追求獨立於封建宗法規範之外的人生價值。山林就和自由聯繫在一起。而且，從王子喬到葛由，從魏伯陽到董子陽──《列仙》、《神仙》中那些人升虛多在深山；從《述異記》的吳猛到《玉浮神異記》的虞洪，傳說中人們又多是在深山得睹仙顏的。所以，山水容易和游仙發生關聯。〔註9〕

也指出了「游仙」的作品如何以常常充滿有山水的景物和面貌，正是有一定歷史淵源和客觀形成因素。本文第二章第三節在探討到「山水意識」時，也曾說：「『詩人山水化』的表現之三，就是『山水』成了天地奧妙

〔註8〕正因爲如此，所以唐呂向也批評郭璞之詩：「璞雖詩游仙，意雜傲誕，上下道德，信遠乎哉！」（《六臣註文選》卷二十一，頁399）

〔註9〕《中國詩歌美學》（北京：新華書局，1860年），頁176～177。

的表現所在，吸引著詩人，導引著詩人，進入另一個神秘、玄妙的世界；這世界正要啟發詩人許許多多難以言說表詮的哲理，詩人追尋山水也就是追尋永恒不朽的『道』，詩人進入山水也就是進入超凡世界。所以，詩人在遊覽觀賞山水的同時，也常喜歡表露自己在『山水』裡頭領悟到的自然奧妙，冥契到的玄理哲思，乃至自然而然產生的飄飄然物外的神仙之想」。此外，我們也指出了有些「山水詩」裡頭所表現的神仙想像世界、所表達的避世養生思想等等，這裡就不再贅述。

　　然而，我們必需強調的是：「游仙詩」固然和「山水詩」有不少交集、滲透、融合的地方，卻畢竟不是等同的兩類作品，二者也不是毫無區別的。在「山水詩」裡，即使出現有神仙的意識，本身卻是詩人山水意識自然的延伸，也就是詩人「山水化」之後嚮慕、追求的價值指標。作品裡頭的山水景物，常就是詩人遊覽、行旅時所見所聞的真實景物。「游仙詩」卻不然，在作品裡頭出現的山水景物，反而多的是想像世界的景物，例如「選詩」裡頭郭璞的第二首〈游仙詩〉：

　　　　青谿千餘仞，中有一道士。雲生梁棟間，風出窗戶裡。
　　　　借問此何誰？云是鬼谷子。翹跡企潁陽，臨河思洗耳。
　　　　閶闔西南來，潛波渙鱗起。靈妃顧我笑，粲然啓玉齒。
　　　　蹇脩時不存，要之將誰使？

這詩敘寫詩人的遇仙經驗。傳說中奇人鬼谷子所住的地方，梁棟窗戶生雲生風，道士行跡有如潁濱洗耳、推辭唐堯禪讓的許由。之後詩人恍如遇到女神宓妃對他微笑，露出粲然的玉齒，不禁悵惘沒有傳說中能夠通靈的媒人──蹇脩代為邀請。全詩到處是傳說、想像和神仙的色彩，「山水景物」不是沒有，卻也都披蒙上這層色彩，像飛雲走風、閶闔潛波等都是，而和描寫自然景物「山水詩」裡頭所呈現出來的面貌完全不同。在瀰漫想像神仙色彩的詩句中，詩人的心志呢？倪其心說得好：「真誠探索道路，熱情追求理想，使詩歌洋溢著生活情趣。……這些出色的藝術表現，無不反映生活的真實，透露詩人的心靈，形成浪漫的風格。然而現實的清高並不可愛，理想的美妙卻不現實，詩人

是清醒認識的。一個直截了當的反問，充份顯示詩人是清醒地遐想著美妙的游仙遭遇，正像他清楚地看透隱逸的甘苦眞僞。所以這詩的基調比較高揚，有激情，想展望，不低沈而陷入苦悶惆悵，有點憤然，顯得傲岸，獨放異彩。」〔註10〕正因爲如此，郭璞的游仙詩明顯地和山水詩呈現了相當大的差異和不同面貌。

其實，不僅這首作品而已，「選詩」的另七首〈游仙詩〉，字裡行間到處瀰漫著王子喬、靈谿、雲梯、赤松子、魯陽公、蓬萊山、嫦娥、安期等等辭語，有「左挹浮丘袖、右拍洪崖肩」的超凡表現，有「愧無魯陽德、迴日向三舍」的喟嘆響慕，有「姮娥揚妙音，洪崖頷其頤」的飄逸姿態，也有「奇齡邁五龍，千歲方嬰孩」的奇遇，更有「圓丘有奇草，鍾山出靈液」的山水，──讀者只要稍加吟詠，很自然地就隨著詩人進入詩中所架構的迷離恍惚的神仙世界，和「山水詩」裡頭靈山秀水的感覺世界有著明顯的差異。

此外，〈游仙詩〉裡頭的「游仙意識」和〈山水詩〉裡頭的「山水意識」畢竟不是等同的概念。例如郭璞的第一首〈游仙詩〉：

> 京華遊俠窟，山林隱遯棲。朱門何足榮？未若託蓬萊。
> 臨源挹清波，陵崗掇丹荑。靈谿可潛盤，安事登雲梯。
> 漆園有傲吏，萊氏有逸妻。進則保龍見，退爲觸藩羝。
> 高蹈風塵外，長揖謝夷齊。

這詩，很多人認爲是詩人歌詠隱逸懷抱的作品。薄震元就說：「〈京華游俠窟〉是郭璞游仙詩的那一首，屬於歌詠隱逸一類，還沒有涉及神仙的內容。」〔註11〕有趣的是，清人何義門在評析這首詩時先說：

> 以京華、山林並起，見用意所在。仙，非有他異也，正所
> 謂山林客也，讀游仙詩須知此意。(《評注昭明文選》，頁410)

似乎也贊同這首詩隸屬於歌詠隱逸懷抱的作品，然而在評析末二句時，何義門又說：

〔註10〕呂晴飛等編著，《漢魏六朝詩歌鑒賞辭典》（北京：新華書店，1990年），頁442～443。

〔註11〕賀新輝主編，《古詩鑑賞辭典》（北京：中國婦女出版社），頁569。

> 言雖如夷齊之高潔，而猶在風塵之內，故必高蹈以游仙也。
>
> （同前，頁410～411）

又似乎反對將這首純然隸屬於歌詠隱逸懷抱的作品。倒是倪其心辯證得好，倪氏說：

> 這是〈游仙詩〉第一首。顧名思義，"游仙"自當歌詠神
> 仙生涯。然而歷來卻頗多學者認爲此詩贊美隱逸，或者折
> 衷理解爲隱逸高蹈即游仙。產生這類分歧的原因是拘泥於
> 字句訓話，例如詩中說："安事登雲梯"，明是不必成仙
> 之意；"進則保龍見，退爲觸藩羝"，顯然指進仕隱退，
> 不涉游仙，因而清代學者王念孫更憑空提出"蓬萊"是
> "蓬蔂"之誤（見〈讀書雜志〉），斷定此詩歌詠隱逸。其
> 實，從整體看，這詩是〈遊仙詩〉的序曲，主題即爲游仙，
> 主題思想便是說明游仙是徹底超脫，高於隱逸，是最美妙
> 的理想生活道路。它的構思側重於辨明隱逸雖美，卻在風
> 塵之中。因而它似屬抒情，卻在議論；彷彿自述，其實是
> 冷眼旁觀，對西晉門閥社會的種種世態，尤其是對譽爲清
> 德的隱逸，作了清醒的剖析，施以同情的諷喻。（《漢魏六朝
> 詩歌鑒賞辭典》，頁439～440）

細讀全詩，我們比較贊同倪其心的說法。在詩人的意識裡，其實分出了三層的世界：蓬萊／山林／京華。而這首詩的「山林」和郭璞最後一首〈游仙詩〉的「長揖當塗人，去來山林客」的「山林」意涵是不同的。後首詩全寫仙山異林，其實已是「蓬萊」的化身。在這三層裡，價值的層次自然是一層世界高過另一層世界——以隱遁山林自然高於游俠京華，而托游蓬萊當然也高於隱遁山林。於是，站在「游仙意識」來看——「進則保龍見，退爲觸藩羝」，無怪乎詩的結尾要說：「高蹈風塵外，長揖謝夷齊」了。所以，在「游仙詩」裡頭，有時「游仙意識」甚至還可能批判、嘲諷「山水意識」呢！

　　最後，要再稍加補充的是，提及六朝的〈游仙詩〉，一般都以郭璞的〈游仙十四首〉組詩做代表，並認爲他在純粹歌詠神仙世界之外，

更多了詩人針對自己身處天下多故、險惡動亂的社會環境而產生的憂嗟悲慨。這就和阮籍的〈詠懷八十二首〉組詩非常相近，所以後代不少人將郭璞的〈游仙詩〉和阮籍的〈詠懷詩〉相提並論，並認爲這是六朝〈游仙〉作品很重要的一個進步。如：

> （梁）鍾嶸·《詩品》卷中評之：憲章潘岳，文體相輝，彪炳可玩。始變永嘉平淡之體，故稱中興第一。翰林以爲詩首。但〈游仙〉之作，詞多慷慨，乖遠玄宗。其云：「奈何虎豹姿。」又云：「戢翼栖榛梗。」乃是坎壈詠懷，非列仙之趣也。（《歷代詩話》，頁12）

> （清）何焯，《義門讀書記》：景純之〈游仙〉，即屈子之〈遠游〉也。章句之士，何足以知之。（卷四十六）

> （清）沈德潛評郭璞詩云：〈游仙詩〉，本有託而言，坎壈詠懷，其本旨也。鍾貶其少列仙之趣，謬矣。（《古詩源》，頁205）

> 蘇者聰：游仙詩創作的歷史十分悠久，内容大多只是描繪想像中的仙山靈域，幾乎成了一個老套子。而郭璞的游仙詩則突破了"列仙之趣"。他是借游仙來抒發對現實人生的感慨。這些詩在精神上實際是承繼屈原旨趣，它和阮籍的《詠懷》詩頗相似，故決不能從皮面來理解。（《古詩鑒賞辭典》，頁572）

凡此，對於研究〈游仙詩〉和〈詠懷詩〉兩個文類交叉、滲透、融合種種，都有莫大的助益。

第三節　田園詩

　　就像「山水詩」一樣，「選詩」的二十三類裡頭，並沒有特別標名「田園詩」這一類。然而，也正像「山水詩」的處境，「選詩」裡頭明顯有「田園體類」的作品，尤其是公認傑出的田園詩人——陶淵明的作品，「選詩」的〈行旅類〉收有兩首，〈雜詩〉類有〈雜詩二首〉、〈讀山海經〉一首，都是目前學界常引用或舉例的「田園詩」作品。

　　一般說來，「山水詩」往往滿含有詩人的歸田情趣，而「田園詩」也往往充滿了詩人歌詠山川的山水意識。因此到後來，山水、田園融合的情形就愈來愈普遍了。到了唐代，像王維、孟浩然、儲光羲等大詩人，他們的作品裡就充滿了「山水田園」或「田園山水」的藝術面貌。

　　不過，「山水意識」或「田園意識」的關係雖然密切而複雜，然而在一開始發展的時候，這兩種體類交叉、滲透的情形並不普遍。即以當時「山水詩」大家謝靈運為例，在他的詩篇裡處處充滿了描摹山水景物和嚮慕回歸山水的藝術特色。然而在提及「田園」或「田園生活」時，卻趨向於排斥的態度。謝靈運在「選詩」裡有〈田南樹園激流植援〉（《昭明文選》·雜詩類）詩說：

　　　樵隱俱在山，由來事不同。

案這聯詩李善注云：「臧榮緒《晉書》曰：何琦曰：胡孔明有言，隱者在山，樵者亦在山，在山則同，所以在山則異，豈不信乎？」可知雖然同樣生活山裡頭，謝靈運認為生活其中、砍材維生的樵夫和刻意避世的隱士是不一樣的。

　　謝靈運在「選詩」裡有〈齋中讀書〉詩更說：

　　　矧迺歸山川，心跡雙寂漠。虛館絕諍訟，空庭來鳥雀。
　　　臥疾豐暇豫，翰墨時間作。懷抱觀古今，寢食展戲謔。
　　　既笑沮溺苦，又晒子雲閣。執戟亦以疲，耕稼豈云樂？
　　　萬事難並歡，達生幸可託。

謝靈運是謝玄之孫子，是世家子弟，是門閥貴族，他擁有豐厚的家業，眾多的奴僕，數百位義故門生。遊山玩水時，一呼百應，「鑿山峻湖，功役無已」。要叫他的眼睛去注意田園的景物和生活，似乎有些緣木求魚。所以他在這首詩，就直接了當地嘲笑了辛苦耕種的「長沮」和「桀溺」，甚至還直說「耕稼豈云樂」，明明白白地揭示出詩人喜愛悠游山水、享受虛靜，卻厭惡田園、不樂耕稼的思想。由此可知，「山水」和「田園」在我們公認的偉大山水詩人謝靈運的心靈、生命裡頭

並不是統一和共存的情形，反而是不同層次、不同風貌、不同價值的兩個世界。

　　從另一個角度來，「山水」和「田園」往往都是對於現實生活、俗情世累、功名仕途等等激揚出來的對反觀念。兩者又非想像的、神仙的、雙腳到得去，具具體體、實實在在的地方，並非如「游仙詩」所描述的幻想世界。特別是當縮合了詩人的家鄉故里或遊宦之地，二者都能成為化解詩人「現實的鄉愁」的寄託所在，也可能成為慰藉詩人「心靈的鄉愁」的代表象徵。對謝靈運來說是永嘉山水，對陶淵明來說，則是柴桑的「桃花源」世界。這時，「山水」和「田園」交叉、滲透和融合的情形，就愈形密切了。

　　「選詩」裡頭有潘岳的〈在懷縣作二首〉詩：

　　　之一

　　南陸迎脩景，朱明送末垂。初伏啓新節，隆暑方赫羲。
　　朝想慶雲興，夕遲白日移。揮汗辭中宇，登城臨清池。
　　涼飆自遠集，輕襟隨風吹。靈圃耀華果，通衢列高椅。
　　瓜瓞蔓長苞，薑芋紛廣畦。稻栽肅仟仟，黍苗何離離。
　　虛薄乏時用，位微名日卑。驅役宰兩邑，政績竟無施。
　　自我違京輦，四載迄於斯。器非廊廟姿，屢出固其宜。
　　徒懷越鳥志，眷戀想南枝。春秋代遷逝，四運紛可喜。
　　寵辱易不驚，戀本難為思。

　　　之二

　　我來冰未泮，時暑忽隆熾。感此還期淹，歎彼年往駛。
　　登城望郊甸，遊目歷朝寺。小國寡民務，終日寂無事。
　　白水過庭激，綠槐夾門植。信美非吾土，祇攪懷歸志。
　　卷然顧鞏洛，山川邈離異。願言旋舊鄉，畏此簡書忌。
　　祇奉社稷守，恪居處職司。

在這兩首作品裡，許多景物就明顯地同時具備了「山水」和「田園」的風貌——小國寡民、稻栽仟仟、黍苗離離、瓜瓞薑芋、白水過庭、綠槐夾門，直是田園就在山水之中，而山水裡頭也充滿田園景物。詩

人就在這詩中流露出因見他鄉田園而興起眷戀自家田園的心懷，表達出切切的歸鄉意念。

必須指出的是，潘岳這詩在《文選》裡隸屬「行旅類」，而如本文前章所述，行旅類具有不少山水詩。可見，行旅詩所見可以是各山大川的山水，也可以是瓜薑稻苗的變形山水——田園。也就是山水有了田園味，田園有了山水意。然而，潘岳畢竟是「邑宰」、「職司」之人，欣賞、懷念家鄉是沒有問題（至少比謝靈運通往田園的腳步是近了些、多了些），卻並非以田園爲精神休憩場所，更不可能像陶淵明那樣躬耕田園，隱居田園，最後還與田園共同生活，合而爲一。

「山水詩」和「田園詩」滲透、融合得最密切，也最成功的，莫過於陶淵明了。鍾嶸在《詩品》卷中即盛評云：

> 其源出於應璩，又協左思風力。文體省淨，殆無長語。篤意眞古，辭興婉愜。每歡其文，想其人德。世歎其質直，至如「懽言酌春酒」、「日暮天無雲」，風華清靡，豈直爲田家語邪？古今隱逸詩人之宗也。（《歷代詩話》，頁 13）

然而，鍾嶸只說他是「古今隱逸詩人之宗」，並沒說他「山水詩人」或「田園詩人」。陶淵明〈歸園田居〉詩云：「少無適俗韻，性本愛丘山」、「久在樊籠裡，復得返自然」，說是「丘山」，說是「自然」，然而句句田園，首首田園。似乎在他的心目中，山水就是田園，田園就是山水，田園也是自然，也是隱逸，也同是耕種之所。究竟陶淵明該算是「山水詩人」還是「田園詩人」呢？抑或是「山水田園詩人」？「田園山水詩人」？

陶淵明在「選詩」裡，共收有八首作品。其中有一首〈挽歌〉、一首〈雜擬〉，可以斷定和我們所研究的「山水體類」毫無關涉外〔註12〕，

〔註12〕茲迻錄其詩如下：〈挽歌詩〉：「荒草何茫茫，白楊亦蕭蕭。嚴霜九月中，送我出遠郊。四面無人居，高墳正嶕嶢。馬爲仰天鳴，風爲自蕭條。幽室一已閉，千年不復朝。千年不復朝，賢達無奈何。向來相送人，各已歸其家。親戚或餘悲，佗人亦已歌。死去何所道，託體同山阿。〈擬古詩〉：「日暮天無雲，春風扇微和。佳人美清夜，達

其餘六首作品迻錄如下：

〈行旅類・始作鎮軍參軍經曲阿作〉

弱齡寄事外，委懷在琴書。被褐欣自得，屢空常晏如。
時來苟宜會，宛轡憩通衢。投策命晨旅，暫與園田疏。
眇眇孤舟遊，綿綿歸思紆。我行豈不遙，登降千里餘。
目倦脩塗異，心念山澤居。望雲慚高鳥，臨水愧游魚。
真想初在衿，誰謂形迹拘。聊且憑化遷，終反班生廬。

〈行旅類・辛丑歲七月赴假還江陵夜行塗口作〉

閑居三十載，遂與塵事冥。讀書敦宿好，林園無世情。
如何舍此去，遙遙至西荊。叩栧新秋月，臨流別友生。
涼風起將夕，夜景湛虛明。昭昭天宇闊，晶晶川上平。
懷役不遑寐，中宵尚孤征。商歌非吾事，依依在耦耕。
投冠旋舊墟，不爲好爵榮。養真衡茅下，庶以善自名。

〈雜詩類・雜詩二首之一〉

結廬在人境，而無車馬喧。問君何能爾，心遠地自偏。
采菊東籬下，悠然見南山。山氣日夕佳，飛鳥相與還。
此還有真意，欲辨已忘言。

〈雜詩類・雜詩二首之二〉

秋菊有佳色，裛露掇其英。汎此忘憂物，遠我遺世情。
一觴雖獨進，杯盡壺自傾。日入群動息，歸鳥趨林鳴。
嘯傲東軒下，聊復得此生。

〈雜詩類・詠貧士〉

萬族各有託，孤雲獨無依。曖曖虛中滅，何時見餘暉？
朝霞開宿霧，眾鳥相與飛。遲遲出林翮，未夕復來歸。
量力守故轍，豈不寒與飢？知音苟不存，已矣何所悲。

〈雜詩類・讀山海經〉

孟夏草木長，繞屋樹扶疏。眾鳥欣有託，吾亦愛吾廬。

曙酤且歌。歌竟長歎息，特此感人多。明明雲間月，灼灼葉中花。
豈無一時好，不久當如何？」

　　既耕亦已種，且還讀我書。窮巷隔深轍，頗迴故人車。

　　歡言酌春酒，摘我園中蔬。微雨從東來，好風與之俱。

　　汎覽周王傳，流觀山海圖。俛仰終宇宙，不樂復何如？

就這六首作品，我們可以感受詩人並沒有專門去描摹山水的景物，也沒
有刻意去說明他在山水景物裡頭感受或領悟到了什麼——即便有也忘
了如何表達出來。有的只是強調遠游在外，卻心心念念都在「山澤」，
都在「田園」之中；有的只是道出自己依依耦耕，「采菊東籬」，以及「悠
然見（到了）南山」；有的只是抒寫自己身處好風微雨的山水、田園環
境中，讀書樂化的心境。總體說來，陶淵明所寫的「山水」是農家鄉村
景色的山水——「田園化」的山水，裡頭涵藏了耕稼勞動的勤樸生活，
也包括了琴書獨飲的雅士情趣。更重要的是，詩人不管是面山、臨水、
見鳥或采菊，完全都是物我泯一，沒有界限的心境，彷彿天地本來就是
這樣安排，一切本來就是這樣的存在。所以才讓詩人離開故鄉在外奔波
之時，極力嚮慕故鄉的田園，企盼歸返自然的山水；也才讓詩人在回歸
山水和田園的懷抱之後，悠閑愉悅，自得自在，彷彿詩人就是山水和田
園的一部份，隨著宇宙的脈搏而跳動、呼吸、和悲喜。〔註13〕

　　田園的優點的平易和生活化，易予人以親切和真實的感受；缺點
則是鄙俗、生活饑苦和勞動的艱辛。山水的優點則在其高遠、逸俗和
幽雅，缺點則是不食人間煙火、不知生活甘苦。然而當山水和田園碰
上了，並不必然保證融合無間，水乳交溶。然而由於陶淵明的出現，
卻讓這二者優點冶於一爐，「山水詩」和「田園詩」融合形成詩歌藝
術的新面貌。就陶淵明的「田園詩」來說，其實就是泯去描摹刻劃痕
跡、展現詩人自身生命就是田園，就是山水自然的「山水詩」了。在
陶淵明的詩裡頭，生命、山水、田園、詩歌，全是一樣嶄新的面貌。
王瑤在《中古文學史論》說：

　　至於也產生在義熙永初間的陶淵明底田園詩，那只是山水

────────────────

〔註13〕本文之詮釋多參照羅宗強《文學與魏晉士人心態》（台北：文史哲出
　　　　版社，1992年）一書，讀者可加以參照，頁367～382。

詩的另一形式的發展。或者也可說是平行的發展。淵明的
年代雖較康樂略前，但山水詩的蘊釀已久，只是到了謝詩
才達到高峰。淵明自然也受到了這種時代的影響。不過陶
謝二人因了地位環境的差別，彼此成就的方向也各有不
同。謝靈運的山水詩以浙江的會稽永嘉為主，因了自然景
色的豔麗，所以詩境也富華瑩澈。而陶淵明所寫的環境，
卻大半限於江西廬山周圍，是「曖曖遠人村，依依墟里煙」
的江南農村。栗里上京，柴桑彭澤，他所經常走動的範圍，
也很少超過百里；彭澤令解職以後，又只過著「相見無雜
言，但道桑麻長」，「晨興理荒穢，帶月荷鋤歸」的田園生
活，但自然構成他那一副沖閒恬淡的心境，以此來欣賞自
然，來做詩，自然會產生他那樣「文體省淨」，「篤意真古」
的田園詩了。陶謝詩境作風的差別，同樣也是二人生活地
位的差別。──王常宗跋臨流賦詩圖曰「陶淵明臨流則賦
詩，見山則忘言，殆不謂見山不賦詩，臨流不忘言；又不
可謂見山必忘言，臨流必賦詩。蓋其胸中似與天地同流，
其見山臨流，皆是偶然；賦詩忘言，亦其適然。故當時人
見其然，淵明亦自言其然；然而為淵明者，亦不知其所以
然而然也，又何以知其然哉！蓋得諸其胸中而已。」這不
只說明了陶淵明也愛山水，而且陶詩也就是山水詩；只是
他的生活，和他欣賞山水的態度，比較悠閒恬淡，因而作
風也就蕭散自然而已。──因了當時的文化是保存在市朝
顯達的手裡，他們的生活和要求都和陶詩的格不合拍。──
──因為不只這種平淡的作風和當時一般文人的習慣不合，
根本田園生活可以入詩，在當時也一定認為有點俚俗，那
是和高尚隱士們所在的「山水」間有別的。「樵隱俱在山，
由來事不同」，這不同就是雅俗的分界。即使向高處評價，
也只是把他由「田家語」升到「隱逸詩人之宗」，和詩的正
統還是不相干的。這樣他的人和詩，以及他的整個生活，
都和當時的一般文人有了長遠的距離。那麼他之不受人重
視，也是當然的事了。

但陶淵明畢竟不是道地的農夫，他是可以求仕的，而且已經
從仕過；他的躬耕只是潔身自好的逃避和抗議，由此出發而
流於一種樂天知命的自達；所以他是有他底抱負與思想的。
作為一個當時的士大夫，他的思想也沒有超出了當時一般思
想的圈子；基本的出發點還是一般人所相信的老莊哲學。這
是由他的集子中可以看出來的。儘管在各人認識和了解的程
度上有深淺的差別，表現的技術有工拙的不同，但從玄言詩
起，這一百多年的中間，山水也好，田園也好，裡面的中心
思想還是一致的。而且就對當時及以後的影響說，田園詩也
只能算是山水詩的一個支流。但從用言象來贊美自然，到欣
賞自然之美的表現……山水，再進而為「自我」即生活與自
然融合。一層比一層深，詩的成就也就愈來愈高了。我們這
樣說，只是表示一個藝術成就的程度，而不表示一種確定的
時代次序。即只是說明陶詩的成就比較最高，而並不能說田
園詩是山水詩的發展或反動。事實上淵明的時代是在康樂以
前的，他自然不會受到謝詩的影響；而且就山水詩就是詩的
主流說，田園詩也可以認為是另一形式的山水詩。〔註14〕

王氏在這一段話裡頭，很能說出陶淵明山水詩（田園詩）的特色所在，
尤其是拿來和謝靈運做對比：既是詩歌風格的不同，也是二人生活地
位的差異，更是當時主流文人與邊緣文人的不同。王氏認為以當時而
論，田園詩只是山水詩的一個支流。然而就藝術成就而論，則是田園
詩最高。王氏更斬釘截鐵地認定陶淵明的詩雖然在當世不受注意、重
視，卻就是另一形式的「山水詩」了。然而，就另一個角度看來，我
們要說：正因為陶淵明「欲仕則仕，不以求之為嫌；欲隱則隱，不以
去之為高；餓則扣門而乞食，飽則雞黍以迎客；古今賢之，貴其真也」
（蘇軾語，見《苕溪漁隱叢話前集》卷三）如此真率的性情和生命，
融化在詩歌的字裡行間，他就讓「山水詩」不僅僅是詩人具備「山水
意識」而已，更進一步提升到「山水生命」的表現，從而也提升了「中

〔註14〕王瑤，《中古文學史論》（台北市：長安出版社，1986 年），頁 75～
　　　　83。

國山水詩」的藝術境界。當代幽默大師林語堂說「他（案指陶淵明）沒有做過大官，很少權力，也沒有什麼勛績，除了幾本薄薄的詩集和三、四篇零星的散文外，在文學遺產上也不曾留下什麼了不得的著作；但至今還是照徹古今的炬火，在那些較渺小的詩人和作家心目中，他永遠是最高人格的象徵。他的生活方式和風格是簡樸的，令人自然敬畏，會使那些較聰明與熟識世故的人自慚形穢。他是今日眞正好人生者的模範，因他心中雖有反抗塵世的慾望，但並不淪於徹底逃避人世，而反使他和七情生活洽調起來。」（《生活的藝術》第五章〈誰最會享受人生〉，頁 125）這話強調詩人生命本身，而詩歌正是詩人的生命，也是詩人情志的表現。所以，陶淵明的「山水詩」，就是「田園詩」，就是他心靈的告白，就是他的生命和性情鑄造而成的作品。不但影響更後的詩壇，也影響了中國文化的某些內涵，更爲後代的詩人文人樹立起無可取代的典範地位。

　　徐復觀在「論境界」時說：

> 詩人、藝術家，他們面對客觀景物而要發現其意味時，常決定於他生命中的精神的到達點。寫景寫得好不好，不僅是技巧問題，更重要的是精神的到達點要高，精神的涵蓋面要大；這便說明中國傳統的文學、藝術理論，何以必須歸結到人格修養之上，……從詩詞的表現上而言境界，即是說從詩詞的寫景中看出作者精神的到達點或是作者精神（或者說是感情、情調）的活動狀態，也即是通過作品的重要表現而發現到作品中的人。這是文學藝術批評中最難之事，但因爲這是批評的最後要求，所以這也是對文學藝術批評者必然提出的要求。〔註15〕

而陶淵明之所以一而再、再而三地被稱譽、讚揚，乃至模仿、效法，就是因爲詩中有人，人就是詩……而這人的生命又是自然眞率，讓讀書人悠然神往、景慕再三的崇高境界啊！

〔註15〕徐復觀，《中國文學論集續篇》（台北市：台灣學生書局，1981 年），頁 82～83。

於是，就「山水詩」發展的歷史而言，陶淵明不僅僅是限於融合「山水」和「田園」的重要作家而已。由於他的「山水詩」裡頭有他這個人真率的生命和性情，所以愈到後來，他的影響就愈來愈大，特別是後代詩歌技巧愈來愈進步，愈來愈能擺脫體物寫貌的形似追求，藉而強調「興趣」、「氣韻」、「意境」等等藝術特色，陶淵明的影響也就日漸凌駕包括謝靈運、謝朓在內的所有山水詩人了。甚至還有人認為陶淵明是：中國山水詩的開山之祖。

小　結

在「選詩」裡頭，從〈公讌〉類到〈游仙〉類到「田園詩」作品，可以明顯地看出和「山水體類」那種彼此交叉、滲透、融合的傾向愈來愈強。

就「山水體類」的立場來看，「山水」滲透、融合到〈公讌〉類、〈游仙〉類和「田園詩」等作品，對這三類作品的藝術內涵和質地有著提升、淨化和豐富的作用。「山水」可以淡化〈公讌〉詩裡頭應酬和敷衍的氣息，也可以增添這類作品可讀可感可賞的藝術面貌。「山水」可以提供〈游仙〉詩表現神仙世界的靈感和媒介，讓荒誕想像的「游仙」和詩人意欲解脫塵俗的懷抱有了交集的可能。一樣地，當「山水」進入到田園世界之後，就比較可以銷鎔掉那鄙俗野俚的氣味，重新塑造田園美麗的新面貌。

就另一角度來看，當〈公讌〉類、〈游仙〉類和「田園詩」滲透、融合進「山水體類」時，就讓「山水」具備了更多樣、更豐富的藝術面貌：宮苑庭園靈鳥異獸可以入詩，赤松子高雲梯蓬萊亦可入詩，黍稻桃李阡陌犬吠亦可入詩。於是，「山水詩」的創作階層也大大地增廣了……公讌的君臣可以藉「山水」寫詩、借游仙來詠懷的失意文人亦可以寫詩、躬耕田畝的文人更可以以「田園」寫詩……而這一文學體類的藝術特色自然而然地，因為多了這些而充滿了更多的可能性。

　　最後，要再稍稍提及的是：和「山水體類」交叉、滲透、融合的作品不限於本章所提出來的三類作品而已。例如在「山水詩」興盛之前的「玄言詩」和「山水詩」之間彼此發展、反動、滲透、融合的情形就非常複雜，而且很值得深入加以探討。劉勰《文心雕龍》卷六〈明詩〉篇說：「宋初文詠，體有因革。莊老告退，而山水方滋。」這個「莊老」，指的正是「玄言詩」。玄言詩多述老、莊及佛學思想，隨著「玄言」背後的老莊佛的人生觀、宇宙觀和價值觀，使得游山觀水一步步地進入到士人的生命中。山水展現了自然神秘奧妙而又生生不息的沈默道理，也展現了宇宙萬物和諧共存的整體感，這可以刺激對生命的思索，對天地至道的冥契，也可以刺激詩人寫玄言的詩和寫山水的詩。當然，也有些不純然涉及老、莊、佛的玄言詩，又不一定要和山水有所關涉。不過，由於本文主要是以「選詩」爲研究對象，《文選》並沒選錄這些「以立意爲宗」的「玄言詩」作品，所以本文就不再多加探討了。

第五章　結　論

關於《文選》選錄作品的貢獻和價值，沈玉成說：

> 至於入選的作品是否值得選錄，應該選錄的，又是否有所
> 遺漏，後代的學者曾經有過許多不同的意見，見仁見智，
> 眾說不一。總的來說，這詩文總集僅僅用三十卷的篇幅，
> 就大體上包羅了先秦至梁代初葉重要作品，反映了各種文
> 體發展的輪廓，給後人研究七、八百年的文學史保存了重
> 要的資料。(《中國大百科全書・中國文學I》，頁138)

這是一段非常公允而客觀的言論。然而編選收錄和分體歸類在文學思
想上並非同一等級的觀念。《文選》的分體歸類，正如游師志誠在〈論
文選之難體〉一文所說：

> 昭明分類的原則，大抵循「即題而名，因文分類」，只要文
> 章題目一同，內容性質有異，大蓋昭明都會別為一類，這
> 是力求「分」的原則。……我認為這個原則有一層意義，
> 就是尊重創作，不以批評家的歸納自定類別，勉強作家套
> 進已經主觀設定的分類，所以，昭明的分法，至少可存作
> 品的多向面貌。(《魏晉南北朝文學與思想學術研討會論文集》第
> 二輯，頁262)

這話很能勾勒出「文選」分類的原則──「即題而名，因文分類」──
──即依據詩文的題目和內容，而做出分體和歸類。

　　但《文選》分體歸類的優點和缺點，也就全在這兒了。優點正如游師志誠所說「尊重創作，不以批評家的歸納自定類別，勉強作家套進已經主觀設定的分類」。然而，用現代文學研究的思想和理論看來，這一分體歸類的原則畢竟較偏向於文學藝術的「外在形式」。「外在形式」的原則往往可以是這一個，同時又是另一個的分體歸類的依據。例如「選詩」的〈游覽〉類裡有謝靈運〈從游京口北固應詔〉詩，〈公讌〉類裡有范曄的〈樂游應詔〉詩，二作全都有「游」又有「應詔」，結果卻一個在〈游覽〉類，另一個在〈公讌〉類〔註1〕。此外，文學藝術上的分體歸類，更有「內在形式」的原則，諸如風格，技巧，表達內涵等等。從「外在形式」到「內在形式」，藝術面貌綜結一體，合而成類，才是當代「文學體類」研究的重心所在。本文所歸結的「山水體類」，基本上就是朝結合「外在形式」和「內在形式」的方向邁進。山水題材、體物寫貌、山水意識和情景結合，是我們研究所得出六朝「山水詩」共通的藝術特色所在。「選詩」裡頭的山水體類作品，以謝靈運、謝朓和阮籍的部份作品為主，分別代表了不同創作心態下，呈現出不同風格的藝術面貌。而〈公讌〉類、〈游仙〉類和「田

〔註1〕又如「選詩」之〈行旅〉類裡有謝靈運〈登江中孤嶼〉一詩，也面臨了同樣的窘境，王文進即說：「若按《文選》所錄諸家詩題所示，則遊覽詩最多者為點明『遊』字者，如〈謝叔原·遊東田〉：〈沈休文·遊沈道士館〉。其次就是用『登』者，如〈謝靈運·登池上樓·登石門最高頂〉；〈江文通·從冠軍建平王登廬山香爐峰〉。至行旅詩，顧名思義最具關鍵性的字是「赴」「發」「去」「還」，如〈陸士衡·赴洛二首，赴洛道中作二首〉：〈謝靈運·初發郡、初發石首城〉；〈謝玄暉·京路夜發〉；〈丘希範·旦發漁浦潭〉；〈沈休文·早發定山〉；〈謝靈運·初去郡〉；〈陶淵明·辛丑歲七月赴假還江陵夜行塗口〉、〈謝玄暉·休沐重還道中〉。因此〈登江中孤嶼〉既然以「登臨覽物」為主，實應置諸「遊覽」一類。但是若按謝氏寫作編年而論，〈登江中孤嶼〉係寫於出守永嘉之際，視為「行旅」亦無不可。只是一旦以此為據，則〈晚出西射堂〉、〈登池上樓〉、〈遊南亭〉、〈遊赤石進帆海〉具為同時同地之作，又應全數由「遊覽」移至「行旅」。見《魏晉南北朝文學與思想學術研討會論文集》第二輯，台北市：文津出版社，頁4～5。

園詩」則反映出詩歌體類間滲透、融合的情形，有助於我們對於「山水體類」更進一步的理解。

　　最後，我們要強調的是，文學絕對不是一個封閉的系統或生物學從生到死簡單的進化發展。相反地，文學在每一個時代都不斷地會有詩人才子創造出新的作品加入，在加入既汲取原體類的藝術特長，又不斷改變了原有的體類，同時豐富增長了原有體類的藝術特色和面貌。「山水詩」，也是同樣的情形。六朝之後，歷代有名詩家，都不乏山水佳作。唐代王維、孟浩然、儲光羲、韋應物等等，更是因山水而獨步詩史。另一方面，《文選》裡頭的「山水體類」研究，也可以從「詩」擴展到「賦」、「文」等其它文學領域裡。凡此，都是值得再深入探究的領域。

　　本文所述，再簡要地歸納如下：
　　一、「選詩」和當代學界所認定的「山水詩」作品，就其交集的二十五首詩而詩，都具備了（一）山水題材（二）體物寫貌（三）山水意識（四）情景結合等共通的藝術特色。山水體類之所以成爲山水體類，和這四項藝術特色有著密切的關係。
　　二、「山水題材」是詩人欣賞的對象和描寫的主體；「體物寫貌」就是詩人能夠準確而深刻地捕捉到山水的形象；「山水意識」即是「山水詩人化」，同時也是「詩人山水化」，詩人的感情生命注入到山水景詩之中，也同時把山水看成美的化身、隱逸生活的象徵、天地奧妙的表現所在；「情景交融」是詩人創作山水詩的方法，是山水詩作呈現出來的藝術面貌。
　　三、「選詩」非山水體類之作品，根據我們的研究，有底下十三類：〈補亡〉、〈述德〉、〈勸勵〉、〈獻詩〉、〈詠史〉、〈百一詩〉、〈反招隱〉、〈軍戎〉、〈郊廟〉、〈樂府〉、〈挽歌〉、〈雜歌〉、〈雜擬〉，這些體類的作品明顯地和山水體類完全沒有關涉。
　　四、「選詩」山水體類之作品，根據我們的研究約略可以歸納爲

底下三類：（一）在遊覽心情下進行創作，呈現出「隱秀」風格的藝術面貌——謝靈運。（二）在行旅心情下進行創作，呈現出「清發」風格的藝術面貌——謝朓。（三）在亂世心情下進行創作，呈現出「沈痛」風格的藝術面貌——阮籍。

五、「選詩」之山水體類研究，呈現出「山水詩」和其它文類交叉、滲透和融合的現象，尤以〈公讌詩〉、〈游仙詩〉和「田園詩」最為明顯，而其傾向也愈來愈強。

六、〈公讌詩〉交溶、滲透了山水，原本奉敕、應酬、敷衍門面的氣氛就多了些山水味，也多了些詩品，進而提高詩的品質，增加詩歌的可讀性。「山水詩」交溶、滲透了「公讌」，逐漸地融合山水、宴飲和詩歌；山水進入士人的生活裡，不再僅是少數隱逸之士、落拓潦倒之騷人墨客的精神寄託而已，更普及到世俗的生活裡頭去了。

七、「山水」由「遊仙詩」和「山水詩」的交集，和現實世界對反對揚，代表人們意欲超脫俗情的世界、現實的價值規範，以排遣愁悶苦傷，化解幻滅失意的精神寄託。然而，山水詩多真實的山水景物，游仙詩則為帶神仙色彩、虛構居多的山水景物；同時，山人意識與游仙意識畢竟是性質不同的兩樣東西。

八、「山水」和「田園」都是真實的世界，也都是和現實生活、功名利祿激揚出來的對反觀念。陶淵明標幟著山水和田園融合的典範作品指標。陶之作，山水之中有田園，田園之中有山水。在後代人解讀山水詩史時，陶淵明的地位，有時還超過謝靈運。

參考書目舉要

一、文選專書

1. （梁）蕭統編撰，（唐）李善注，《李善注昭明文選》，台北：河洛圖書出版社，1980 年。
2. （梁）蕭統編撰，（唐）李善、張銑、呂延濟、呂向、劉良、李周翰等註，《六臣註明文選》，上海：商務印書館縮印宋本（四部叢刊）。
3. （梁）蕭統編撰，（清）于光華編，《評註昭明文選》，台北市：學海出版社，1981 年。
4. （梁）蕭統編撰，張啓成、徐達等譯注，《文選全譯》，貴陽：貴州人民出版社，1994 年。
5. （梁）蕭統編撰，李景瀠編著，《昭明文選新解》，台南市：暨南出版社，1993 年。

二、其他著作

1. （宋）劉義慶編撰，余嘉錫箋疏，《世說新語箋疏》，台北市：華正書局，1984 年。
2. （梁）徐陵編，吳兆宜注、穆克宏點校，《玉臺新詠》，北京：中華書局，1986 年版。
3. （梁）劉勰撰，范文瀾注，《文心雕龍注》，台北市：台灣開明書店，1972 年。
4. （梁）劉勰撰，黃侃札記，《文心雕龍札記》，台北市：史文哲出版社，1973 年。
5. （梁）劉勰撰，劉永濟校譯，《文心雕龍校釋》，北京：中華書局，

1962 年。

6. （梁）劉勰撰，周振甫譯，《文心雕龍今譯》，北京：中華書局，1986年。

7. （梁）鍾嶸撰，《詩品》，台北市：漢京文化事業有限公司，1981 年《歷代詩話》本。

8. （唐）房玄齡等奉敕撰，《晉書》，台北市：新文豐出版有限公司，1975 年。

9. （梁）沈約等奉敕撰，《宋書》，台北市：新文豐出版有限公司，1975年。

10. （梁）蕭子顯等奉敕撰，《南齊書》，台北市：新文豐出版有限公司，1975 年。

11. （後晉）劉昫等奉敕撰，《舊唐書》，台北市：新文豐出版有限公司，1975 年。

12. （宋）張戒撰，《歲寒堂詩話》，台北市：藝文印書館，收入《續歷代詩話》。

13. （宋）王直方撰，郭紹虞輯，《王直方詩話》，台北市：華正書局，1981 年，收入《宋詩話輯佚》。

14. （宋）胡仔纂集，《苕溪漁隱叢話》，台北市：長安出版社，1978 年。

15. （宋）郭熙撰，《林泉高致》，台北市：藝文印書館，1910 年，收入《美術叢書》二集。

16. （金）元好問撰，《元遺山詩集》，台北市：清流出版社，1976 年。

17. （明）洪自誠撰，《菜根譚》，台北市：漢藝色研出版社，1991 年。

18. （宋）釋冷齋，《對床夜話》，台北市：藝文印書館，收入《續歷代詩話》。

19. （清）沈德潛撰，《說詩晬語》，台北市：藝文印書館，1977 年再版，收入《清詩話》。

20. （清）沈德潛撰，蘇文擢詮評，《說詩晬語詮評》，台北市：文史哲出版社，1978 年。

21. （清）沈德潛箋註，《評選古詩源箋註》，台北市：眾文圖書公司，1977 年。

22. （清）何焯撰，《義門讀書記》，四庫珍本。

23. （清）永容、紀昀等撰，《四庫全書總目提要》，台北市：藝文印書館。

24. （清）方東樹撰，《昭昧詹言》，台北市：漢京文化事業有限公司，

1985 年。

25. （清）朱庭珍撰，《筱園詩話》，台北市：藝文印書館，1985 年，收入《清詩話續編》。

26. （清）王夫之撰，《古詩評選》，台北市：自由出版社，1972 年，收入中國船山學會所編《船山遺書全集》第二十冊。

27. 王國維撰，滕咸惠校注，《人間詩話新注》，台北市：里仁書局，1998 年。

28. 徐復觀撰，《中國藝術精神》，台北市：台灣學生書局，1966 年。

29. 孫克寬撰，《詩文述評》，台北市：廣文書局，1970 年。

30. 廖蔚卿撰，《中國古典文學論叢·詩歌之部》，台北市：中外文學月刊社，1976 年。

31. 君實編著，《中國山水田園詩詞選》，台北：河洛圖書出版社，1980 年。

32. 徐復觀撰，《中國文論集續編》，台北市：台灣學生書局，1981 年。

33. 逯欽立輯校，《先秦漢魏晉南北朝詩》，北京：中華書局，1983 年。

34. 韋勤克、華倫合著，劉若愚等譯，《文學理論》，香港：三聯書店，1983 年。

35. 徐復觀撰，《中國文學論集》，台北市：台灣學生書局，1985 年。

36. 王瑤撰，《中古文學史論》，台北市：長安出版社，1986 年。

37. 王國瓔撰，《中國山水詩研究》，台北市：聯經出版社，1986 年。

38. 蔡英俊撰，《比興物色與情景交融》，台北市：大安出版社，1986 年。

39. 蕭馳撰，《中國詩歌美學》，北京：新華書店，1986 年。

40. 吳功正撰，《山水詩注析》，太原市：山西人民出版社，1986 年。

41. 賀新輝主編，《古詩鑑賞辭典》，北京：中國婦女出版社，1988 年。

42. 周揚等編，《中國大百科全書·中國文學》，北京：新華書店，1988 年。

43. 張秉戌主編，《山水詩歌鑒賞辭典》，北京：中國旅遊出版社，1989 年。

44. 呂晴飛等編著，《漢魏六朝詩歌鑒賞辭典》，北京：新華書局，1990 年。

45. 丁成泉撰，《中國山水詩史》，武漢：華中師範大學出版社，1990 年。

46. 余冠英主編，《中國古代山水詩鑒賞辭典》，台北市：新地文學出版社，1991 年。

47. 羅宗強撰，《玄學與魏晉士人心態》，台北市：文史哲出版社，1992年。

48. 錢倉水撰，《文體分類學》，南京：江蘇教育出版社，1992年。

三、單篇論文

1. 林文月撰，〈中國山水詩的特質〉，台北市：純文學出版社，1976年，收入所著《山水與古典》一書。

2. 王文進撰，〈謝靈運詩中「遊覽」與「行旅」之區分〉，台北市：文津出版社，1993年，收入《魏晉南北朝文學思想學術研討會論文集》第二輯。

3. 游師志誠撰，〈論文選之難體〉，台北市：文津出版社，1993年，收入《魏晉南北朝文學思想學術研究會論文集》第二輯。